10.1.20

Sehnsucht, Pferde, Glücksgefühle

Weitere Pferde-Taschenbücher:

- Willkommen im Pferdeparadies
- Pferdeglück und Sommerträume
- Pferdefreunde – für immer!
- Pferde, Sommer, Sonnenschein
- *Sehnsucht, Pferde, Glücksgefühle*
- Ein Pferdesommer zum Verlieben

Stefanie Tano

Sehnsucht, Pferde, Glücksgefühle

Loewe

Herzgekribbel, Hufgeklapper

Zwangsurlaub auf dem Reiterhof

„Bitte, du musst einfach mit!“

Miriam redete jetzt seit fünf Minuten auf mich ein, aber so richtig hatte ich immer noch nicht begriffen, worum es ging. Morgens um halb acht bin ich nicht sonderlich aufnahmefähig. Ich bin ein Morgenmuffel. Eigentlich will ich bis zur 10-Uhr-Pause nur in Ruhe gelassen werden.

Und davon abgesehen war heute auch noch Casting-Tag: In meiner Ballettschule sollte im Herbst *Grease* aufgeführt werden und ich wollte unbedingt die Hauptrolle spielen. Deshalb hatte ich heute Morgen rasch noch *Sprechtraining für Anfänger* in den Rucksack gesteckt und mich gleich beim Warten auf den Bus darin vertieft. Ich hatte das Buch erst seit drei Tagen – ausgeliehen aus der Stadtbibliothek, es ist nicht zu glauben, was man da findet –, und wenn sich mein Z bis heute Nachmittag noch entscheidend verbessern sollte, musste ich es im Turbotempo durchackern. Ich lauschte Miriam also nur mit halbem Ohr. Es ging um irgendetwas in den Ferien …

„Machst du es? Bitte, Kirsty, bitte sag Ja!“

Miriam klang jetzt so verzweifelt, dass sie mich glatt aus der Konzentration auf mein Stimmlippentönchen riss – das ist ein im Rachen entstehendes, minimales Klicken vor sauber ausgesprochenen Vokalen, also A, E, I, O, U. Wenn man die Vokale nicht laut aufsagt, kann man es selbst in Schulstunden fabelhaft üben. Bis zum Lehrer dringt das Klicken nicht durch. Leider guckt man dabei meistens ziemlich blöd aus der Wäsche. So nach innen gekehrt, ein bisschen wie eine Katze auf dem Klo.

„Was mache ich?", fragte ich widerwillig und schlug das Buch zu. Miriam stutzte. „Sag mal, hast du nicht zugehört?" Erst jetzt schien sie das Buch zu bemerken und verdrehte die Augen.

„Ach so, heute ist ja dein komisches Vorsprechen. Kannst du das nicht mal für drei Minuten vergessen? Du kriegst die Rolle sowieso nicht."

Beste Freundinnen können manchmal wirklich aufbauend sein. Das Dumme war nur, dass sie recht hatte. Garantiert bekam eins der älteren Mädchen die Hauptrolle. Die Sandy im Musical ist schließlich mindestens 16 und ich war erst 13. Außerdem ist Sandy schön, während ich vermutlich eine halbe Armee von Maskenbildnern brauchen würde, um halbwegs wie Olivia Newton-John auszusehen.

Leuten wie mir hilft nur Talent. Und eine sensationelle Aussprache …

„A, E, I, O, U", klickte ich tonlos.

„Kirstyyyy …"

Ich riss mich zusammen. Miriam ist eigentlich der sanfte, duldsame Typ – und morgens gewöhnlich auch nicht die Gesprächigste. Wenn sie sich so penetrant aufführte, musste etwas Wichtiges anliegen.

Ich versuchte, mich an ihre Ergüsse zu erinnern. „Klar hab ich zugehört! Du willst mit mir in den Ferien irgendwo hinfahren. Grundsätzlich gerne, zumindest, wenn's umsonst ist und meine Eltern es erlauben. Aber hat das nicht Zeit? Ich meine, die Sommerferien sind erst in zwei Monaten!"

„Du hast absolut nicht zugehört", meinte Miriam beleidigt und zog einen Flunsch. „Es hat natürlich keine Zeit. Wenn, dann müssen wir jetzt buchen. Und selbstverständlich ist es nicht umsonst. Aber *sooo* teuer auch nicht. Und vielleicht musst du gar nicht unbedingt reiten. Bestimmt kann man dort auch noch was anderes unternehmen. Bitte, Kirsty! Ich mach dir auch drei Monate lang die Hausaufgaben in Englisch und Physik." Miriam hat einen Computer mit fantastischem Übersetzungsprogramm. Und einen Bruder, der an der Uni Elektrotechnik studiert. Physik schüttelt der aus dem Ärmel. Ein echtes Opfer war das also nicht. Nichts im Verhältnis dazu, was sie mir abverlangte!

Stirnrunzelnd sah ich sie an. „Ich soll mein mühsam erspartes Geld ausgeben, um mit dir auf einen Reiterhof zu fahren? Rund um die Uhr im Pferdemist wühlen und womöglich auch noch reiten?", fasste ich schließlich zusammen. „Vergiss es! Wie kommst du überhaupt auf die Idee?"

Inzwischen war der Bus eingetroffen und wir stiegen ein. Miriam ließ ihre Überredungskünste noch mal zu voller Form auflaufen.

„Komm, Kirsty, tu's für mich! Ich muss einfach in den Reitkurs! Bis ich hier im Stall das Reitabzeichen machen kann, vergehen noch Jahre. Aber du kennst meine Eltern. Sie glauben, wenn ich allein irgendwo hinfahre, würde ich mich schon auf dem Weg ins Bad verirren. Oder völlig vereinsamen. Oder vom Erdboden verschluckt werden. Irgend so was. Sie erlauben es nur, wenn du mitkommst."

Miriam strich sich ihr langes, weizenblondes Haar aus dem Gesicht und schenkte mir einen herzzerreißenden Bambi-Blick aus ihren großen blauen Augen. Wenn sie so guckte, wirkte sie fast so hilflos, wie ihre Eltern sie darstellten. Denn was Herrn und Frau Brandt anging, hatte sie tatsächlich recht. Besonders Miris Mutter scheint ihre Tochter für geistig minderbemittelt zu halten. Jedenfalls traut sie ihr kaum zu, sich allein anzuziehen, und als wir letztes Jahr im Schullandheim waren, hat sie Miriam tatsächlich *besucht*! Es war oberpeinlich.

Dabei ist Miriam ein total toughes Mädchen. Ein bisschen schüchtern und etwas daneben in Bezug auf Pferde, aber sie geht garantiert nicht verloren, selbst wenn man sie im Urwald aussetzt. Schon deshalb, weil sie so hilflos gucken kann. Mit Sicherheit fände sich sofort ein freundlicher Eingeborener, der sie zur nächsten Straßenbahnhaltestelle begleitete …

„Und wie soll ich dir dort helfen? Dir den Weg zum Klo zeigen und das Erdbeben im Zweifelsfall aufhalten?", fragte ich. Beim Gedanken, wie Super-Kirsty Naturkatastrophen mit einer lässigen Handbewegung stoppte, mussten wir kichern.

Miriam wurde aber gleich wieder ernst und zuckte mit den Schultern. „Was weiß ich, was sie denken. Jedenfalls halten sie dich für vernünftig und praktisch und mich für hoffnungslos. Normalerweise trage ich's ja auch mit Fassung. Aber diesmal ist es wichtig. Bitte hilf mir, Kirsty, bitte!"

Der Bus stoppte vor der Schule, was mich vorerst einer Antwort enthob. Wenn wir uns nicht beeilten, kamen wir zu spät in die Deutschstunde. Eigentlich sollten wir auch einen Bus früher nehmen – aber zehn Minuten eher aufstehen ... Wenn man von der Natur derart stiefmütterlich behandelt worden ist wie ich mit meinen schmutzig braunen Wuschelhaaren, meiner Neigung zu Akne und meiner komischen Augenfarbe, die sich nicht recht zwischen Grün und Blau entscheiden kann, braucht man seinen Schönheitsschlaf!

„Außerdem musst du sowieso reiten lernen." Miriam hetzte neben mir her und vollbrachte das atemtechnische Meisterwerk, gleichzeitig im Laufschritt fünf Stockwerke zu überwinden und pausenlos zu reden. „Schließlich willst du Schauspielerin werden. Denk an Julia Roberts. Die ist sogar im Brautkleid durch den Wald galoppiert. So was sieht cool aus. Aber nur, wenn der Reiter anständig sitzt. Wenn du auf dem Pferd hängst wie'n Schluck Wasser in der Kurve, ist der ganze Effekt weg."

Ich konnte mir das zwar kaum vorstellen – wenn man aussieht wie Julia Roberts, guckt doch wohl kein Mensch danach, ob man seine Absätze tief hält oder nicht – und eigentlich will ich auch eher Tänzerin werden als Schauspielerin. Grundsätzlich hatte Miriam jedoch nicht ganz unrecht. Gute Schauspielschulen organisierten Reitunterricht. Es war bestimmt nicht schlecht, wenn man da schon Vorkenntnisse hatte. Aber gleich ein ganzer Urlaub ...

„Ich überleg's mir, okay?“, meinte ich, um Miriam erst mal abzuwimmeln. Im letzten Moment ließen wir uns auf die Stühle fallen. Frau Heinrich trat gerade ein. Während wir gehorsam unsere Lektüreheftchen aufschlugen und Frau Heinrich über den totlangweiligen Text schwadronierte, dachte ich tatsächlich über die ganze Sache nach. Miriam und ihr Pferdetick. Seit zwei Jahren ging das jetzt so. Meine beste Freundin war im Zustand blinder Vernarrtheit in streng riechende Vierbeiner der Größe XXL. Und jetzt wollte sie mich auch noch in den Reiterurlaub mitschleppen.

Nun ist es nicht so, dass ich Pferde nicht mag. Nein, im Gegenteil, es sind bestimmt nette Tiere mit ihren weichen Nasen und ihren langen Mähnen. Und dieses Pferdemusical, das ich neulich mit Miri gesehen habe, war obercool, da gibt es nichts. Aber ich mag zum Beispiel auch Nashörner. Trotzdem kurve ich nicht jeden Tag und bei jedem Wetter zehn Kilometer bis zum Zoo, nur um ihren Mist wegzumachen und ihnen beim Fressen zuzugucken. Wenn man Pferde mag, scheint das dagegen unverzichtbar dazuzugehören. Miriam jedenfalls hält nichts davon ab, täglich in den Stall zu radeln und ihr Lieblingspferd zu hätscheln. Dabei hat sie gar nichts davon, das Tier gehört einer Zimtzicke, die

Miriam nie, aber wirklich nie im Leben mal darauf reiten ließe. Aber Miri reicht es, das Prachtstück anzuschwärmen. Und dabei kriegt sie ganz leuchtende Augen. „Pferde machen glücklich!“, meint Miriam. Ich weiß ja nicht …

Frau Heinrich stellte eine Frage und sah mich auffordernd an. Ich murmelte irgendetwas, das halbwegs zum Thema passte. Frau Heinrichs Unterricht lief immer gleich ab, nach drei Monaten hätte man auf ihre Fragen sogar noch im Koma richtig reagiert. So gab sie sich denn auch mit meinen Verlautbarungen zufrieden und suchte sich ein neues Opfer. Zum Glück nicht Miriam, die genauso gelangweilt wirkte wie ich, aber meistens nicht so schlagfertig reagiert. Außerdem hatte ich die Lektüre wenigstens gelesen, während Miri sich auf eine Inhaltsangabe aus dem Internet beschränkte. Miriam las nur Pferdebücher. Das Thema Bücher erinnerte mich wieder an meine Sprachübungen. Reiterurlaub hin oder her, heute stand erst mal das Vorsprechen an. Während Frau Heinrich ihr neues Opfer quälte, platzierte ich *Sprechtraining für Anfänger* unter dem Reclam-Heft mit der Pflichtlektüre. Das Buch war echt eine Offenbarung. Ein paar Minuten später wusste ich, dass man das R viel schöner hinkriegt, wenn man nicht gleich „Trommel“ sagt, sondern so was denkt wie „T-dommel“. Und das Z …

Miriam schob mir einen Brief hinüber. „Und wenn meine Eltern dir den Urlaub bezahlen???“

Ich seufzte. Sah aus, als ob mir die Pferde nicht erspart bleiben würden.

Der Tag ging genauso bescheiden weiter, wie er begonnen hatte. Ich bekam die Hauptrolle natürlich nicht, sondern nur ein läppisches Tanzsolo im letzten Akt. Text hatte ich überhaupt nicht und singen durfte ich nur im Chor. Entsprechend gefrustet schlich ich nach Hause. Miriam wartete schon auf der Treppe vor unserer Wohnung.

Immerhin fiel sie nicht gleich mit der Tür ins Haus, sondern fragte erst mal nach dem Casting. „Wie ist es gelaufen?"

Ich ließ den Kopf hängen. „Lissie Wilks hat die Rolle gekriegt."

„Was? Die dicke Blonde aus der Zehnten? Die immer mit ihrer BH-Größe angibt?" Miriam reagierte wie eine echte Freundin. In den nächsten Minuten verständigten wir uns darüber, dass Lissie Wilks die Intelligenz einer Spitzmaus, die Anmut eines Nilpferds und die Stimme einer Quietschente hatte. Danach fühlte ich mich schon besser.

„Und, hast du es dir überlegt?", fragte Miriam schließlich. „Das mit dem Reiterhof?"

Ich seufzte. „Wo ist der Laden überhaupt?"

„Gar nicht so weit. Im Sauerland. Hier …" Eifrig nestelte Miriam einen bunten Prospekt aus der Tasche. So zerfleddert, wie er war, musste sie ihn schon tagelang mit sich herumtragen.

Ich entfaltete ihn vorsichtig. *Reiterhof Bjarnehus – Reiten und Spaß mit Fjordpferden.*

Das Bild darunter zeigte ein sonnengelb gestrichenes Haus mit blauen Fensterläden und einer von roten Geranien gesäumten Terrasse, auf der sich gerade eine Gruppe Jugendlicher einer Spaghettischlacht widmete. Es sah ein bisschen aus wie die Villa Kunterbunt, wenn Pippi Langstrumpf eine Fete gibt. Das nächste Bild zeigte cremefarbene Pferde auf der Weide, ein gelb-blau gestrichenes Stallgebäude mit Ausläufen davor und Anbinder, an denen Pferde aufs Reiten vorbereitet wurden.

Auf einem Reitplatz fand Unterricht statt und der Text darunter informierte den Leser darüber, dass man hier nicht nur brave Ponys zum Ausreiten, sondern auch gut gerittene Tiere vorfand, auf denen verschiedene Prüfungen abgelegt werden konnten. Ein Kurs, „Kleines Reitabzeichen, 5. bis 20. Juli", war rot eingerahmt. Daran wollte Miri teilnehmen.

Weitere Fotos zeigten Ausritte und eins sogar einen See, in dem die Reiter gemeinsam mit den Pferden schwimmen konnten. Es sah eigentlich ganz nett aus. Und drum herum war lauter Wald. Garantiert reichlich Rückzugsmöglichkeiten, wenn man von Pferden genug hatte. „Und deine Eltern würden das wirklich für mich bezahlen?", fragte ich ungläubig. „Meine drücken das Geld nämlich garantiert nicht ab, die würden mich für verrückt erklären."

Miriam nickte eifrig. „Doch, mein Vater hat es selbst vorgeschlagen. Die Ursprungsidee war sogar, dass sie alle mitfahren und das Ganze zu einer Art Familienurlaub machen. Beobachtung rund um die Uhr, genau wie Mami es liebt. Aber Philipp hat natürlich Krämpfe gekriegt und ich glaube, mein Daddy war auch nicht so begeistert. Mit seiner Tierhaarallergie … Als er die Katze auf dem Bild sah, hat er gestreikt. Erinnere mich dran, dass ich dem Tier 'ne Dose Kitekat mitbringe! Jedenfalls hat er dann vorgeschlagen, ich könnte doch eine Freundin mitnehmen. Bitte, Kirsty, mach es. Bitte, ich sterbe, wenn ich nicht mitmachen darf!"

Das hielt ich zwar für übertrieben, aber sonst war ich gar nicht mehr so abgeneigt. Miri und ich träumten schon lange von einem Urlaub ohne Eltern. Und Miriams Vater tat das Geld nicht weh, der hatte eine riesige Zahnarztpraxis, eine Goldgrube.

„Schön, wenn meine Eltern einverstanden sind, komme ich mit!", beschied ich Miriam. „Aber sag mal – sollte ich vorher nicht wenigstens ein oder zwei Reitstunden nehmen? Ich komme mir blöd vor, wenn ich da als Totalanfänger anreise."

Miri strahlte. „Von mir aus gerne. Meine Reitkarte ist noch fast voll, das fällt niemandem auf, wenn da ein paar Stunden für dich mit abfallen. Aber zwei oder drei reichen nicht. Reiten ist schwer. Wenn du nicht auffallen willst, musst du bis zu den Ferien schon ein-, zweimal in der Woche mitkommen."

Ich seufzte. Aber was tut man nicht alles, um sich nicht zu blamieren! Und wenn ich in den Reitstall ging, tat es auch nicht so weh, wenn die anderen Ballettschüler Extrastunden wegen *Grease* hatten. Dann musste ich mir Lissie Wilks jedenfalls nicht dreimal wöchentlich angucken …

„Von mir aus können wir morgen anfangen."

Bauchtanz im Sattel

Am darauffolgenden Dienstag zwängte ich mich in eine von Miriams Reithosen. Verdammt, ich hätte nie gedacht, dass sie dünnere Waden hatte als ich! Aber vielleicht war das Ding ja auch nur eingelaufen. Nach einer Viertelstunde Radfahren zwickte es schon deutlich weniger. Reitstiefel und Kappe würde ich mir für den Urlaub kaufen müssen, aber heute wollte mir auch damit erst mal Miri aushelfen. Zum Glück hatten wir die gleiche Schuhgröße.

Wir fuhren gleich nach der Schule zum Reitstall. Meine Stunde begann zwar erst um drei, aber Miriam wollte mir vorher unbedingt noch alles zeigen – vor allem natürlich ihr Lieblingspferd, den sagenhaften Dondolo.

„Dondolo ist ein Friese, die sind total selten hier", erläuterte sie. „Und außerdem ist er ein Hengst – die meisten anderen Pferde sind Wallache."

Ich kam mir ein bisschen blöd vor, weil ich mit dem Wort „Wallach" nicht allzu viel anfangen konnte, aber das sagte ich besser nicht. Vielleicht sah man's den Pferden ja an und sonst konnte ich später immer noch versuchen, die Bedeutung des Wortes unauffällig in Erfahrung zu bringen.

Als Miriam die Stalltür öffnete, schlug uns warme und äußerst miefige Luft entgegen. Eine seltsame Mischung aus blumigem Heuduft und Pferdepisse. Sonderlich hell war es auch nicht in dem großen und hohen Stallgebäude. Hier hätte ich eher Fledermäuse vermutet als Pferde, aber Miriam schien das gar nicht zu bemerken. Zielstrebig marschierte sie durch eine Art Korridor zwischen den sogenannten Boxen, die ihrem Namen alle Ehre machten: vergitterte Kästchen, in denen schemenhaft Pferdeköpfe zu erkennen waren. Schließlich steuerte Miri eine der Boxen an, aus der uns ein gewaltiges schwarzes Pferd entgegenblickte. Genauer gesagt guckte es auf uns herunter.

Dondolo war ein Monster! Ein bisschen Verkleidung und er hätte in *Jurassic Park* als Raubsaurier mitspielen können.

„Sind sie … äh … alle so groß?“, fragte ich vorsichtig. Miriam lachte und strahlte das Tier an, als wäre es Brad Pitt. „Dondo ist gar nicht so riesig. Nur ein Meter zweiundsechzig. Er wirkt allerdings gewaltig durch die hohe Aufrichtung. Hat er nicht eine Traummähne?“

Ich hatte am letzten Wochenende brav in Miris Pferdebüchern geschmökert und verstand deshalb halbwegs, was sie meinte. So wie ich das verstanden hatte, dienen Größenangaben bei Pferden hauptsächlich zur Verschleierung der Tatsachen. Man misst die Viecher am „Widerrist“, das ist irgend so ein Knubbel am Halsansatz, und erweckt damit die Illusion, sie wären nicht viel größer als zum Beispiel ich. Rechnet man Kopf und Hals aber noch dazu, so erreichen sie leicht zwei Meter zehn.

Dondolo jedenfalls wirkte wie ein Urviech, zumal er auch noch Haare hatte wie Rübezahl. Eine dichte, lockige Mähne fiel über seinen hoch aufragenden Hals und die Stirnlocke reichte bis zu den Nüstern. Ich konnte das alles erst richtig erkennen, als Miriam die Boxentür öffnete und dem Tier eine Möhre hinhielt, worauf es gnädig den Kopf senkte.

„Er ist ganz lieb, siehst du!“, erklärte Miri, während monströse schwarze Gorillalippen das Gemüse aus ihren Fingern klaubten. „Streichle ihn ruhig mal!“ Ich zögerte. Gut, bei Miri war das Vieh harmlos, aber es wäre ja auch blöd gewesen, die Hand zu beißen, die es fütterte. Wenn ich ihm dagegen zu nahe trat … Miriam sah mich auffordernd an.

Vorsichtig streichelte ich über Dondolos Schulter. Das Fell fühlte sich glatt und warm an, wie Seide, aber auch irgendwie pulsierend. Ganz anders als bei Hunden und Katzen. Daran könnte ich mich durchaus gewöhnen. Wenn das zugehörige Pferd nur einen Meter kleiner gewesen wäre …

„Ich wünschte so sehr, er wäre mein Pflegepferd!“, seufzte Miriam, womit sie mir nichts Neues erzählte. Ich wusste, dass sie sich danach mindestens so sehnte wie ich nach der Hauptrolle in *Grease*. Zurzeit war ich aber eigentlich ganz froh über die Sturheit von Dondolos Frauchen. Ansonsten hätte Miri nämlich garantiert darauf bestanden, mich zum Reitenlernen auf ihren Friesen zu setzen – und auf Hochseilakte konnte ich gut verzichten.

Ehrlich gesagt atmete ich auf, als sie die Boxentür wieder zwischen uns und Dondolo schloss. Der große Rappe guckte uns nach und sah dabei fast traurig aus. Von Weitem wirkte er ganz sympathisch. Ich nahm das mit dem Raubsaurier zurück. Wenn Saurier, dann vielleicht ein Pflanzenfresser. Die konnten einen allerdings auch leicht zerstampfen …

„Jetzt zeige ich dir die Schulpferde", erklärte Miriam und lotste mich in einen anderen Stall. Der von eben war ziemlich verlassen gewesen. Im Schulpferdestall wimmelte es dagegen von Mädchen. Sie schwatzten miteinander, turnten auf einem Holzpferd herum und knuddelten die Pferde durch die Boxengitter hindurch. Ich fragte Miriam, warum sie die Türen nicht aufmachten, aber sie meinte, das sei nicht erlaubt. Eben bei Dondolo hätte sie es eigentlich auch nicht machen dürfen.

„Aber du mistest doch jeden Tag seine Box aus?", fragte ich verständnislos. „Wie schaffst du das von außen?" Miri lachte. „Gleich nach der Schule ist hier immer nur der Stallmeister. Und der ist nett, der lässt uns helfen!"

Natürlich – Miri und die anderen Mädchen nahmen ihm schließlich die Arbeit ab, für die er bezahlt wurde! Und dafür waren sie auch noch dankbar. Ich verdrehte die Augen. Aber Miriam schien derartige Überlegungen nie angestellt zu haben. Sie war zu scharf darauf, Dondolo etwas Gutes zu tun, auch wenn es dem zweifellos egal war, wer sein Zimmer aufräumte. Mal ehrlich, unsereins hegt doch auch keine intensiveren Gefühle für die Putzfrau!

Schmusen kam da wahrscheinlich besser an. Die Pferde im Schulpferdestall schienen es jedenfalls zu mögen, wenn man sie betüdelte. Nur wenige standen hinten und entzogen sich den Zuwendungen ihrer Fans. Die meisten drückten ihre Nasen an die Gitterstäbe, damit die Mädchen sie streicheln konnten. Das Ganze machte ein bisschen den Eindruck wie ein Besuchsraum in amerikanischen Gefängnissen. Ihr wisst schon, wenn die Freundin im Film auf einer Seite des Gitters hockt und der Gefangene auf der anderen. Und ab und zu berühren sie sich so verzweifelt mit den Fingerspitzen …

Nur dass die Pferde hier nichts verbrochen hatten. Hoffte ich jedenfalls.

„Du kriegst bestimmt den Lazlo“, erklärte mir Miriam. „Den nehmen sie immer für die Longenstunden.“ Sie wies auf einen knochigen Braunen, der mir auch nicht viel kleiner erschien als Dondolo. Allerdings war er schmaler und statt der wallenden Mähne hatte er nur kurz geschnittene, dünne schwarze Fusseln. Das machte ihn mir sympathisch. Mit meinen Haaren ist auch kein Staat zu machen, obwohl ich sie tapfer wachsen lasse, damit ich später mal mit langen, wehenden Haaren Ballett tanzen kann wie Marcia Haydée in *Romeo und Julia*.

„Hast du noch 'ne Möhre?“, fragte ich entschlossen. Miriam hatte natürlich noch einen ganzen Vorrat und ich stopfte den Leckerbissen zwischen den Gittern durch in Lazlos Maul. Der Braune nahm ihn ganz artig und ließ meine Hand dabei in einem Stück. Ich hoffte, dass er sich später an diese Freundlichkeit meinerseits erinnern und darauf verzichten würde, mich abzuwerfen.

„Ach, Miriam, da seid ihr ja schon!"

Eine zierliche junge Frau in Reithosen kam auf uns zu. Sie trug ein Halfter mit langem Strick daran.

„Du musst Kirsty sein. Ich bin Frau Langer, ich gebe die Anfängerstunden. Lazlo hat Miriam dir ja schon vorgestellt. Er ist heute dein Schulpferd. Schön, dass ihr so früh da seid, dann kannst du mir gleich helfen, ihn für dich fertig zu machen. Wir fangen mit dem Aufhalftern an. Hier." Die Frau drückte mir das Halfter in die Hand, das ich ziemlich perplex entgegennahm. Wie sollte ich das Riemengewirr nur ordnen? Und vor allem: Wie kriegte ich es an Lazlos zwei Meter über mir schwebenden Kopf?

Das erste Problem löste Frau Langer ganz schnell. Sie zeigte mir, wie man das Halfter so in die Hand nimmt, dass es leicht über die Pferdenase zu streifen ist. Falls sich das Pferd denn auf meine Höhe herabließ. Aber Lazlo erwies sich als erstaunlich gesprächsbereit. Ob er wirklich nichts dagegen hatte, mich reiten zu lassen, oder ob er einfach auf eine weitere Möhre spekulierte – auf jeden Fall senkte er mit freundlich gespitzten Ohren den Kopf in Richtung meiner Hosentasche. Frau Langer half mir, ihm das Halfter überzustreifen.

„Und nun führ ihn heraus!", forderte sie mich auf.

Ich biss die Zähne zusammen und zupfte am Führstrick. Sie würden mich das Pferd bestimmt nicht führen lassen, wenn es dafür bekannt wäre, Reitschüler umzurennen. Andererseits schien die Reitschule ja nicht an Kundenmangel zu leiden. Womöglich war das der Härtetest zur Auslese …

„Komm, Pferd, sei lieb. Ich hab auch noch eine Möhre!“ Lazlo rannte mich natürlich nicht um, sondern folgte mir brav zu einem Anbindering in der Stallgasse. Frau Langer befestigte ihn dort mit einem sogenannten Sicherheitsknoten und ließ ihn mich so lange üben, bis ich den Trick auch raushatte. Bisher hatte ich ja gedacht, so was sei eher Lehrstoff für den Segelschein, aber Frau Langer erklärte mir, es sei unglaublich wichtig, dass sich der Strick leicht lösen ließ, wenn Lazlo mal in Panik geriete und daran zerrte. Im Moment war *ich* der Panik zwar näher als das Pferd, aber man wusste ja nie. In Miriams Büchern wurden Pferde als ziemlich schreckhaft dargestellt. Misstrauisch beäugte ich Lazlo, der sich allerdings kaum rührte. Nur wenn ihm eine Fliege zu lästig wurde, zuckte er mit dem Ohr.

Anschließend zeigte mir Frau Langer, wie man Lazlo striegelte und bürstete. Die Behandlung schien ihm zu gefallen, er stand ganz still. Miriam schob ihm zwischendurch auch immer wieder eine Möhre zwischen die Zähne. Schließlich musste ich noch die Hufe reinigen. Lazlo streckte sie mir dazu brav einen nach dem anderen entgegen. Er hatte Füße wie Suppenteller! Wenn ich herunterfiel und da druntergeriet – prost Mahlzeit!

Als Frau Langer den Sattelgurt festzog, guckte Lazlo zum ersten Mal ein bisschen ungnädig, aber dann öffnete er mit resigniertem Gesichtsausdruck das Maul und ließ sich ein „Gebiss“ hineinschieben. Im Prinzip überflüssig, er verfügte bereits über eine beträchtliche Anzahl von Zähnen. Das Gebiss hieß auch „Trense“, wie Frau Langer mir eifrig erklärte. Überhaupt nannte sie mir die Bezeichnungen für sämtliche Teile des Sattelzeugs, sodass mir nach drei Minuten der Kopf schwirrte. Das waren mehr Vokabeln als in zwei Wochen Englisch! Wie sollte ich die bloß alle bis zu den Sommerferien lernen?

Schließlich durfte ich die Zügel in die Hand nehmen – wieder nicht irgendwie, sondern nach einem ausgeklügelten Schema und „Immer von links!“, wie mir Frau Langer einschärfte. Ich fragte mich, was man als Reiter machte, wenn man Linkshänder war – und was Lazlo anstellte, falls ich die Seiten mal verwechselte. Weitere Erklärungen folgten aber nicht und ich beschloss, lieber nicht zu fragen und damit womöglich schlafende Hunde zu wecken. Am Ende musste ich sonst noch mehr lernen!

Mit Frau Langer an meiner Seite führte ich Lazlo in die Reithalle, die wir ganz für uns allein hatten. Sie zeigte mir, wie ich aufsteigen sollte, und befestigte eine lange Leine an Lazlos Kopfstück.

„Reiten ist sehr schwierig und du kannst nicht alles gleichzeitig lernen“, erläuterte sie mir. „Deshalb nehme ich dich jetzt erst mal an die Longe. Du kannst dich dann ganz auf deinen Sitz konzentrieren und brauchst an Zügel und Lenken noch gar nicht zu denken. Der richtige Sitz auf dem Pferd ist das A und O. Aber es macht nichts, wenn das heute noch nicht so richtig klappt. Die meisten brauchen ein paar Monate, bis es halbwegs gut aussieht."

Ein paar Monate? Das fing ja gut an. Dabei klangen Frau Langers Beschreibungen eigentlich gar nicht so schwer. Ich sollte aufrecht sitzen, mit langem Bein, den Ballen im Steigbügel, die Absätze tief. Oberarme anwinkeln – gegen die fünf Ballettpositionen war das ein Witz.

Allerdings pflegt die Welt nicht unter einem zu schwanken, während man in die Fünfte Position geht. Als Lazlo sich in Bewegung setzte, wurde mir schon etwas anders. Ich fühlte mich abwechselnd nach rechts und nach links verschoben, ein bisschen wie auf Schlittschuhen. Wenn man sich daran erst mal gewöhnt hatte, war es allerdings ganz angenehm. Auch der richtige Sitz war leicht beizubehalten. Frau Langer lobte mich und ich strahlte. Ein paar Monate! Dass ich nicht lachte!

Das Lachen verging mir, als Lazlo antrabte. Aus dem langsamen Schieben wurde ein Rütteln, ich kam mir vor, als habe man mich rittlings auf einem Presslufthammer platziert. Mein Sitz verrutschte vollkommen, ich hatte Mühe, oben zu bleiben, und griff entsetzt nach dem Halteriemen am Sattel.

„Locker in der Körpermitte!", rief mir Frau Langer zu. „Versteif dich nicht, versuch, in der Bewegung mitzugehen!"

Ich hatte inzwischen den größten Schreck überwunden und versuchte, den Anweisungen zu folgen.

Anscheinend sollte ich nur mein Becken mitschwingen lassen, Arme und Beine mussten ruhig gehalten werden. Das erinnerte mich doch an etwas …

Ja, das Bauchtanz-Seminar, das vor ein paar Wochen in der Ballettschule stattgefunden hatte. Wir hatten zugesehen und die Tänzerinnen dann in den Umkleideräumen aus Jux imitiert. Wenn man es erst raushatte, nur den Bauch locker schwabbeln zu lassen, war es gar nicht so schwer.

Das Aussitzen beim Reiten musste nach dem gleichen Prinzip funktionieren. Vielleicht war es sogar noch leichter, denn hier sorgte schließlich Lazlo für das Wackeln, man brauchte seine Mitte gar nicht selbst in Schwingungen zu versetzen. Ich konzentrierte mich auf die Bewegung und tatsächlich – es war nur noch halb so schlimm. So langsam gewann ich wieder Kontrolle über meine Beine und Arme und brachte sie in die gewünschte Position. Den Halteriemen konnte ich auch wieder loslassen, ich hatte mein Gleichgewicht gefunden. Nach zwei Runden ließ Frau Langer uns anhalten.

„Sag mal, Kirsty, du verkohlst mich doch!“, sagte sie. „Gib’s zu, du hattest schon Reitstunden. Kein Mensch kann beim ersten Versuch so sitzen.“

Ich schüttelte den Kopf. „Bestimmt nicht. Warum sollte ich denn schwindeln? Wenn ich reiten könnte, würde ich keine teuren Longenstunden nehmen.“

Einzelunterricht im Reitstall war nicht billig, für meine ersten Stunden würden jeweils zwei Einheiten von Miriams Reitkarte abgestrichen werden. Eine normale Stunde auf dem Pferd kostete nur eine.

Frau Langer schüttelte ungläubig den Kopf.

„Dann bist du ein seltenes Talent! Machst du sonst irgendwelchen Sport?“

Ich zuckte die Achseln. „Nur in der Schule. Und ich tanze.“ Frau Langers Gesicht hellte sich auf.

„Du machst Ballett? Schon lange?“

„Schon immer!“, sagte ich. Tatsächlich behauptet meine Mutter, ich wäre schon im Kinderwagen hin und her gehüpft, wenn Musik spielte. Ballettstunden hatte ich, seit ich vier war.

„Das erklärt natürlich alles.“ Frau Langer strahlte jetzt wie ein Honigkuchenpferd. „Tänzer sollen in Rekordzeit reiten lernen, weil sie die totale Kontrolle über ihren Körper haben. Sie können die Anweisungen des Reitlehrers sofort umsetzen. Ich habe davon gelesen, aber so was bisher noch nie gesehen. Die meisten Reiter wollen einfach nur reiten und die meisten Tänzer nur tanzen. Da verirrt sich selten mal einer aufs Pferd.“ Tanzen und Reiten hatten etwas gemeinsam? Meine Aufmerksamkeit war geweckt.

„Heißt das, Reiter lernen auch leichter Balletttanzen?“, erkundigte ich mich.

Frau Langer zuckte die Achseln. „Keine Ahnung. Aber langjährige Reiter haben ein überdurchschnittliches Gleichgewichtsgefühl und totale Bewegungskontrolle, ähnlich wie Tänzer. Und wir müssen immer wieder Unterricht nehmen, weil wir niemals perfekt sein können.“ Ich nickte verständnisvoll. Balletttänzer müssen täglich üben und der Ballettmeister überwacht sie dabei mit Argusaugen. Das gilt vom Anfänger bis zur Primaballerina.

„Und Sie haben sogar einen Spiegel!“, bemerkte ich mit einem Blick auf die Hallenwand.

Frau Langer nickte und lächelte. „Aber leider haben wir uns nur immer kurz beim Vorbeireiten im Blick und nicht die ganze Zeit. Trotzdem hilft es.“

Ich war fasziniert und hatte auf einmal viel mehr Interesse an Lazlo und seinen Artgenossen. Reiten war also so was wie „Tanz mit dem Pferd“! Und zwar ohne dauernden Partnermangel wie in der Ballettschule, in der es ja kaum Jungs gab. Mal ganz abgesehen davon, dass man im Zweifelsfall die Möglichkeit hatte, dem Partner mit Gerte und Sporen auf die Sprünge zu helfen. Ich grinste in mich hinein, während Frau Langer mir jetzt das „Leichttraben“ erklärte.

Schließlich versetzte sie Lazlo auch noch in Galopp, was mein eben gefundenes Gleichgewicht wieder etwas erschütterte. Dann war die Stunde vorbei.

„Das war wirklich gut, Kirsty. Ich hoffe, du kommst nächste Woche wieder!“, verabschiedete mich Frau Langer.

Auch Miriam war des Lobes voll. Genau genommen kriegte sie sich kaum ein und überlegte ernstlich, demnächst Ballettstunden zu nehmen. „Bei dir sah es so leicht aus! Und ich fühle mich immer noch manchmal wie ein Sandsack auf dem Pferd.“

Davon glaubte ich natürlich kein Wort. Miriam ritt seit zwei Jahren und was sie machte, tat sie meist richtig. Garantiert saß sie so sicher auf dem Pferd wie die Dressurstars im Fernsehen.

Bis zu Miriams Reitstunde mussten wir aber noch einige Zeit warten. Sie ritt bei den Fortgeschrittenen um fünf.

Jetzt bevölkerte erst mal die Anfängerabteilung die Halle. Sechs Mädchen, die offensichtlich alle keine Ahnung von Bauchtanz hatten. Einige wurden im Trab noch ganz schön auf dem Pferderücken herumgeschleudert.

Miriam wollte nicht länger zuschauen. Also gingen wir wieder in den Stall, natürlich mit Abstecher in den Privatstall, wo inzwischen Dondolos Frauchen eingetroffen war. Angebunden an der Stallwand, sah der Friese noch imponierender aus und ich schien nicht die Einzige zu sein, die sich ein bisschen vor ihm fürchtete. Auch sein Frauchen wirkte nicht sehr souverän.

„Dondolo, lass das!“, „Dondolo, neieiein!“, „Dondolo, ganz ruhig!“. Mit schriller Stimme wiederholte sie immer wieder die gleichen Sätze, während sie sich beinahe auf Zehenspitzen um das große schwarze Pferd herumbewegte. Dabei stand Dondolo schon regungslos wie eine Statue, er versuchte offenbar wirklich, nett zu sein. Trotzdem musste er ab und zu atmen und schon das schien sein Frauchen aus dem Konzept zu bringen.

„Dooondo!!!“, quäkte sie tadelnd.

Meine eigene Furcht vor dem Friesen verflüchtigte sich in Lichtgeschwindigkeit. Hätte das Pferd nur einen Funken Mumm gehabt, hätte es spätestens beim Hufeauskratzen die Zähne in Frauchens dicken, von einer lila Reithose umspannten Hintern geschlagen.

Stattdessen ertrug es die Tante mit der Geduld eines Märtyrers. Miriam und ich hielten es allerdings nach ein paar Minuten nicht mehr aus und verzogen uns in Richtung Schulpferdestall. Dabei kamen wir noch an einem kleinen Schimmel und zwei Mädchen vorbei, die um ihn herumwuselten und dabei lauthals stritten.

„Desirée und Martina", bemerkte Miri mit einem Achselzucken. „Sie sind Cousinen, das Pferd gehört ihnen gemeinsam. Wir haben sie alle total beneidet, als sie es bekommen haben, aber inzwischen ... Na ja, am Anfang waren sie Freundinnen – jetzt schreien sie sich nur noch an."

Ich dachte an die Sache mit dem Pferd als Tanzpartner. In der Ballettschule stritten sich die Mädchen auch manchmal um die wenigen Jungs. Wenn auch nicht so öffentlich. Auf jeden Fall mochte niemand den Partner gern teilen. Desirée und Martina anscheinend auch nicht. Der kleine Schimmel erduldete ihr Gezeter mit ebenso viel Langmut wie Dondolo seine Chefin. Entweder waren Pferde einfach die besseren Menschen oder sie hatten den Trick raus, ihre Ohren auf Durchzug zu schalten.

Im Schulpferdestall hingen jetzt die Mädchen aus Miriams Abteilung herum, wobei die meisten sich vor der Box eines großen Grauen drängten.

„Das ist Fidelio", erklärte Miriam. „Er ist neu und geht absolut spitze. Ich hoffe, ich kriege ihn gleich in der Stunde."

Das schienen alle anderen auch zu hoffen. Überhaupt herrschte gespannte Erwartung und die Atmosphäre zwischen den Mädchen war bestenfalls frostig. Als schließlich ein kräftiger, älterer Herr eintrat, stürzten sich alle auf ihn.

„Kann ich Fidelio schon mal putzen?", fragte ein blondes Mädchen, das ihn als Erste erreichte.

„Kriege ich Scarlett?", wollte eine kleine Brünette wissen.

„Nein, ich will Scarlett! Du hast sie letzte Woche gehabt!" Ein anderes Mädchen drängte sich vor.

Miriam war inzwischen auch zu den anderen getreten, war aber selbstverständlich zu schüchtern, um Wünsche zu äußern. Den Reitlehrer schien das aber sowieso nicht allzu sehr anzufechten. Er fixierte ein Mädchen nach dem anderen mit scharfen grauen Augen und sagte dann jeweils exakt zwei Worte: „Lisa, Fidelio." Das war die Brünette, die eigentlich Scarlett gewollt hatte.

„Marie, Annabell. Suse, Scarlett. Du ..., wie heißt du noch gleich ..., Mondo. Miriam, Rosetta ..."

Die jeweils aufgerufenen Mädchen wandten sich entweder mit Jubelschreien oder mit eher finsteren Gesichtern ab. Einwände machte niemand, nicht mal Miriam, die sehr unglücklich wirkte.

„Ich hasse Rosetta. Sie macht absolut nicht mit und pullt wie eine Blöde. Und wenn man nicht aufpasst, bockt sie auch noch."

Aufseufzend griff Miriam nach einem Halfter und zog damit in die hinterste und dunkelste der Boxen. Wenn ich in so einem öden Zimmer hausen müsste, würde ich wahrscheinlich auch „pullen". Was immer das war.

Rosetta zeigte allerdings wenig Lust, ihr Domizil zu verlassen. Die Rappstute schnappte ärgerlich nach Miriam, als die sich mit dem Halfter näherte. Miriam ließ sich davon allerdings nicht beeindrucken. Das hätten ihre Eltern mal sehen sollen! Miri, das Mäuschen, schob sich energisch an das große Pferd heran, donnerte „Lass den Quatsch!“ und zog Rosetta blitzschnell das Halfter über die Ohren.

„Putzen muss ich sie hier drin, sie schlägt nach anderen Pferden“, erklärte Miriam bedauernd und band die Stute in einer Boxenecke fest.

Wer sich als Pferd nicht benehmen konnte, hatte offensichtlich ein trauriges Dasein. Rosetta musste allein in ihrer Box stehen, während alle anderen Pferde in der Stallgasse nebeneinander angebunden waren. Einige schienen dabei miteinander zu knuddeln und zu tuscheln wie Schulkinder. Nur wenige legten die Ohren an, wenn ihnen ihr Nachbar zu nahe kam. Sie schienen das Putzen auch zu genießen, während Rosetta die ganze Zeit nach Miriam giftete. Beim Satteln wurde sie dann richtig böse.

„Sie hat Sattelzwang“, erläuterte Miriam, ließ sich von Rosettas Zappelei und ihren dauernden Beißversuchen aber nicht beirren.

Pferde wurden offensichtlich nicht gefragt, ob sie ihre Berufskleidung wirklich mochten. Der Sattel kam drauf und damit basta. Schließlich führten alle Mädchen die Pferde in die Halle, Miriam als Letzte und mit großem Abstand. Die Mädchen aus der Fortgeschrittenenabteilung durften die ersten zehn Minuten ohne Reitlehreranweisung reiten.

„Aufwärmen“ nannte man das, genau wie im Ballett. Da machten wir unsere ersten Streckübungen auch manchmal, bevor die Lehrerin kam.

Fidelio, das war selbst für eine Totalanfängerin wie mich zu erkennen, war klar der Star der Abteilung. Es sah wirklich nett aus, wie er unter seiner Reiterin den Hals rund machte und mit geschmeidigen Bewegungen die Bahn umrundete.

Rosetta dagegen war eine Katastrophe, obwohl Miriam sich wirklich Mühe gab. Sie saß wie festgeklebt auf dem Pferd, auch als Rosetta unwillig buckelte, aber die Stute zickte weiter herum, wollte immer schneller rennen, als Miriam vorgab, und war dann beim Gruppenreiten kaum daran zu hindern, die Abteilung von hinten aufzurollen. Dabei schlug sie ärgerlich mit Kopf und Schweif. Miriam versuchte, sie zu beruhigen, aber es war hoffnungslos: Wenn einer der Partner partout nicht tanzen wollte, konnte der andere noch so graziös sein. Zusammen würden sie bestenfalls komisch wirken. Oder traurig, wie Rosetta und Miriam. Aber würde ich tanzen wollen, wenn ich vorher und hinterher in so einem dunklen, stinkigen Loch hausen müsste wie Rosetta? Dabei wäre wohl jedem die Grazie vergangen.

Während ich dem allgemein ziemlich verkrampften Formationstanz in der tristen Reithalle zuschaute, fiel mir der Prospekt des Reiterhofs Bjarnehus wieder ein. Helle Boxen mit kleinen Ausläufen davor, Pferde auf grünen Wiesen, die nach der Reitstunde mit ihren Menschen schwimmen gingen. Es war alles so anders und zum ersten Mal konnte ich

Miriam verstehen. Sie sehnte sich nach Abwechslung von alldem hier. Sie wollte Pferde reiten, die wie Pferde lebten und nicht wie Hühner in der Legebatterie. Miriam wünschte sich Pferde mit Freude am Tanzen.

Nichts als Pferde

Als die Ferien anfingen, hatte ich etliche Reitstunden auf dem geduldigen Lazlo absolviert und durfte schon seit einiger Zeit „allein reiten“. Das hieß, dass Frau Langer mir unter langen Erklärungen die Zügel anvertraut und der Vokabelliste noch so etwa tausend Worte hinzugefügt hatte, die sich alle mit „Bahnfiguren“ beschäftigten.

Ich büffelte artig, hoffte aber, das alles in Zukunft nicht mehr zu brauchen. Auf dem Ferienhof würde ich keine Reitstunden nehmen, sondern nur die Ausritte mitmachen. Schließlich hatte ich keine Turnierambitionen, die ersten Tanzimpressionen mit Vierbeinern hatten mir gereicht. Fast alle Pferde im Reitstall wehrten sich auf irgendeine Art gegen den Reiter und wenn nicht, wirkten sie müde und resigniert. Lazlo, Rosetta und ihren Kollegen fehlte die Lebensfreude. Ehrlich gesagt bewegte ich mich lieber mit Partnern, die außerhalb der Ballettstunde nicht in Kästchen gesperrt wurden.

Miriams Eltern fuhren uns schließlich auf den Reiterhof. Es war überhaupt nicht weit, gerade mal eine halbe Stunde mit dem Auto, aber Miris Mutter führte sich auf, als schickte sie ihre Tochter mit einem Sklavenschiff in eine ungewisse Zukunft.

„Hast du auch nichts vergessen? Ihr ruft doch jeden Tag an, Miriam, nicht?"

„Jeden Tag?", fragte die entsetzte Miriam.

„Vielleicht genügt ja auch jeder zweite", begütigte ihr Vater. „Stell dich nicht so an, Annerose, sie sind schließlich nicht aus der Welt."

„Aber Miriam ist zum ersten Mal weg von zu Hause. Da will man doch wissen, wie es ihr geht …"

„Sollte ich plötzlich tot umfallen", bemerkte Miriam ungewohnt patzig, „wird man dich sicher benachrichtigen."

Herr Brandt lachte, aber Frau Brandt lief allein bei der Vorstellung rot an. „Sag so was nicht, Kind. Es ist schließlich nicht ganz ungefährlich … diese Pferde … So riesig …"

„Es sind Kleinpferde, Mami, einen halben Meter niedriger als die im Reitstall. Und sie sind ganz lieb, Bjarnehus nimmt sogar totale Anfänger an. Also müssen die Pferde brav sein …"

„Bei Tieren kann man nie wissen …" Frau Brandt putzte sich die Nase. Ich hoffte für Miriam, dass sie beim Abschied wenigstens nicht heulen würde.

Das tat sie dann glücklicherweise nicht – zumindest nicht in unserer Gegenwart. Sonst ließ sie aber keine Peinlichkeit aus. Frau Hoff, die Betreiberin des Ponyhofes, die bei unserer Ankunft gerade die Tische auf der Veranda deckte und uns freundlich begrüßte, belegte sie sofort mit Beschlag. Ob sie sich unser Zimmer angucken dürfte. Ob Miriam hier Vollwertkost bekäme. Ob die Pferde wirklich nicht gefährlich wären ...

Frau Hoff, eine große, schlanke Frau in Jeans, verdrehte die Augen, ertrug Miris Mutter dann aber genauso gelassen wie Dondolo sein hysterisches Frauchen. Natürlich könnte sie das Zimmer sehen. Vollwertkost würde sie es nicht nennen, aber sie kochten mit meist frischen Zutaten. Und die Pferde – alles Engelchen auf vier Beinen, für die würde sie ihre Hand ins Feuer legen.

Frau Hoff verschwand mit Miris Mutter im Wohnhaus und Miriam und ich hatten erst mal Zeit, uns umzuschauen und durchzuatmen.

Auf der Terrasse befand sich zurzeit nur ein dicker schwarzer Kater, bei dessen Anblick Herr Brandt sofort nieste, und wenn man über den Hof zu den Ställen hinüberblickte, sah man auch zwei Pferde. Sie standen vor einem offenen Stall im Auslauf in der Sonne und sahen zufrieden aus. Eins hatte dem anderen den Kopf auf den Rücken gelegt, das andere wedelte seinem Freund mit dem Schweif die Fliegen vom Rücken. Sie sahen aus wie ein Pärchen, das Arm in Arm in der Sonne lag und döste.

„Die anderen Pferde sind beim Ausritt oder auf der Weide“, erklärte Frau Hoff, als sie mit der halbwegs beruhigten Frau Brandt zurückkehrte. „Das dahinten sind nur Bjarne, unser Deckhengst, und Isolde. Sie ist eine Gaststute, ihre Besitzer wünschen sich ein Fohlen von Bjarne.“

Also tatsächlich ein verliebtes Pärchen. Ich grinste. Miriam hatte ganz leuchtende Augen. Bestimmt wäre sie am liebsten gleich zu den Pferden gerannt, aber jetzt mussten wir erst mal unser Gepäck hereinbringen. Nicht ohne Frau Brandts aufmunternde Kommentare, versteht sich.

„Zieh doch den Koffer, Miriam! Das ist viel gesünder für den Rücken. Und ihr habt ein Vierbettzimmer, stell dir vor, wie in der Jugendherberge ... Aber in eurem Alter findet man so was ja noch lustig. Und dass ihr mir ja Ordnung haltet! Ich möchte mich nicht für dich schämen müssen, Miriam ..."

An jeder Zimmertür hing ein rotes Hufeisen und darunter stand der Name des Zimmers in bunten Buchstaben. Unseres hieß „Svende". Später erfuhren wir, dass die Zimmer alle nach Pferden des Hofes benannt waren. Auch drinnen waren sie lustig bunt gestrichen und mit Holzmöbeln einfach, aber gemütlich eingerichtet. Ich schaute begeistert auf die doppelstöckigen Betten.

„Wo willst du schlafen, Miri, oben oder unten?"

„Oben!", sagte Miri und sah dabei so glücklich aus, dass ich es nicht übers Herz brachte, ebenfalls Lust auf Höhenflüge anzumelden.

„Unten!", bestimmte Frau Brandt. „Du bist die Höhe doch gar nicht gewöhnt, womöglich übersiehst du nachts die Leiter und ..." Entschlossen packte sie Miriams Sachen auf das untere Bett.

„Wir räumen nachher einfach um", raunte ich Miriam tröstend zu. „Deine Eltern gehen ja bald."

Zum Glück hatte Miris Vater auch nicht vor, auf dem Hof Wurzeln zu schlagen.

„Die Mädchen können allein auspacken, Annerose!“, drängte er seine Frau, die Miriams Koffer schon geöffnet hatte. „Jetzt komm, wir gehen irgendwo essen. Um drei muss ich wieder in der Praxis sein.“

„Können wir nicht hier ...“ Miriam sah aus, als würde sie gleich in Ohnmacht fallen. Bis jetzt hatten wir ja Glück gehabt, aber wenn Frau Brandt sich hier wirklich noch zum Mittagessen einlud ...

Miriams Vater sprach ein Machtwort. „Definitiv nein, Annerose. Es gibt Fischstäbchen. Bevor ich mit dir Fischstäbchen esse, lasse ich mich scheiden.“ Mein Papa hätte mir in dieser Situation zugezwinkert, aber Miriams Daddy machte nie Witze mit seiner Tochter. Wahrscheinlich hasste er Fischstäbchen wirklich. Und eine Gruppe lärmender Teenager hasste er garantiert noch mehr. Gar nicht zu reden von dem Kater.

Frau Brandt gab nach und umarmte Miriam, als verabschiedete sie sich zu einer Nordpolexpedition mit ungewissem Ausgang. Sogar ich bekam noch ein paar Knutscher mit. Wir konnten es beide kaum glauben, als sich wirklich die Tür hinter ihr schloss.

„Frei! Endlich frei!“, sagte Miriam und ließ sich aufs Bett fallen. „Vierzehn Tage lang wird mir niemand erklären, wie ich meine Schuhbänder zubinden oder meine Bluse zuknöpfen soll. Kneif mich, damit ich weiß, dass ich nicht träume.“

Ich wollte es gerade tun, als die Tür wieder aufging. Erschrocken fuhren wir beide zusammen, aber es war nicht Frau Brandt. Stattdessen schneiten zwei

Mädchen in unserem Alter herein. Eine von ihnen war rothaarig und sommersprossig, die andere sah cool aus mit ihrem halblangen, goldblonden Haar, absolut pickelfreier Haut und aufregend grünen Augen. Ein Glückskind.

„Hi! Ihr seid die Neuen?“, fragte die Rothaarige. „Ich bin Bibi. Und das Bett da ist meins. Um das andere Hochbett könnt ihr euch aber streiten, Anne schläft freiwillig unten. Sie hat Höhenangst.“

„Das ist völliger Quatsch mit der Höhenangst!“, widersprach die Blonde. „Ich bin sogar schon mal Bungee gesprungen … Na ja, fast …“

„Da hast du's! Fast! Gib dir keine Mühe, ich hab dich gestern in der Springstunde beobachtet. Wenn du über dreißig Zentimeter vom Boden abhebst, wirst du blass.“

„Ich hatte nur Angst um Svende. Vielleicht ist sie ja doch schwanger …“

„Sie ist nicht trächtig!“ Bibi schlüpfte aus ihren Reithosen und zerrte eine Jeans aus einer Schublade. Die Reithosen ließ sie einfach auf dem Boden liegen. So viel zum „Ordnung halten“. „Frau Hoff würde eine trächtige Stute nie im Springkurs einsetzen. Oh, ich hoffe, ich kriege Svende für die Prüfung, sie springt so super! Was ist mit euch, seid ihr auch zum Reitabzeichenkurs da?“ Bibi wandte sich an uns.

Miriam nickte. „Ich schon, Kirsty nicht. Sie hat noch nicht lange Reitstunden.“

„Es gibt auch noch einen Kurs zum Kleinen Hufeisen. Zusätzlich ins Programm genommen. Weil ein paar von den Leuchten, die sich fürs Reitabzeichen angemeldet haben, leider noch keine doppelte von einer einfachen Schlangenlinie unterscheiden können ... Jacob ist fast durchgedreht!" Ich konnte das zum Glück unterscheiden. Dankbar dachte ich an Frau Langer und ihre Vokabellisten.

„Wollt ihr jetzt noch auspacken?", ließ sich Anne vernehmen. Sie kam aus unserem winzigen Gemeinschaftsbad und kämmte sich die ohnehin schon perfekt sitzenden Haare. Ihre Reithose hatte sie ebenso selbstverständlich fallen lassen wie ihre Freundin. „Lasst es sein, es gibt in drei Minuten Essen. Und dann bringen wir die Pferde auf die Weide. Heute Nachmittag reiten wir nicht, Montagnachmittag sind nie Reitstunden. Montag ist ‚Umschlagstag'."

„Umschlagstag?", fragte ich.

Anne nickte. „Ja, da kommen die Neuen. Ein paar sind ja jetzt schon da, wie ihr, aber der Großteil trudelt im Laufe des Nachmittags ein. Die meisten mit einem Rattenschwanz hysterischer Eltern, die sich von ihrem Nachwuchs nicht trennen können. Eben auf dem Flur hat tatsächlich eine Mama geheult! Wenn Frau Hoff mit denen fertig ist, hat sie nicht mehr den Nerv zum Reitunterricht."

Miriam und ich wechselten bedeutungsvolle Blicke. Wir hatten beide so einen Verdacht in Bezug auf die heulende Mama. Aber daran mochten wir jetzt nicht mehr denken. Weisungsgemäß ließen wir unser Gepäck stehen und folgten Bibi und Anne.

„Wie lange seid ihr denn schon hier?", fragte Miriam. „Ihr scheint euch ja super auszukennen."

Bibi lachte. „Also, diesmal bin ich vor zwei Tagen

gekommen und Anne gestern. Aber insgesamt war ich schon sechsmal da. Und Anne …"

„… achtmal, ich halte fast den Rekord!", ergänzte ihre Freundin. „Die meisten hier kommen öfter. Fjordpferde machen süchtig!"

Miriam strahlte. „Ich hab noch nie welche geritten. Überhaupt noch nie Kleinpferde. Mein Lieblingspferd …"

Drei Sekunden später waren alle drei in ein lebhaftes Gespräch über Dondolo und sein dösiges Frauchen, Friesen und Andalusier, Reitbeteiligungen und Pflegepferde vertieft. Trotz aller Bemühungen Frau Langers versagte meine Vokabelkenntnis hier vollkommen. Die drei hätten sich ebenso in einem Zulu-Dialekt unterhalten können. Aber eigentlich war mir das auch egal. In erster Linie hatte ich jetzt Hunger und im Gegensatz zu Herrn Brandt mochte ich Fischstäbchen! Dazu schien strahlend die Sonne und das ganze Haus war inzwischen voller lachender, fröhlicher Kinder und Jugendlicher, die wild durcheinanderredeten. Zu meiner Verwunderung waren auch etliche Jungen darunter. Im Reitstall in der Stadt hatte ich nur Mädchen gesehen.

„Den Eltern ist das egal", erklärte Anne, als ich sie danach fragte. „Sie liefern alle Geschwister hier ab, ob Jungs oder Mädchen. Hauptsache, die Kinder sind eine Weile aus dem Haus und gut versorgt. Und Frau Hoff muss dann sehen, was sie mit ihnen anstellt. Die meisten haben natürlich noch nie auf einem Pferd gesessen, aber dafür hat sie besonders liebe Ponys. Die dicke Molly zum Beispiel, da hocken sie manchmal zu dritt drauf und lachen sich kaputt. Oder sie dürfen auf Katjana voltigieren."

Anne schluckte ihr Fischstäbchen herunter und zeigte auf ein großes, blondes Mädchen an einem langen Tisch, an dem nur Kinder unter zehn saßen. „Das da drüben ist Sandra. Sie ist Studentin und arbeitet hier in den Semesterferien. Am liebsten mit den Kleinen, sie macht richtig Programm für sie." Sandra wirkte wirklich recht mütterlich, der Umgang mit den Minis schien ihr Spaß zu machen.

„Wenn ich mal studiere, darf ich hier auch in den Ferien arbeiten. Hat mir Frau Hoff schon fest versprochen!", verkündete Bibi.

Inzwischen waren mindestens zehn Mädchen und Jungen an unserem Tisch vorbeigekommen und hatten Bibi und Anne mit Hallo begrüßt wie lang verlorene Schwestern. Ich schien in eine Art Ferienfamilie hineingeraten zu sein! Alle kannten und liebten sich. Und Miriam bewarb sich offensichtlich um Adoption. Sie war vollkommen in ihrem Element und hatte in der letzten halben Stunde wahrscheinlich mehr geredet als vorher im ganzen Schuljahr.

Nachdem wir bergeweise Fischstäbchen und Kartoffelsalat verdrückt und anschließend der Köchin applaudiert hatten – sie gehörte auch zur Familie, Bibi erzählte uns, sie sei Frau Hoffs Mutter –, folgten wir den anderen zu den Pferden. Die meisten standen jetzt in Ausläufen vor den offenen Ställen, ein paar auch auf einer kleinen Hausweide.

Farblich sahen sie alle irgendwie verwaschen

aus. Eine Art Beige, manchmal ins Graue, manchmal ins Gelbe oder Bräunliche spielend. Und ungelogen, sie trugen sämtlich Irokesenschnitt! Lauter kleine Punks mit zweifarbigen Mähnen, nur den Stirnschopf beließ man im Wildwuchs. Er reichte den Pferden zum Teil bis zu den Nasenlöchern. Oder besser gesagt, den Ponys. Miriam hatte nicht übertrieben, Hoffs Pferde wirkten tatsächlich erheblich kleiner als die Riesenviecher im Reitstall.

Ich versuchte, mich an das entsprechende Kapitel in Miriams Buch zu erinnern: Fjordpferde gehörten zu den Kleinpferden. Sie hatten eine praktische Größe um einen Meter vierzig, aber genauso viel Kraft wie die Großen. Das mochte stimmen, stämmig wirkten die Vierbeiner jedenfalls. Und sie schienen freundlich zu sein. Eins sabberte schon vergnügt grünliche Spucke auf Miriams Jackenärmel. Miriam war hin und weg vor Begeisterung.

„Darf ich wohl auch eins führen?“, fragte sie Bibi, die ganz selbstverständlich nach einem Halfter gegriffen hatte.

„Nur, wenn welche übrig sind. Eigentlich sollen die Reiter sie selbst auf die Weide bringen. Aber du hast gute Chancen. Aus der letzten Reitergruppe reist heute die Hälfte ab. Die sind jetzt mit Packen beschäftigt.“ Tatsächlich standen noch fünf kleine Irokesen ziemlich ungeduldig in ihren Ausläufen, als alle Mädchen und Jungen ihre Reitpferde von vorhin aufgehalftert hatten.

Anne zeigte auf die Halfter. „Nehmt euch jede eins!“, forderte sie uns auf.

Miriam schnappte begeistert zu, ich eher zögerlich. Diese Pferde standen nicht in Boxen, sie konnten weglaufen oder sonst was veranstalten, wenn ich zu ihnen ging, um sie aufzuhalftern. Miriam hatte allerdings schon das erste eingefangen.

„Das ist Carlotta!", stellte Anne sie vor – es war mir ein Rätsel, wie sie die Tiere auseinanderhielt!

Und mir nahm nun eins der Pferde die Entscheidung aus der Hand. Entschlossen stupste eine gelbliche Nase mich an. „Molly", erklärte Bibi.

Hatte sie dieses Tier nicht eben als besonders lieb beschrieben? Ich strich vorsichtig über die weiche Ponynase und streifte Molly dann das Halfter über. Eifrig folgte sie mir zum Ausgang.

Anne und Bibi hatten inzwischen auch den Rest der Herde herausgeführt. Zu meinem Schrecken schwangen sie sich mühelos auf den ungesattelten Rücken ihrer Ponys. Anscheinend wollten sie sie auch ohne Trensen reiten und nur am Führstrick lenken. Dazu führte Anne noch ein weiteres Pferd und Bibi ließ sogar eins auf der rechten und eins auf der linken Seite ihres Reittieres mitlaufen. Auch die anderen Mädchen und Jungen waren längst aufgestiegen. Die Kleineren halfen sich dabei gegenseitig.

„Na los, worauf wartet ihr noch?", fragte Anne. Ihr Pony schien etwas nervös zu sein und trat ungeduldig von einem Bein aufs andere.

Ich sah, dass auch Miriam schluckte, aber sie hätte natürlich nie zugegeben, sich das Reiten ohne Sattel nicht zuzutrauen. Entschlossen lenkte sie Carlotta zu einem großen Stein, den auch Anne als

Aufstiegshilfe benutzt hatte. Von ihm aus krabbelte sie mühsam aufs Pferd.

„Kirsty, wir warten!", mahnte mich Bibi. Oh Gott, wenn ich jetzt nicht aufstieg, würde sie mir zwei Wochen lang erzählen, ich hätte „Höhenangst".

Also los. Molly stand wie angewurzelt, während ich aufsprang. Das Raufkommen selbst war kein Problem, aber da oben war es verdammt rutschig. Immerhin achtete niemand auf meinen Sitz.

Anne setzte sich an den Anfang der Gruppe, die anderen reihten sich dahinter ein. Molly ging wie ein Uhrwerk, ganz ruhig und gelassen, aber mit lebhaft gespitzten Öhrchen. Sie war breiter als Lazlo, ein Dickerchen, doch dafür saß man auch weich wie auf dem Sofa.

Nach den ersten paar Metern begann es, mir zu gefallen. Wir ritten über einen relativ schmalen Trampelpfad durch das Wäldchen und kamen dann auf einen breiteren Weg zwischen zwei Äckern. Schließlich mündete er in einen Grasweg und ein paar der Pferde machten Anstalten, am Rande etwas zu naschen. Auch Molly erhaschte ein paar Grashalme, aber dann ging sie brav weiter. Der Weg führte zwischen weitläufigen Weiden hindurch, eingezäunt mit breitem Elektrozaunband. Plötzlich stieß Miri einen Entzückensschrei aus. Auf einer der Wiesen standen vier Stuten mit ihren Fohlen.

„Oh, sind die süß!" Was mich anging, so wäre ich nicht gleich derart in Ekstase geraten, aber niedlich waren die Pferdebabys schon. Alles natürlich kleine Gelblinge oder Graue – nein, „Falben" hieß natürlich die richtige Vokabel! – und auch sie trugen schon Irokesenfrisuren. Hier war die Stehmähne aber noch Natur, sie sah flauschig und weich aus. Die Pferdemütter dagegen durften das Haar lang tragen. Wie Indianersquaws, dachte ich und kicherte.

Die Weide neben der Fohlenkoppel erwies sich als unser Ziel. Eins der Mädchen öffnete sie elegant vom Pferd aus und wir ritten alle hinauf und nahmen den Pferden die Halfter ab. Ich hatte gedacht, sie würden jetzt in die Freiheit galoppieren, aber sie senkten nur die Köpfe ins Gras, wo sie gingen und standen. Molly hob sogar noch einmal den Kopf, als wollte sie mir Auf Wiedersehen sagen. Mein freundliches Streicheln schien sie allerdings nicht zu beeindrucken. Ein paar der anderen Mädchen verabschiedeten sich mit Brotstückchen von ihren Ponys, was wesentlich besser ankam.

Zurück mussten wir laufen, wobei wir natürlich eine Pause an der Fohlenweide einlegten. Enttäuscht musste ich feststellen, dass mein Witz nicht neu war, auch Anne stellte die Stuten als „Bjarnes Squaws" vor. Die Fohlen waren sämtlich Söhne und Töchter des sonnengelben Hengstes und Anne konnte auch seinen gesamten Stammbaum herunterbeten. Miriam lauschte atemlos. Dann durften wir tatsächlich hineingehen und die Fohlen streicheln. Hier war Tuchfühlung zwischen Mensch und Pferd offensichtlich nicht verboten.

Die Fohlen fühlten sich weich an wie Plüschtiere und sie liebten es, wenn man sie knuddelte. Miriam kraulte selbstvergessen den Mähnenkamm eines

Mini-Hengstes, wobei dessen Oberlippe ekstatisch zuckte. Aber dann wurde die zugehörige Mami wohl etwas eifersüchtig. Sie warf uns einen genervten Blick zu und setzte sich dann in Galopp. Ihr Sohn und sämtliche anderen Pferde folgten ihr in die hinterste Ecke der riesigen Weide.

„So ist es immer“, meinte Anne gelassen. „Moira guckt sich das Ganze ein paar Minuten an, dann hat sie genug. Frau Hoff sagt, sie will nicht, dass wir ihr Baby zu sehr verwöhnen. Kommt ihr jetzt? Um vier ist Einführung für die Neuen, da müsst ihr im Speiseraum sein. Vorher könnt ihr noch auspacken.“

Um vier im Speiseraum gab es Tee und Kekse. Die Gruppe war kleiner als beim Mittagessen, da sich diesmal nur die Gäste versammelten, die zum ersten Mal auf Bjarnehus Ferien machten.

Die „Alten“ hingen auf der Terrasse herum und tauschten sich darüber aus, was sie im letzten Jahr so getrieben hatten. Im Vorübergehen hatte ich ein paar Worte aufgeschnappt. Sie redeten ausschließlich über Pferde.

Frau Hoff begrüßte uns zunächst herzlich auf dem Ponyhof und klärte uns dann über die Hausordnung auf. Insgesamt war sie überschaubar. Es gab geregelte Essenszeiten, die Zimmer wurden wöchentlich auf Ordnung und Sauberkeit kontrolliert und natürlich durften wir das Gelände nicht verlassen, ohne uns abzumelden. Das hatte aber ohnehin wenig Reiz, da Bjarnehus ziemlich weit entfernt von jeglicher Zivilisation lag. Der nächste Supermarkt war in einem fünf Kilometer entfernten Dorf. Frau Hoff erklärte, dass sie für Ausflüge Fahrräder zu verleihen hatte, aber die Leihgebühr war ziemlich gesalzen. So großartig konnte das Kaff kaum sein.

Es zeigten ohnehin nur wenige Gäste Interesse an Ausflügen. Die meisten waren wie Miriam und brannten nur auf Reitzeiten und Pferde-Infos.

Auch Frau Hoff schien zufrieden, als sie von all dem Ordnungskram endlich zum Thema Reiten übergehen konnte.

„Unsere Schulpferde hier sind alles reinrassige Fjordpferde, fast ausschließlich Stuten. Die drei Wallache sind aus eigener Zucht, das waren meine ersten Fohlen, die konnte ich unmöglich weggeben! Ansonsten sind die Damen durchweg als Zuchtstuten eingetragen – ein paar sind hoch prämiert. Also Respekt, Herrschaften, ihr arbeitet hier sozusagen mit den Claudia Schiffers der Pferdewelt."

Wir lachten pflichtschuldig.

„Die Stuten werden übrigens auch immer wieder als Zuchtstuten eingesetzt. Ab und zu brauchen sie einfach eine Pause vom Reitbetrieb. Wenn wir das merken, bekommen sie ein Babyjahr. Mir liegt sehr daran, dass die Pferde zufrieden sind – sonst leidet auch die Sicherheit der Reitgäste …"

Ich musste an Miriam auf der bockenden Rosetta denken. Frau Hoff hatte recht: Unglückliche Pferde machten das Reiten zum Risiko.

„Deshalb werden unsere Pferde auch artgerecht gehalten, also in Gruppen und auf der Weide beziehungsweise in großen Ausläufen. Sie sollen so natürlich leben und aufwachsen wie eben möglich. Was das Reiten betrifft, so bieten wir sowohl Reitstunden als auch Ausritte an. Unsere Schulpferde sind gut ausgebildet, aber das wisst ihr ja – viele von euch sind schließlich hier, um das Reitabzeichen zu erwerben. Dazu habe ich übrigens noch eine Änderung bekannt zu geben. Parallel zum Reitabzeichenkurs führen wir jetzt zusätzlich einen einwöchigen Kurs zum Kleinen Hufeisen durch …"

Das Kleine Hufeisen, das wusste ich inzwischen, war eine Anstecknadel, nach der die meisten hier so verrückt waren wie ich persönlich allenfalls nach dem Oscar. Man erhielt sie, wenn man eine Theorieprüfung und eine Dressuraufgabe erfolgreich absolvierte. Wahrscheinlich nicht auf Olympianiveau, aber doch fast, wenn man Miriam und Co glauben wollte. Miriam hatte ihr Kleines und Großes Hufeisen schon, sie strebte jetzt nach dem Reitabzeichen, das noch schwieriger war. Schließlich musste man dafür zusätzlich Parcoursspringen. Auf „E-Niveau", wie Miri mir wichtig erklärte. Ich hoffte für sie, dass sie sich damit nicht überforderte. Annes Kommentar zu den Mädchen, die jetzt von Reitabzeichen- zu Hufeisenanwärterinnen degradiert worden waren, hatte zu vernichtend geklungen. Frau Hoff drückte die Sache erheblich diplomatischer aus, ließ aber keinen Zweifel an ihren harten Auswahlkriterien.

„Morgen sehe ich euch als Erstes alle auf dem Reitplatz. Dabei entscheiden wir auch, wer bei den Ausritten in die Anfänger- und Fortgeschrittenengruppen kommt. Die individuellen Reitzeiten und

Kurspläne findet ihr dann jeden Morgen am Schwarzen Brett. Und natürlich seid ihr mindestens eine halbe Stunde vor dem Unterricht in den Ställen, um euer Pferd zu putzen und zu satteln. Wer das noch nicht kann, wendet sich bitte an mich oder Sandra oder Jacob. Fragen ist keine Schande. Aber wenn ihr mit einem schlampig gesattelten Pferd in die Stunde kommt, werde ich sehr unleidlich!"

„Das war die Untertreibung des Jahres!", lachte Bibi später beim Abendessen. „Wenn jemand ihren Pferden was tut, wird Frau Hoff zur Tötungsmaschine. Ist aber auch richtig so. Unsere Schulpferde hier sind seltene Schätzchen. Wenn ich da an meinen Reitstall zu Hause denke ..."

Dazu hatte Miriam auch einiges zu sagen. Wieder mal waren meine drei Zimmergenossinnen innerhalb von Sekunden in ein Gespräch vertieft, zu dem ich eigentlich nur bedeutsam nicken konnte.

Hier fiel es garantiert niemandem auf, wenn ich unter dem Tisch in *Sprechtraining für Anfänger* schmökerte. *Auf* dem Tisch verbat sich das. Wer weiß, wie Bibi und Co reagierten, wenn ich mich als nicht pferdeinfiziert outete? Im Übrigen hatte Frau Hoff nichts von Freizeitaktivitäten gesagt, die über Pferde und Reiten hinausgingen – abgesehen von ihrem Fahrradverleih. Für die Minis unter zehn gab es Programm, aber von uns anderen erwartete man offensichtlich völlige Hingabe ans Ross. Noch fand ich das ja ganz lustig, aber ob ich es 14 Tage durchhalten würde, ohne Schreikrämpfe zu kriegen?

Traumtänzer

Am Abend schlief ich über meinem Buch ein, während Miriam, Bibi und Anne die Vorteile von Groß- gegenüber Kleinpferden und umgekehrt erörterten. Bei Schlafstörungen kann ich das Zusammenleben mit Pferdefans nur empfehlen.

Immerhin hatte ich noch mitgekriegt, dass morgens um halb acht die Pferde von der Weide geholt wurden. Wer dann schon auf war, durfte mithelfen. Miriam war Feuer und Flamme und programmierte wild an ihrem Handy herum, um dem vielleicht eine Weckfunktion zu entlocken.

Anne und Bibi waren sich eigentlich sicher, dass sie verschlafen würden, und fanden das auch nicht *soo* schlimm. Schließlich hatten sie diesen Morgenritt schon zigmal mitgemacht. Was mich anging, war ich mir nicht so sicher. Der Ritt ohne Sattel war zwar cool gewesen, aber auch wieder nicht so ein Hit, dass ich dafür in den Ferien um sieben aufstand.

Dann erübrigte sich jedoch die Überlegung. Wie immer in den ersten Ferientagen lag ich ab sechs, meiner normalen Aufstehzeit, nur noch im Halbschlaf. Insofern entging es mir natürlich nicht, als Miriam über mir aus dem Schlaf schreckte und einen Kampf mit ihren Decken und ihrem Handy begann. Schließlich fiel mir das wie verrückt rotierende Teil auch noch fast auf den Kopf.

„Tschuldige ...", wisperte Miriam. „Aber kriegst du das aus? Ich hab's auf Vibration gestellt, damit es nicht alle weckt, aber jetzt macht es seit fünf Minuten den Wackelpeter und will nicht mehr aufhören."

Bis wir das Gerät schließlich mit vereinten Kräften zur Ruhe gebracht hatten, war ich hellwach. Erst dann stellten wir fest, dass Miri sich auch mit der Programmierung ein bisschen vertan hatte. Tatsächlich war es erst fünf nach sechs.

„Macht nichts, ich gehe trotzdem schon raus!", verkündete Miriam. „Kommst du mit?"

Ich zuckte mit den Schultern. Einschlafen würde ich jetzt garantiert nicht mehr, da konnte ich ebenso gut einen Spaziergang mit Miriam machen.

Also schlüpften wir möglichst leise in Jeans und Sweatshirts und traten hinaus in einen hinreißend friedlichen ländlichen Morgen. Gerade erwachten die ersten zaghaften Vogelstimmen und in der Luft lag ein Duft nach Gras und Heu und Sommer.

Im Auslauf gegenüber wanderte Isolde, die Gaststute, unruhig hin und her. Wir gingen zu ihr, um sie zu streicheln, was sie sich nach anfänglichem Zögern gern gefallen ließ. Auch sie roch gut, ein sanfter, erdiger Geruch nach Pferd, den man nur dann bemerkte, wenn man die Nase nah an ihr Fell hielt. Auf Bjarnehus gab es keine miefig-dunklen Ställe und die Pferdepisse versickerte geruchlos auf den Weiden oder im Sandauslauf. Und niemand packte die Pferde einzeln in Kästchen …

Andererseits wirkte Isolde im Moment auch ziemlich einsam und machte ihrem Frust darüber Luft, indem sie lauthals wieherte.

„Wo ist denn wohl Bjarne?“, fragte Miriam und inspizierte den Auslaufzaun. „Ausgebrochen kann er doch nicht sein.“

Ich schüttelte den Kopf. „Frau Hoff sieht nicht so aus, als ob ihr die Pferde entlaufen“, scherzte ich. „Kann doch sein, dass Frau Hoff vor dem ganzen Betrieb noch eben selbst einen Ausritt macht.“

„Dahinten ist jedenfalls was los“, meinte Miriam. „Hör mal!“

Ich spitzte die Ohren. Das musste eine akustische Täuschung sein! Ich vernahm deutlich einen Song aus *Grease* von irgendwo hinter den Ställen.

Aber Miriam hatte es auch gehört!

„Das kommt aus der Reithalle“, erklärte sie. „Los, wir schauen mal nach!“

Miriam hatte offensichtlich den Lageplan des Reiterhofs bereits im Kopf. Zielstrebig lief sie um die Ställe herum, wo wir eine Art überdachten Reitplatz vorfanden. Als Halle hätte ich das nicht bezeichnet, dafür war die Holzkonstruktion zu offen. Hier kam reichlich Licht und Luft zu den Reitern – allerdings kein Regen. Was für ein Unterschied zu Miriams Reitstall zu Hause!

In welch völlig anderer Welt ich hier gelandet war, ging mir aber erst auf, als ich den Reiter sah.

Aus den Lautsprechern klang *Summer Loving* und dazu tanzte ein Junge mit seinem Pferd. Bjarne, der verpennte Schmusehengst aus dem Auslauf, war nicht wiederzuerkennen. Er ging mit hoher Aufrichtung, den mächtigen Hals stolz gerundet, und jeder kraftvolle Schritt erfolgte im Takt der Musik. Außerdem lief er nicht einfach vorwärts, sondern tänzelte auch zierlich seitwärts oder er schwebte quer durch die Bahn und schien dabei abzuheben – wie ein Tänzer beim *Grand Jeté*!

Wenn der Hengst aber schon eine Sensation war – der Knabe auf seinem Rücken ließ mir erst recht Schauer über den Rücken laufen. Er hatte kräftige, lange Beine wie ein Tänzer, saß absolut gerade und entspannt auf dem Pferd und führte die Zügel mit unvergleichlicher Lässigkeit. Sein Gesicht drückte Konzentration aus und schien dabei fast etwas finster, aber vielleicht lag das auch an seinen dichten, dunklen Augenbrauen. Sein Haar wäre sicher ebenso üppig gewachsen, aber er trug es stoppelkurz – fast Partnerlook zu seinem Fjordhengst. Seine Haut war gebräunt, er war insgesamt ein dunkler Typ, aber davon abgesehen konnte er seine Ähnlichkeit mit Frau Hoff kaum verbergen. Auch der raue Ton in der Reitbahn sprach für Familie unter sich …

„Parade, Jacob, lass ihn doch nicht so in den Stopp reinrasseln! Zügel weich annehmen und gleich nach der Traversale in der Mitte der kurzen Seite angaloppieren, nicht erst eine Runde später. Meine Güte, du hörst doch, wenn die Musik wechselt!" Frau Hoff war nicht so begeistert von den Reitkünsten des

Jungen wie ich – oder gar Miriam, die geradezu in Andacht versunken neben mir stand.

„Ich hör gar nichts, Mama, ich versuche nur, mir diese vertrackte Aufgabe zu merken. Ging's nicht noch ein bisschen schwerer? Es ist die Euro Cheval, nicht die Olympiade!"

„Es ist eine Rassenvorstellung ‚Fjordpferd', das heißt, wir müssen den bestmöglichen Eindruck machen. Wenn du rumjuckeln willst wie Susi Sorglos auf irgendeinem Durchschnittspony, brauchen wir nicht nach Offenburg zu fahren! Mal ganz abgesehen von dem Turnier nächste Woche." Frau Hoff fummelte an der Musikanlage herum.

„Zwischen Rumjuckeln und einer superschweren M-Aufgabe ist ein Unterschied", wagte der Junge einzuwenden. Er zog dabei sein Sweatshirt aus und präsentierte uns ein durchgeschwitztes T-Shirt. So mühelos, wie sie ausgesehen hatte, war seine Reiterei offensichtlich nicht. Der Hengst unter ihm zeigte dagegen noch keine Schweißspuren, sondern wirkte ganz unternehmungslustig. Er spitzte die Ohren, als die Musik wieder einsetzte, und trabte willig los, um den Tanz von eben zu wiederholen.

„Was ist M?", fragte ich die erstarrte Miriam.

Daraufhin holte sie wieder Luft. „Mittelschwer. So bezeichnet man Turnierklassen. E gleich Einsteiger, A wie Anfänger, L wie Leicht, M gleich Mittelschwer und S für Schwer. Ist aber total untertrieben. L reitet gerade mal Frau Langer. Beim Reitabzeichen reitet man eine E-Aufgabe. M ist irre schwer. Guck mal, wie schnell die Figuren aufeinanderfolgen."

Das stimmte. Bjarne und sein Reiter wechselten von einer Bahnfigur zur anderen und auch immer wieder zwischen Schritt, Trab und Galopp. Frau Hoff kommentierte dabei pausenlos den Sitz und die Zügelführung des Jungen, genau wie Frau Langer bei uns. Allerdings hatte die auch tatsächlich eine Menge zu meckern, während Frau Hoff nur an Kleinigkeiten herumzumäkeln schien.

„Na also!“, sagte sie schließlich, als die Musik aufhörte und Bjarne und sein Reiter in der Mitte der Bahn zum Stehen kamen. „Es geht doch! Denk dran, dass die IG Fjord uns extra eingeladen hat, Bjarne als Dressurpferd zu zeigen. Das ist eine Ehre …“

Der Junge verdrehte die Augen. Sein Pferd hatte Miriam und mich inzwischen entdeckt. Bjarne wandte uns seine hübschen Ponyohren zu, woraufhin auch der Junge herübersah.

„Ist der cool …“, stöhnte Miriam neben mir.

Ich konnte ihr da nur zustimmen.

„Diese Mähne … Und die Gänge … So ein Pferd müsste man haben …“ Das Schöne an besten Freundinnen ist, dass man sich gegenseitig niemals etwas neidet. Von mir aus konnte Miriam Bjarne gern haben. Solange der Reiter für mich blieb.

Der Junge lächelte. „Hallo, ihr zwei! Ihr seid ja früh auf. Guck mal, Mama, wir haben Zuschauer.“

Frau Hoff erkannte uns jetzt auch.

„Morgen, Miriam! Und … Nicht sagen … Kirsty!“

Ich nahm ihr das nicht übel, Miriams Name dagegen blieb jedem ins Gedächtnis eingebrannt, der ihre Mutter kennenlernte.

„Das ist mein Sohn Jacob“, stellte Frau Hoff vor. „Ihr werdet ihn noch näher kennenlernen, er gibt den Dressurunterricht im Reitabzeichenkurs. Tut mir leid, Jacob, dass ich dich vor deinen Schülerinnen so abgekanzelt habe. Eigentlich trainieren wir so früh, damit eben keiner der Gäste mitbekommt, dass auch die Ausbilder noch lernen.“

Das bezog sich offensichtlich auch auf Sandra. Sie kam eben mit einem Pferd um die Stallecke. Wahrscheinlich würde sie als Nächste gezwiebelt werden.

„Ist doch normal ...“, murmelte Miriam etwas peinlich berührt. Mir dagegen fehlten diesmal die Worte. Dieser Traumtyp gab hier Reitunterricht? Und ich wollte nur ausreiten? Urplötzlich erwachte mein Ehrgeiz. „Dann gehen wir jetzt mal ...“, meinte Miriam, taktvoll wie immer. Bestimmt hätte sie sich Sandras Reitstunde gern angesehen, aber sie verstand einen Wink mit dem Zaunpfahl. Ich verstand so was natürlich auch, wusste es in Einzelfällen aber auch mal zu überhören. In diesem Fall war mir daran allerdings wenig gelegen, Sandra interessierte mich nicht. Ich war ganz zufrieden, neben Jacob und seinem Pferd Richtung Stall zu gehen.

Der Junge erzählte dabei von der Euro Cheval. Das war eine Pferdemesse, auf der sich jeden Sommer Pferde aller Rassen präsentierten. Diesmal sollte Bjarnehus für den Fjordpferdeverband dabei sein und natürlich würde Frau Hoff auch Werbung für ihren Ferienhof machen. Als Schauvorführung plante sie einen *Pas de Deux* mit Jacob auf Bjarne und

Sandra auf Nicoletta. Allerdings konnte Nicoletta noch nicht halb so viel wie der Hengst, deshalb ritt Jacob den ersten Aufgabenteil allein und Sandra stieß erst dann dazu.

„Fürchterlich kompliziert, aber wenn's um ihre Pferde geht, kennt Mom keine Gnade", lachte Jacob. „Und was ist nun mit euch? Seid ihr zum Kurs gekommen? Reitabzeichen oder Hufeisen?"

„Reitabzeichen", meinte Miriam stolz. Sie schien keinen Zweifel daran zu hegen, dass sie den Anforderungen gerecht wurde. „Glaubst du … Glaubst du, ich darf Bjarne mal reiten?", fragte sie zögernd.

Jacob schüttelte den Kopf. „Nö, sorry, aber der Hengst geht nicht im Schulbetrieb. Nicht, dass er schwierig wäre, aber er ist voll im Turniereinsatz, und wenn er dabei wechselnde Reiter hätte, käme er durcheinander. Mit Bjarne habe nur ich die Ehre."

Miriam seufzte. Ich wusste, dass auch sie sich ein Pferd für sich allein wünschte. Aber ihr Daddy stellte sich da stur: „Vielleicht als Abiturgeschenk …"

„Und du?", fragte mich Jacob.

Ich bemühte mich mit aller Kraft, unter seinem freundlich interessierten Blick nicht rot zu werden.

„Reitabzeichen bestimmt nicht, ich reite noch nicht so lange. Aber Hufeisen … Mal sehen …"

„Mal sehen?!" Verdutzt wiederholte Miri meine Worte, als wir uns von Jacob verabschiedet hatten und mit anderen Frühaufstehern Richtung Pferdeweide schlenderten. „Seit wann denkst du ans Hufeisen?"

„Seit ich den Reitlehrer kenne! Mensch, Miri, für

den Typen schmeiß ich doch jede Boygroup weg! Sag nicht, du findest ihn nicht cool!"

„Wen?", fragte Miriam in aller Unschuld. „Ach, Jacob. Klar ist der cool. Mensch, einmal im Leben so reiten können! Und so ein Pferd haben ... Ach, Kirsty, es ist derart ungerecht! Warum muss ich so seltsame Eltern haben, mit Kontroll- statt Pferdetick? Wenn Frau Hoff meine Mutter wäre, das wäre toll! Mann, und so ein Bruder wie Jacob ..."

Ich seufzte. Mit Miri war nicht zu reden, die war voll auf dem Familientrip. Aber zum Glück noch nicht darauf gekommen, dass Frau Hoff bestimmt auch eine nette Schwiegermami wäre!

Das Frühstück war absolut super, ich badete geradezu in Nutella. Meine Eltern kauften das Zeug nicht, weil es ungesund ist, und Miris Mutter würde ihre Tochter direkt mit dem Notfall-Hubschrauber abholen lassen, wenn sie wüsste, dass es hier serviert wurde. Aber sie war ja zum Glück weit weg.

Nach dem Frühstück hatte erst mal Miriam Reitstunde – allerdings nicht bei Jacob, der begleitete einen Ausritt mit den „Alten". Bibi und Anne strahlten ihn gleichermaßen an, als er ihnen die Pferde zuteilte. Pferdeverrücktheit schien einen also nicht grundsätzlich gegen Jungs erblinden zu lassen.

Ich setzte mich auf eine der Holzbänke in der Reithalle und schaute Miriams Unterricht zu. Wie erwartet, machte meine Freundin alles tadellos. Sie ritt eine zierliche, gelbfalbe Stute, Niala, die offensichtlich gern tanzte. Natürlich vollführte sie nicht so komplizierte Bewegungen wie Jacob und Bjarne, aber es sah doch sehr graziös aus, wenn sie mit brav gerundetem Hals und kräftiger Hinterhandaktion durch Volten und Zirkel trabte. Miriam strahlte, als Frau Hoff sie lobte. Auch die anderen Fortgeschrittenen hatten nicht geschwindelt, als sie ihre Reitkenntnisse beschrieben. Nur einem Mädchen machte Frau Hoff am Ende schonend klar, dass es sich mit dem Reitabzeichen vielleicht etwas übernahm. Aller Vorsicht zum Trotz brach sie in Tränen aus. „So, und nun die zweite Gruppe!“, sagte Frau Hoff, nachdem das Mädchen halbwegs getröstet war. Mit den anderen ging ich hinunter in die Halle, um eins der Schulpferde zu übernehmen. Ich hoffte auf Niala, aber die durfte zurück in den Stall. Stattdessen bekam ich Bonnieboy, einen freundlich blickenden Wallach – inzwischen wusste ich, was das ist. Ein Wallach ist ein Hengst, den man kurzerhand entmannt hatte. Im Prinzip eine Gemeinheit, aber es dient wohl der Geburtenkontrolle. Nur die besten männlichen Pferde sollen Fohlen zeugen.

Ich klopfte Bonnieboy etwas tröstend, aber er schien sich ziemlich gut mit dem Berufsbild „Reitpferd“ arrangiert zu haben. Jedenfalls guckte er ganz zufrieden, erst recht, als ich ihm mein Bestechungsleckerli, einen Apfelschnitz vom Frühstückstisch, unauffällig zwischen die Zähne schob.

Auf Bonnieboy fühlte ich mich aber sofort zu Hause. Ich habe wirklich keine Höhenangst, aber ich muss auch nicht unbedingt zwei Meter über dem Boden schweben, um eine Reitstunde zu genießen. Bonnieboy hatte eine handliche Größe und Bewegungen, die leicht zu sitzen waren. Zu meinem Entzücken reagierte er sogar auf meine Zügelhilfen. Das hatten die Reitschulpferde zwar auch insoweit getan, dass sie mich – meistens – die Richtung bestimmen ließen. Aber Bonnieboy machte allen Ernstes Anstalten, den Hals rund zu machen, und als ich nach Frau Hoffs Anweisungen die richtigen Schenkel- und Kreuzhilfen gab, zeigte er sogar Tendenz, an den Zügel zu kommen. Frau Hoff lobte auch mich!

Schließlich ließ sie die Abteilung in der Mitte aufmarschieren und erklärte uns allen, dass sie keine Bedenken hätte, uns in der Anfängergruppe mit auf Ausritte zu nehmen. „Ihr seid auch alle reif für die Hufeisenprüfung. Gut, bei der einen oder anderen müssen wir noch ein bisschen am Sitz feilen, aber alles in allem … Wie ist es, wollt ihr es versuchen?"

Zwei Mädchen erklärten, dass sie das Kleine Hufeisen schon hätten. Drei sagten sofort begeistert zu.

„Und du, Kirsty?", fragte Frau Hoff lächelnd.

Ich sah über die Sitzbänke hinaus ins Gelände, wo Jacob gerade mit seiner Gruppe vom Ausritt zurückkam. Er saß lässig mit durchhängenden Zügeln auf dem Pferd und plauderte mit Anne. Natürlich, das hübscheste Mädchen auf dem ganzen Hof! Da hatte ich garantiert nichts zu melden. Wo ich nicht mal sämtliche Vokabeln rund ums Pferd wusste … Ob ich es trotzdem versuchte, mich an ihn heranzupirschen? Egal, wer nicht wagt, der nicht gewinnt.

Ich nickte Frau Hoff zu. „Ja, ich probier's!"

Allein unter Frauen

Das Mittagessen verging mit dem ausführlichen Herunterbeten von Stammbäumen. Miriam nahm mit ihren Spaghetti auch das gesammelte Erbgut der Hoff'schen Pferde andächtig in sich auf. Ich begann erstmalig, an die Geschichten über die alten Beduinen zu glauben, die angeblich bis zu 70 Generationen ihrer Pferde im Gedächtnis behielten. Alles zusammengenommen hatten Bibi und Anne sicher genauso viele Namen und Daten im Kopf.

Bonnieboy war der Sohn von Bjarne und Natalie, die wiederum die Vollschwester von Niala und die Mutter von Bintje war. Aber Bintje war nach Holland verkauft und dafür hatten Hoffs ihr erstes Stutfohlen, Klärchen, welche jetzt wieder trächtig von Bjarne war … So ging das stundenlang.

Nach dem Pudding verzog ich mich mit *Sprechtraining für Anfänger* in den Wald, weit weg von allen Vierbeinern und ihren Fans. Das erwies sich als glückliche Entscheidung. Im Wald war es still und einsam, und niemand störte sich an meinen Sprechübungen. Glaubte ich jedenfalls …

Am Nachmittag stand dann der erste Ausritt an. Ich war in der Anfängergruppe und bekam die brave Molly. Wieder inspizierte sie meine Hosentaschen und diesmal wurde sie fündig. Sichtlich dankbar kaute sie das Brotstückchen und hielt auch ihren Teil der Vereinbarung: Sie trug mich gelassen und weich wie eine Sänfte durch den sonnigen Nachmittag.

Wenn das Mädchen hinter mir auch nur eine Sekunde geschwiegen hätte, wäre es ein richtig traumhafter Ritt geworden. Wir zogen langsam durch den Wald, trabten über weiche Wiesenpfade und ritten schließlich eine ganze Weile an einem Bach entlang.

Leider schnatterte die Göre hinter mir dabei pausenlos, nur gelegentlich von Einwürfen ihrer Freundin unterbrochen, die sich meistens auf „Ach, wie süß!“, „Cool!“ oder „Geil!“ beschränkten. Beide hatten hohe, quäkende Stimmen und wieder mal fragte ich mich, wie Pferde das aushielten. Die beiden braven Fjordis unter den Mädchen mussten sich so was schließlich jeden Tag anhören. Ich glaube nicht recht an Wiedergeburt, aber wenn ich wählen dürfte, ob ich tot bleibe oder ein Leben als Pferd führen müsste, würde ich mich wahrscheinlich für würdiges Verwesen entscheiden.

Andererseits konnte man natürlich auch Glück haben und an einen Reiter wie Jacob geraten ... Der sprach meistens vernünftig mit Bjarne und wenn er ihn rief, pflegte der Hengst eine Art glückliches Blubbern auszustoßen. Er kam dann auch immer zu ihm an den Zaun, wenn auch nicht im Galopp, sondern gemächlich im Schritt. Schließlich wusste er, dass Jacob auf ihn wartete.

Ich erlaubte mir ein bisschen Träumerei und stellte mir vor, ich ritte nicht zwischen den beiden Quasselstrippen hinter mir und dem Mädchen vor mir, das bei jeder kleinen Bodenunebenheit in hysterische Schreie ausbrach. Stattdessen begleitete mich Jacob auf seinem hübschen Hengst und lächelte ab und zu verliebt zu mir hinüber.

In der Realität war das natürlich aussichtslos. Auf Ausritten führte Jacob die Gruppe der Fortgeschrittenen, uns ritt seine Mutter voraus. Auf Bonnieboy. Vorhin nach der Reitstunde hatte sie mir erzählt, er wäre ihr absoluter Liebling. Bjarnes erstes Fohlen. Wobei ihre Augen genauso pferdeverliebt blinkten wie Miriams. Und dabei hatte ich immer gedacht, so etwas legte sich, wenn Leute erwachsen wurden.

Als wir zurückkamen, wartete Miriam schon, ganz heiß darauf, wieder ein Pferd auf die Weide zu reiten. Mir reichte es eigentlich, also machte ich sie glücklich, indem ich ihr Molly großzügig überließ. Dafür schwärmte sie mir den ganzen Abend von ihrem Ausritt und der tollen Bachüberquerung vor, bei der ihr Pony mit den Hufen im Wasser geplanscht hätte wie ein kleines Kind in der Badewanne.

Bibi und Anne kannten auch jede ungefähr zweihundert Geschichten rund um Wasserdurchquerungen mit Pferden. Bei der achtundzwanzigsten schlief ich ein – und war diesmal auch von Miriams vibrierendem Handy nicht aus dem Koma zu holen.

Ich wurde erst wach, als Bibi und Anne sich lärmend anzogen, und ließ mir dann auch Zeit mit dem Aufstehen. Miriam traf ich beim Frühstück wieder. Sie sah absolut glücklich aus und erzählte, sie würde in der Reitstunde wieder Niala bekommen. Für mich sei Natalie vorgesehen – aber ich solle sicherheitshalber doch noch mal nachsehen, falls sie in die falsche Spalte geguckt haben sollte ... Mich interessierten die Infos am Schwarzen Brett aus ganz anderen Gründen. Und dafür ließ ich sogar mein Nutellabrötchen kurzzeitig im Stich und sauste auf den Flur.

Vorbereitung auf die Prüfung zum Kleinen Hufeisen, 11 Uhr, bei Jacob auf dem Außenplatz. Mein Herz machte einen Hüpfer. Insgeheim hatte ich nämlich schon befürchtet, dass womöglich Sandra den Anfängerunterricht übernahm. Aber die hatte wohl mit den Kleinsten genug zu tun. Und Frau Hoff unterrichtete morgens gar nicht.

An diesem Morgen begegneten wir übrigens auch zum ersten Mal Herrn Hoff. Ich hatte schon gedacht, dass der gar nicht existierte, aber er kümmerte sich wohl schwerpunktmäßig um die Landwirtschaft und hatte mit Pferden und Ferienkindern nicht viel am Hut. Immerhin verriet ein Blick auf ihn, woher Jacob seinen dunklen Teint und sein rabenschwarzes Haar hatte. Herr Hoff sah fast aus wie ein Südländer. Er lächelte uns kurz vom Trecker aus zu und verschwand dann wieder auf den Feldern.

Ich suchte Natalie und wurde dabei von Miriam unterstützt. Auf magische Weise hatte sie bereits alle Namen der Pferde verinnerlicht und hielt die Tiere auch problemlos auseinander. Für mich sahen sie immer noch alle ziemlich gleich aus, ich unterschied nur ein paar Falbschattierungen.

Natalie erwies sich als cremeweiß und sehr stämmig mit einem gewaltigen Hals. Sie hatte aber sanfte, freundliche Augen und nahm meinen Bestechungsleckerbissen gelassen und nicht gierig wie Molly von meiner flachen Hand. Nachher würde ich sie putzen und satteln müssen, da ich heute ihre erste Reiterin war. In der Fortgeschrittenengruppe um zehn ging sie nicht mit. Bis dahin hatte ich aber noch nichts zu tun und lungerte vor den Ställen herum, während Miriam und die anderen Fortgeschrittenen ihre Pferde zum Reiten fertig machten. Dabei konnte ich auch Jacob risikolos von Weitem anschwärmen, denn der Junge ging zwischen den Reitern herum, um im Bedarfsfall Hilfestellung zu leisten.

Der Bedarfsfall trat auffällig häufig ein.

„Ist das richtig, Jacob?"

„Jacob, kannst du mir gerade mal helfen?"

Ich fühlte mich ein bisschen wie im falschen Film. Gestern beim Probereiten hatten alle diese Mädchen den Eindruck erweckt, als wären sie im Sattel auf die Welt gekommen. Und jetzt wussten sie auf einmal nicht mal mehr, wie man einen Steigbügel verstellt! Wenn ich mich richtig erinnerte, hatten sie gestern auch sämtlich passende, bequeme Reithosen oder Jeans angehabt, während sie sich jetzt in knallbunte Höschen gequetscht hatten, deren Stretch-Qualitäten sie aufs Äußerste ausreizten.

Alle außer Miriam natürlich.

Oder sollte ich mich da doch getäuscht haben? Meine Freundin trug zwar Reithosen, aber ihre Augen zeigten den gleichen schwärmerischen Ausdruck wie die Gesichter der anderen, und jetzt schlich sie sich auch noch im Stil von „nett, aber aufdringlich" an Jacob heran.

„Du, Jacob …", wisperte sie leicht heiser. „Ich hab überlegt … Der … der Bjarne … Setzt ihr den wirklich *nie* zu Reitstunden ein? Ich meine, wenn ich ganz viel übe … Nur eine Runde …" Miriams begehrlicher Blick streifte Jacob nur kurz und wanderte dann in Richtung Auslauf. Um die Ecke, etwas entfernt von den Stuten, stand der Hengst. Ich atmete auf. Miriam war noch sie selbst.

Jacob sagte etwas zu ihr, sehr freundlich, aber es schien sie doch zu enttäuschen. War ja auch zu erwarten gewesen. Garantiert würden Hoffs den Deckhengst nicht in den Schulbetrieb nehmen, nur weil Miriam sich blind verliebt hatte. Schließlich waren alle Pferde gesattelt und Jacob begleitete seine Schüler auf den Reitplatz. Die Reitstunde verlief so, wie offensichtlich alle Reitstunden auf der Welt jeden Tag ablaufen. Mich irritierte das nicht, Ballettunterricht ist auch immer gleich. Man musste schon ein bisschen verrückt sein, um sich das jeden Tag anzutun, aber für mich gab es nichts Schöneres.

Insofern sah ich es auch gelassen, dass Miriam und die anderen hier zum tausendsten Mal ihre Volten und Zirkel drehten und Jacob jede Kleinigkeit daran kritisierte. Er machte das übrigens sehr nett, mit seiner freundlichen, dunklen Stimme, die selbst das allgegenwärtige „Hacken tief!“ irgendwie aufregend klingen ließ. Miriam strahlte, als er sie an die Tete setzte, also die Abteilung anführen ließ. Überhaupt strengten sich alle wie verrückt an, um ein Lob von ihm zu bekommen, und tatsächlich lobte er oft – wobei er allerdings die Namen der Mädchen dauernd durcheinanderbrachte. Anne und Bibi kannte er natürlich, aber der Rest … Ich kam zu dem Schluss, dass mir hier keine besonderen Rivalinnen drohten. Außer vielleicht …

„Das war gut, Miriam!“, sagte Jacob anerkennend, als Miri nach der Stunde vom Pferd glitt.

„Ist doch kein Kunststück, auf so einem coolen Pferd …“ Miriam schenkte Niala ein überirdisches Lächeln. Sie kann wirklich sehr hübsch aussehen, wenn sie glücklich ist, aber zu Hause läuft sie meist mit einem etwas gehetzten Blick herum. Hier dagegen strahlten ihre Augen ständig, ihre blasse Haut war schon leicht gebräunt und sie trug ihr weizenblondes Haar nicht mehr zum Zopf geflochten wie sonst, sondern meistens offen. Ich hoffte sehr, dass Jacob nicht auf hellhäutige Blondinen stand.

Es war mir etwas peinlich, dass ich beim Aufsatteln von Natalie wirklich Hilfe brauchte. Abgesehen von jener ersten Longenstunde hatte ich mein Schulpferd immer schon gesattelt in der Reithalle in Empfang genommen und nun erinnerte ich mich nicht mehr daran, welche Schnallen wo und von welcher Seite aus zu schließen waren.

„Immer von links!“, sagte Jacob und lächelte mich an. „Das hat damit zu tun, dass ‚Reiter‘ von ‚Ritter‘ kommt. Die trugen links das Schwert und es sollte natürlich nicht im Wege sein, wenn sie irgendwas mit ihren Pferden machten. Deshalb hält der Reiter das Pferd immer auf seiner rechten Seite und steigt auch von links auf.“

Aha! Endlich die Antwort auf eine der letzten Fragen der Menschheit. So jedenfalls guckten die Mädchen um mich herum. Sie schienen nahe daran, vor Ehrfurcht niederzuknien.

„Aber wir tragen keine Schwerter mehr“, bemerkte ich, schon um das Schweigen zu brechen, bevor jemand ein Gebet aufsagte. „Könnten wir also theoretisch auch von rechts aufsteigen?“

„Praktisch ebenfalls“, lachte Jacob. „Machen wir's doch gleich mal. Es geht so.“ Geschmeidig glitt mein Traumboy von rechts aufs Pferd.

Danach versuchten wir alle, es nachzumachen, aber nur mir gelang es mit der gleichen Grazie. Jacob sah mich staunend an und lobte überschwänglich. Ich dankte meinen Eltern und Lehrern innerlich für sieben Jahre Ballettunterricht.

Natalie trug mich brav durch die Reitstunde. Die Hoff'schen Pferde waren wirklich tadellos geschult. Im Gegensatz zu den Reitschulpferden, die mich weitgehend ignoriert hatten, schien Natalie meine Hilfen wirklich verstehen zu wollen. Dazu war Jacob ein besserer Reitlehrer als Frau Langer – und das nicht nur, weil er so süß aussah, dass man ihm immer nur alles recht machen wollte. Er erklärte die

Dinge auch, statt einfach nur zu fordern. Zum ersten Mal erläuterte mir jemand, warum man beim Reiten die Hacken tief halten soll und warum man so ein Pferd permanent treiben muss, auch wenn es von sich aus schon läuft.

„Wenn du die Absätze herunterdrückst, spannst du den Muskel im Unterschenkel an“, erläuterte Jacob und fasste dabei leicht an meine Wade, was mich den Rest der Erklärung nur noch wie durch eine Watteschicht erleben ließ. „Das heißt, er verhärtet sich und das Pferd spürt, wenn du ihn anlegst. Ziehst du die Absätze dagegen hoch, bleibt der Muskel schwabbelweich und du musst das Pferd mit den Hacken treiben. Das gefällt dem Pferd nicht und sieht obendrein blöd aus.“ Immerhin war ich noch nicht so weggetreten, dass ich die Mordlust in den Augen der anderen Mädchen übersah, während Jacob das Problem anhand meiner Unterschenkel demonstrierte. In der Folge überboten sie sich sämtlich mit den dämlichsten Fragen. Es war fast schon peinlich, aber Jacob trug es mit Fassung.

Auch nach der Reitstunde scharten sich die Groupies wieder um Jacob. Ich hätte mich zwar auch gern mit ihm unterhalten, aber mir fiel nicht recht ein, worüber, und außerdem war es ihm garantiert lästig, von zwanzig Mädchen umschwärmt zu werden.

Da machte ich lieber was Sinnvolles und mistete rasch die Ausläufe durch.

Mithilfe im Stall war Pflicht auf Bjarnehus, aber man überarbeitete sich dabei nicht gerade. Schließlich standen die Pferde nur tagsüber in den Ställen und die waren auch nicht mit Stroh ausgestreut, sondern hatten einen Sandboden. Man konnte den Mist leicht absammeln und es waren auch nie mehr als ein oder zwei Haufen.

Natalies Box war im Nu fertig und meine Schubkarre noch nicht einmal zu einem Viertel voll. Woraufhin mir die glorreiche Idee kam, Jacob einen Gefallen zu tun und Bjarnes Stall schnell mit auszumisten. Das war mehr Arbeit, denn erstens standen mit Bjarne und Isolde ja zwei Pferde im Auslauf und zweitens gingen die beiden nachts nicht auf die Weide. Immerhin schien Bjarne meine Arbeit zu würdigen. Während ich Äpfel sammelte, wanderte er hinter mir her und schaute aufmerksam zu. Einmal blubberte er sogar dezent.

„Du könntest mir viel Arbeit abnehmen, wenn du den ganzen Mist auf eine Stelle legen würdest", erklärte ich ihm.

„Macht er doch!", ertönte eine Jungenstimme vom Auslaufrand. Jacob. Ich sah auf und versuchte, ihn nicht zu strahlend anzulächeln. Auf keinen Fall wollte ich so verblödet wirken wie Miri, wenn sie Bjarne anstarrte, oder meine Schwester beim Blick auf ihren aktuellen Freund.

„Schau mal, da in der Ecke, das ist Bjarnes Mist – fein säuberlich auf einem Haufen. Was du bisher abgesammelt hast, war alles von Isolde." Jacob zeigte auf einen etwas versteckten Platz im Auslauf, wo tatsächlich ein kleiner Misthaufen lag.

Jetzt schaute ich doch dämlich. „Kann man ihnen das beibringen?", erkundigte ich mich.

Jacob lachte. „Nein, das ist einfach Hengstverhalten. Kleiner Ausgleich dafür, dass Hengsthaltung sonst eher kompliziert ist. Zumindest das Ausmisten geht schneller."

„Wieso kompliziert?", fragte ich und kraulte Bjarne unter seinem langen Stirnschopf. Der Hengst blieb ganz still bei mir stehen und zuckte genießerisch mit der Nase. Miriam wäre wahrscheinlich vor Neid geplatzt.

„Du reitest noch nicht besonders lange, oder?", fragte Jacob zurück.

Ich wurde rot. Also war ich in der Stunde doch unangenehm aufgefallen und er hatte mich nur nicht vor den anderen Mädchen heruntermachen wollen.

„Wenn du meinst, dass ich das Hufeisen doch noch nicht machen sollte ..."

Jacob schüttelte den Kopf. „Nein, so habe ich das nicht gemeint. Du reitest wirklich gut. Aber sonst ... Ich glaube, außer dir und vielleicht Bibi und Anne hätte sich hier keiner reingetraut."

Ich warf Bjarne einen misstrauischen Blick zu. „Damit willst du jetzt nicht andeuten, dass ich bitte zur Salzsäule erstarren und beten soll, dass dieses Pferd mich nicht auffrisst, bevor du mich rettest?"

Jacob grinste. „Vor den meisten Mädchen hier müsste ich wohl eher Bjarne retten. Nein, im Ernst, er ist natürlich nicht gefährlich. Aber Hengste gelten als schwierig. Das hören die Mädels zu Hause im Reitstall jeden Tag. Wenn sie dann Bjarne kennenlernen, finden sie ihn zwar toll und streicheln ihn auch gern, wenn er angebunden ist. Aber zu ihm auf die Weide oder in den Auslauf? Eher würden sie sich auspeitschen lassen."

Ich zuckte mit den Schultern. „Mir hat das noch keiner erzählt. Aber ich reite auch wirklich noch nicht lange. Ich weiß auch gar nicht so recht, ob es mir gefällt." Das war jetzt sicher ein Fehler. Jacob war garantiert genauso pferdeverrückt wie seine Mutter. Ein Mädchen, das lieber Tschaikowsky hörte als Pferdewiehern, war für ihn bestimmt völlig indiskutabel. Tatsächlich runzelte Jacob die Stirn und wandte sich abrupt ab. *So* deutlich hätte er mir sein Missfallen vielleicht nicht zeigen müssen! Aber dann hörte auch ich den Schrei des Mädchens, der Jacob aufgeschreckt hatte.

„Hilfe, Jacob! Er hat sich losgemacht!"

Jacob setzte sich im Laufschritt in Bewegung und sauste in Richtung Putzplatz. Bonnieboy kam ihm mit unternehmungslustig gespitzten Ohren entgegen und schleifte dabei seinen Anbindestrick hinter sich her. Anscheinend strebte er dem Hengstauslauf zu. Bjarne setzte sich genauso alarmiert in Trab wie sein Besitzer und lief zum Zaun.

Hoffentlich würden die zwei sich nicht schlagen! Bonnieboy war zwar Wallach, aber das musste ihn ja nicht davon abhalten, Isolde attraktiv zu finden. Instinktiv griff ich nach dem Halfter der Stute, führte sie in den Stall und band sie dort fest. Anbindestricke waren vorhanden, zum Fressen wurden Bjarne und seine Dame immer fixiert. Bjarne schien zu überlegen, ob er lieber seiner Stute folgen oder einen schicken Zweikampf ausfechten wollte. Schließlich entschied er sich für Isolde und trottete in den Stall. Ich schloss schnell die Tür hinter den beiden.

Jacob war inzwischen aber auch nicht untätig gewesen. Als ich aus dem Stall kam, hatte er Bonnieboy längst wieder am Halfter und gab ihm ein Leckerli.

„Warum hast du ihn nicht einfach wieder eingefangen?“, herrschte Jacob das Mädchen an, dem das abenteuerlustige Pony entlaufen war. „Er ist doch ganz harmlos!“

Das Mädchen wurde rot und murmelte etwas Unverständliches. Mir wurde einiges klar. Wenn sie schon vor Bonnieboy solche Angst hatte, was würde sie wohl tun, wenn sie mit Bjarne umgehen müsste?

Jacob band den kleinen Wallach wieder an und kam dann zu mir herüber.

„Kannst sie wieder rauslassen“, sagte er mit Blick auf den Hengststall. „Aber gute Arbeit! Es wäre nicht ernstlich was passiert, wenn Bonnie und Bjarne zusammengestoßen wären, aber sicher ist sicher. Die zwei können sich nicht ausstehen.“

Ich grinste. „Jungs halt“, bemerkte ich. „Und entschieden zu viele Mädels drum herum.“

Jacob umriss mit einem Blick das Mädchengewimmel vor den Ställen, grinste verstehend und zwinkerte mir komplizenhaft zu. „Entschieden zu viele Mädchen …“

Am Nachmittag hatte Miriam Springstunde bei Frau Hoff, deshalb begleitete Jacob die Anfängergruppe auf dem Ausritt. Als er die Pferde zuteilte, fragte ich wieder nach Molly, die sonst offensichtlich keiner wollte. Er guckte überrascht, aber dann durfte ich mich wieder auf mein vierbeiniges Sofa kuscheln. Diesmal wurden mir allerdings auch Mollys Nachteile bewusst. Die alte Fjordstute hatte es nicht eilig, sodass für mich keine Chance bestand, an die Spitze zu Jacob vorzustoßen. Andererseits genoss ich dafür himmlische Ruhe. Meine Anschlussreiterinnen von gestern waren beide vorn und erzählten Jacob endlose Geschichten. Jacob ließ den Redeschwall ebenso gelassen an sich ablaufen wie die Pferde. Oder interessierte ihn das womöglich?

Gegen Abend regnete es ein wenig und die meisten Feriengäste drückten sich im Speiseraum herum. Sie redeten – wen hätte es noch überraschen können – über Pferde. Ein paar machten Gesellschaftsspiele, aber auch hier ging es nur um Pferde. Ich hätte nie gedacht, dass es derart viele Würfelspiele gab, in denen Pferderennen, Pferdehaltung und Springturniere nachgestellt wurden. Miriam und Bibi spielten eine Art *Trivial Pursuit*, das Wissen rund ums Pferd abfragte, und in unserem Zimmer lag Anne auf dem Bett und klebte Fotos – natürlich von Pferden – in ihr mit Pferdebildern verziertes Tagebuch. Ich brauchte einen Rückzugsort, sonst würde ich verrückt werden! Aber wohin? Mit *Sprechtraining für Anfänger* war ich nicht gerade unauffällig. Mist, im Wald war es so schön gewesen.

Dann fiel mir aber doch noch ein überdachter und tatsächlich pferdefreier Raum ein. Die Scheune. Da war jetzt garantiert niemand. Ich schnappte mir mein Buch und verzog mich in das große Gebäude hinter den Ställen, das Platz für etliche Traktoren sowie das gesamte Winterfutter bot. Wir Feriengäste betraten die Scheune eigentlich nur, um Heu zu holen, und Herr Hoff brauchte seine Traktoren jetzt wahrscheinlich auch nicht.

Tatsächlich war alles still, nur die Regentropfen auf dem Blechdach sorgten für eine sanfte, stetige Lautuntermalung. Aufatmend suchte ich mir ein gemütliches Plätzchen auf dem Heuboden und begann die Sitzung mit „Abraham saß nah am Abhang". Dann hörte ich jedoch, wie die große Schiebetür geöffnet wurde. Instinktiv verkroch ich mich tiefer im Heu, obwohl mich von unten sowieso keiner sehen konnte. Ich dagegen hatte einen großartigen Blick ins Erdgeschoss. Jacob und sein Vater führten eben zwei Pferde herein. Das eine sah so dick aus, als ob es gleich platzen wollte. Herr Hoff führte es zu einem abgetrennten Paddock in der Scheunenecke.

„So, hier hat sie es trocken und gemütlich. Mag ja sein, dass sie in Norwegen immer draußen im Regen abfohlen, aber mir ist doch wohler, wenn ich sie unter Kontrolle habe. Stell Natalie hier nach nebenan, damit sie sich nicht allein fühlt."

Anscheinend war das Pferd nicht fett, sondern schwanger. Und womöglich bekam es heute Nacht sein Baby. Das musste ich Miriam erzählen, die würde ausflippen!

Vorerst sah die Stute aber nicht nach Wehen aus. Sie senkte sofort den Kopf ins Heu und begann zu kauen. Natalie in der Nachbarbox tat es ihr nach.

„Und, wie läuft's mit dem Reitunterricht?“, fragte Herr Hoff seinen Sohn. Die beiden lehnten lässig an ein paar Strohballen und sahen den fressenden Pferden zu. „Geht es einigermaßen? Oder nerven dich die Mädchen?“

Ich spitzte die Ohren.

Jacob stöhnte. „Wie viele Jahre muss man wohl in den Knast, wenn man ein paar davon umbringt? Ich meine, ich bin ja noch Jugendlicher und mildernde Umstände kriegte ich garantiert auch. Ich könnte vorher das Gequassel von dieser Hanna auf Tonband aufnehmen, dann würde mir der Richter wahrscheinlich noch einen Orden verleihen!“

Herr Hoff lachte. „So schlimm? Aber es sind doch bestimmt auch nette dabei ...“

Jacob überlegte. „Ein oder zwei. Aber der Rest ... Und der Unterricht macht mir auch eigentlich nichts aus, ebenso wenig wie die Ausreiterei. Aber dieses ‚Jacob hier, Jacob da‘-Geflöte. Als ob's bei denen zu Hause keine Jungs gäbe!“

„Vermutlich keine, die reiten. Pass auf, Jacob, ich rede mit Mama. Im nächsten Jahr muss sie ein zusätzliches Au-pair-Mädchen oder eine Studentin oder so was anheuern. Es geht nicht, dass du die ganzen Ferien arbeitest ...“

„Nächstes Jahr hab ich ja sowieso nicht mehr so lange Ferien. Ich weiß auch nicht, wie ich das mit der Turnierreiterei machen soll ...“ Jacob zupfte an seinem Ohrläppchen herum.

„Kommt Zeit, kommt Rat“, brummte Herr Hoff. „Deine Mutter wird es einsehen. Angeblich hat sie auch schon eine fabelhafte Idee zu dem Problem mit Bjarne. Will sie dir morgen verraten. Ich fürchte zwar, du wirst nicht ganz so erbaut davon sein, aber … Warten wir's ab! Apropos verraten: Sagen wir der Horde nun, dass es hier heute Nacht Nachwuchs gibt? Wär doch 'ne Feriensensation."

„Bloß nicht!" Jacob hob die Augen gen Himmel. „Dann übernachten sie sämtlich auf dem Heuboden. Wir verkünden das morgen als Überraschung. Wenn's denn überhaupt heute kommt."

Herr Hoff grinste. „Das kommt, Jacob, glaub mir. Ich mache das mit der Pferdezucht schon ein bisschen länger als du."

Als die beiden die Scheune verließen, überschlugen sich meine Gedanken. Jacob hasste seine Fans – nicht gerade schmeichelhaft für uns, aber eigentlich sprach es ja für seine geistige Gesundheit. Aber „ein oder zwei Nette" hatte er schließlich doch registriert. Ob ich wohl dabei war? Oh, ich wünschte so sehr, dass er mich meinte!

Und heute Nacht kam das Fohlen. Jacob würde bestimmt in der Scheune übernachten. Ich könnte mich herausschleichen und mit ihm aufbleiben. Oder nein, dann dachte er nur wieder, ich wollte etwas von ihm. Außerdem wäre es gemein gegenüber Miriam. Eine Fohlengeburt mitzuerleben, wäre das Größte für sie. Das konnte ich nicht allein machen. Also mit Miri, auch wenn ich Jacob dann teilen musste. Wenn wir uns denn überhaupt outeten. Wir konnten schließlich heimlich vom Heuboden aus zuschauen.

Ich beschloss, das mit Miriam zu besprechen. Aber vorher musste ich sie von Bibi loseisen. Die wollte ich nämlich auf keinen Fall dabeihaben. Und Anne erst recht nicht. Auch meine Opferbereitschaft hat schließlich Grenzen.

Nachwuchs über Nacht

Miriam allein sprechen zu wollen war hoffnungslos. Bibi und Anne zeigten tausend Fotos von früheren Aufenthalten auf Bjarnehus und Miri präsentierte Star-Aufnahmen von ihrem Dondolo: Rappe im stockdunklen Stall. Bibi und Anne waren trotzdem begeistert und unglaublich beeindruckt, weil das Tier doch ein Friese und obendrein ein Hengst war.

Schließlich gab ich auf und wartete ab, bis alle schliefen. Beinahe wäre ich selbst dabei auch eingedöst, aber die Aussicht auf eine Nacht mit Blick auf Jacob hielt mich wach. Schließlich schliefen Bibi und Anne wie die Murmeltiere und ich stieß vorsichtig mit dem großen Zeh von unten an Miriams Bett. Stöhnen, Umdrehen – Miri war nicht leicht wach zu kriegen, das kannte ich vom Schullandheim. Außerdem hat sie die unangenehme Angewohnheit, mit einem Quietschen aus dem Schlaf zu fahren, wenn man sie zu überraschend weckt.

Also gut, außergewöhnliche Umstände verlangen eben außergewöhnliche Maßnahmen. Ich kletterte die Leiter des Etagenbettes hoch, legte Miriam blitzschnell die Hand auf den Mund und zischte: „Aufwachen, Klappe halten, anziehen, Klappe halten, und dann folgst du mir unauffällig!"

Miriam sah mich aus schreckgeweiteten Augen an. Als sie mich erkannte, verzog sie ärgerlich das Gesicht, aber ich bedeutete ihr energisch, den Wutausbruch auf später zu verschieben. Kurz darauf folgte sie mir auf den Gang vor den Zimmern und ging gleich auf mich los. „Was soll der Quatsch? Ist Halloween oder so was?"

Ich führte den Finger an die Lippen. „Oder so was, du hast es erfasst. Aber jetzt sei leise, du schreist ja den ganzen Hof zusammen. Komm mit, ich verrat es dir draußen." Miri guckte zunächst ungläubig, als ich ihr von dem Fohlen erzählte, und zeigte dann ihr weltentrücktes Verliebtheitsgesicht.

„Werden Hoffs uns denn nicht rausschmeißen?", fragte sie dann zweifelnd. „Sie wollen doch nicht, dass die Reitschüler stören."

Ich zuckte mit den Schultern. „Wenn sie uns sehen, vielleicht. Aber sie müssen uns ja nicht sehen und stören tun wir sowieso nicht. Wir gehen zur Seitentür rein und klettern direkt auf den Heuboden. Wir dürfen nur keinen Krach machen." Miriam versprach, so leise zu sein wie ein Mäuschen, fiel dann aber beim Aufstieg fast von der Leiter. Ich hoffte, dass Jacob den Krach auf echte Mäuschen zurückführte.

Zu meiner Enttäuschung war es jedoch gar nicht Jacob, sondern Frau Hoff, die neben den Ausläufen auf einem Klappbett lag und im Licht einer Funzelbirne ein Buch las. Unser Geraschel nahm sie gar nicht wahr.

„Das ist Klärchen!“, wisperte Miriam mir zu, nachdem sie einen Blick auf die tragende Stute geworfen hatte. Ein erkennungsdienstliches Meisterwerk, so im Halbdunkel, und nachdem sie die Pferde von Bjarnehus gerade mal drei Tage kannte! Ich überlegte, ob man daraus nicht einen „Wetten, dass“-Auftritt machen konnte. So was wie: Meine Freundin ordnet zehn Friesen im Dunkeln das richtige Geschlecht zu …

Klärchen stand dösend herum, ein Hinterbein aufgestützt und den Kopf der anderen Stute zugewandt. Die war ebenfalls im Land der Träume und kurz danach schlief auch Frau Hoff ein. Tolle Nachtwache. Miriam und ich hielten noch etwas länger durch, aber irgendwann fielen uns auch die Augen zu.

Ich wurde erst wieder wach, als sich unten Lichter bewegten und Stroh raschelte. Außerdem hörte ich Jacobs Stimme und die hätte mich vermutlich auch aus dem Koma gerissen.

„Immer noch nichts, Mama? Dann lös ich dich jetzt ab!“ Frau Hoff sagte etwas, aber Jacob schüttelte den Kopf.

„Mir macht das wirklich nichts, ich schlafe gern im Stroh. Und wenn sich was tut, werde ich schon wach, keine Sorge … Ja, ich wecke dich, wenn es Probleme gibt … Ich kann wirklich ein Handy bedienen. Falls Klärchen Schwierigkeiten hat, rufe ich erst Doktor Brandt an und dann wecke ich dich. Oder hättest du es lieber umgekehrt?“

Frau Hoff verneinte entsetzt. Jacob musste die Erklärungen allerdings noch dreimal wiederholen und beweisen, dass die Telefonnummer des Tierarztes wirklich im Handy gespeichert war, bevor sie endlich ging. Erinnerte mich irgendwie an Miriams Mutter. Bloß, dass Frau Hoffs Verrücktheit sich auf Pferde bezog, während Frau Brandt sich auf ihre Tochter konzentrierte.

Und da war nun also Jacob. Weich ausgeleuchtet durch die Stallfunzel sah er noch toller aus! Ich beobachtete ihn beim Einstreuen der Box und beim Knuddeln mit Klärchen. Warum guckte er *mich* nicht mal so forschend und fürsorglich an wie dieses Pferd? Vom Knuddeln mal ganz abgesehen. Alle Leute, an denen mir etwas lag, schienen hoffnungslos pferdeverrückt zu sein. Sollte vielleicht mit *mir* etwas nicht stimmen?

Ich starrte Jacob eine halbe Stunde lang an, dann wurde es mir zu langweilig. In Liebesromanen betrachten die Frauen ihre Männer zwar stundenlang hingebungsvoll im Schlaf, aber da haben die auch meistens Albträume infolge irgendwelcher Kriegsereignisse. Jacob dagegen schlief wie ein Murmeltier. In meiner Fantasie kuschelte ich mich an ihn – und versank in süße Träume.

Auch das Erwachen war traumhaft. Kein Wecker schreckte mich aus dem Schlaf, sondern sanfte Gitarrenklänge. Das konnte doch nicht sein … Ich setzte mich vorsichtig auf und schaute nach Jacob.

Tatsächlich, der Typ spielte auch noch Gitarre – was war an Jacob eigentlich nicht vollkommen? Ich lauschte verträumt und erkannte Flamencomelodien. Oh Mann, dazu könnte ich tanzen! Ich ergab mich sekundenlang dem Tagtraum von einer erfolgreichen Duo-Karriere: Jacob mit der Gitarre und ich im roten Flamenco-Kleid …

Klärchen schien nicht begeistert von Jacobs Ständchen. Die Stute wirkte nicht mehr verschlafen, sondern wanderte unruhig in der Box herum. Ich suchte nach einer bequemeren Sitzposition und streifte dabei Miris Handy. Es piepste und Miriam schrak auf.

„Hab ich was verpasst?“, wisperte sie.

Ich schüttelte den Kopf. „Hör mal! Spielt er nicht toll?“ Miriam teilte meine Begeisterung nicht. „Mitten in der Nacht? Hat er sie nicht alle? Das irritiert Klärchen bestimmt. Guck mal, sie ist ganz nervös.“

So dramatisch war es nicht. Eigentlich hob die Stute nur den Schweif und äpfelte.

Miriam war jetzt ziemlich wach und beugte sich weit über das Heu-Abwurfloch, um Klärchen besser zu sehen. Dabei stieß sie das Handy hinunter … Es knallte dann aber nur neben Jacob auf die Decke.

Miriam und ich zogen erschrocken die Köpfe ein.

Als Jacob das Handy sah, grinste er. „Intelligenz-Explosion in nordrhein-westfälischer Rattenpopulation“, bemerkte er. „Erstmalig entwickelten Nagetiere Mobiltelefone …“

Während ich noch überlegte, wie wir jetzt am klügsten reagierten, quietschte Miriam auf.

„Klärchen … Ich glaub, die Fruchtblase platzt!“

Jacob wandte sich sofort der Stute zu und theoretisch hätten wir sogar flüchten können. Aber das wäre nun doch zu albern gewesen. Außerdem ging wirklich etwas vor im Auslauf. Klärchen hatte eben literweise Wasser von sich gegeben und nun scharrte sie unwillig und schlug mit dem Schweif.

„Nun kommt schon runter, bevor ihr dem Handy nachstürzt, um besser sehen zu können!“, forderte Jacob uns auf. Das ließen wir uns natürlich nicht zweimal sagen. Als wir unten waren, hatte die Stute sich hingelegt.

„Nicht näher rangehen, am besten gar nichts machen“, wies Jacob uns an. „Die meisten Pferdegeburten verlaufen völlig unproblematisch, man darf die Stute nur nicht stören. Aber gucken ist erlaubt!“

Wir hielten also den Atem an, während Klärchen ein Stöhnen von sich gab und zu pressen schien. Dabei liefen Schauer wellenartig über ihren riesigen Bauch. Und dann sah man etwas zwischen ihren Hinterbeinen.

„Es kommt!“ Miriam konnte nicht an sich halten. „Ich sehe die Beinchen!“

„Ja, und es liegt richtig!“, freute sich Jacob.

Ich konnte den gynäkologischen Einzelheiten nicht ganz folgen, sondern wunderte mich nur, wie schnell das alles ging. Bei Frauen dauerten Geburten doch angeblich Stunden, aber Klärchen erledigte es mehr oder weniger im Vorbeigehen. Sie presste noch zweimal und das schleimige, gummiartige Ding zwischen ihren Beinen wurde größer. Dann stand sie auf und schüttelte es sozusagen ab. Es plumpste ins Stroh, und dabei riss auch die Nabelschnur. Jacob ließ nun alle Zurückhaltung fallen und pirschte sich näher heran. Das Fohlen in seiner Hauthülle bewegte sich – und dann war da plötzlich ein feuchtes, noch verklebtes Näschen ...

„Es atmet!“, lachte Jacob.

Miriam hielt nun nichts mehr, sie schob sich näher heran, verkniff sich allerdings das „Ach, wie süß!“. Sie war ebenso sprachlos wie ich über dieses kleine Wunder, das sich da aus seiner Gummihülle strampelte. Klärchen half ihm dabei, indem sie daran herumknabberte, dann begann sie, das Baby trocken zu schlecken. Es hob ihr interessiert das Köpfchen entgegen. Natalie in der Nachbarbox wieherte.

„Sie begrüßt es!“, seufzte Miriam.

Jacob nickte. „Das tun sie immer. Meine Mutter heult dann jedes Mal.“ Ich gebe es nicht gern zu, aber ich hatte auch ganz feuchte Augen. Und dann streifte ich zufällig Jacobs Blick. War da nicht auch ein verräterisches Glänzen zu sehen? Miriam jedenfalls guckte nur glücklich entrückt.

„Ist es eine Stute oder ein Hengst?“, fragte sie.

Jacob zuckte die Achseln. „Ich seh nicht mehr als du. Und ich will sie nicht stören.“

Wir warteten also, bis das Fohlen erste Aufstehversuche machte. Dabei gab es den Blick unter sein noch feuchtes Schwänzchen frei. „Eine kleine Stute!“, sagte Jacob. „Und ihr habt jetzt die einmalige Chance, sie zu taufen. Das darf bei uns immer derjenige, der das Fohlen als Erster sieht.“

Ich musste nachdenken, aber Miriam hatte natürlich schon einen Namen in petto.

„Kann es wohl Dornröschen heißen?“, fragte sie atemlos. „Ich hab immer davon geträumt, mein eigenes Pferd mal Dornröschen zu nennen.“

Jacob schüttelte bedauernd den Kopf. „Da wirst du weiterträumen müssen. Diese kleine Schönheit hier muss mit B anfangen. Wie Bjarne.“

„Beauty!“, platzte ich heraus. „Wir können sie Beauty nennen – Schönheit. Das passt auch zu Dornröschen. Auf Englisch heißt das Märchen nämlich ‚The Sleeping Beauty‘. Und auf Französisch ‚La Belle au Bois Dormant‘. Belle ginge also auch.“

Jacob sah mich spöttisch an. „Da hat aber eine gut aufgepasst. Weißt du’s auch auf Kroatisch?“

Ich wusste das mit dem Titel vom Ballett, aber jetzt, da es mir so rausgerutscht war, kam ich mir vor wie eine Streberin und wurde rot.

„Beauty ist wundervoll!“, sagte Miriam. „Dürfen wir es wirklich taufen? Ich meine … Wir sollten doch gar nicht hier sein. Deine Mutter …“

Jacob machte eine wegwerfende Handbewegung. „Meiner Mutter ist das egal, wenn das Fohlen nur gesund ist. Und mir fällt sowieso nie was Vernünftiges ein. Außerdem …“ Er grinste uns an. „Außerdem steht euch ein Ehrenpreis zu. Ihr habt es geschafft, eine ganze Fohlengeburt durchzustehen und dabei kein einziges Mal ‚Wie süß‘ zu sagen!“

Es war inzwischen sechs Uhr und keiner von uns wollte noch einmal schlafen gehen. Jacob hatte auch um sieben Uhr Reitstunde. So verbrachten wir noch ein paar traumhafte Minuten im Stall und sahen zu, wie Klein-Beauty sich unsicher auf die Beinchen stellte und auf die Milchquelle zutorkelte. Schließlich trank sie mit tiefen Zügen und Klärchen stand dabei ganz ruhig und sah zufrieden aus.

„Oh, hoffentlich hat sie ein schönes Leben!“, seufzte Miriam. „Ich darf gar nicht daran denken, dass sie bei irgendwelchen schlechten Menschen oder so landen könnte.“

Jacob schüttelte den Kopf. „Keine Sorge, meine Mutter verkauft ihre Fohlen nicht an irgendwen. Die meisten landen bei früheren Reitgästen. Die Mädchen kommen tausendmal in den Ferien und irgendwann kriegen sie ein eigenes Pferd. Dann wollen sie natürlich ein Fjordpferd, am besten von uns, und sie fahren damit auch sehr gut. Bjarne-Kinder sind hübsch und einfach im Umgang und sie kriegen eine Super-Grundausbildung. Insofern sind die Leute auch meistens zufrieden und behalten das Pferd ewig. Wenn nicht, nimmt Mom es zurück.“

„Kann man sie auch schon als Babys kaufen?“, fragte Miriam. Bei dem Gedanken, irgendein anderes Reitmädchen könnte irgendwann Beauty kaufen, hatte sie unwillig die Stirn gerunzelt.

„Was kosten Fjordpferde überhaupt?“, fragte ich. Vielleicht dämpfte das ja Miris Begeisterung.

„Als Absetzer kann man sie kaufen“, meinte Jacob. „Aber nur unter der Bedingung, dass sie in artgerechte Aufzucht kommen, da ist Mama eigen. Am liebsten behält sie die Kleinen gleich hier. Das kostet dann natürlich Stallmiete. Aber die Pferde selbst sind gar nicht so teuer. Hengstfohlen kriegst du schon für tausendfünfhundert Euro und ein Stutfohlen wie dieses dürfte als Absetzer so um die zweitausend Euro kosten."

„Aber das ist ja nicht mehr als ein ordentlicher Computer!", erregte sich Miriam.

Jacob zuckte die Achseln. „Dafür helfen sie aber auch nicht bei der Textbearbeitung."

Jacob und ich lachten, aber Miriam kaute an ihrer Unterlippe. Anscheinend überschlug sie gerade ihre Finanzen. Wahrscheinlich würde ich sie zu Hause mit Gewalt daran hindern müssen, ihren Computer ins Pfandhaus zu bringen.

„Dann werde ich meiner Mutter mal Bescheid sagen!", meinte Jacob schließlich. „Und ihr verzieht euch besser. Wenn sie euch hier sieht, hält sie uns allen eine Standpauke."

„Können wir nicht bei deiner Reitstunde zugucken?", fragte ich mutig.

„Und euch freuen, wenn ich auch mal eins draufkriege, statt immer nur auf euch rumzuhacken?", gab Jacob zurück. Er sah dabei aber nicht böse aus. „Nur zu, ich kann euch nicht hindern. Weidet euch an meiner Schande." Ich kicherte, aber nun wagte auch Miriam einen Vorstoß.

„Kann ich … Kann ich Bjarne nicht vielleicht putzen?"

Sie sagte nicht „Kann ich Bjarne *für dich* putzen", und das gab wohl den Ausschlag. Jacob zögerte kurz, aber dann nickte er. „Von mir aus … Wenn's dich glücklich macht …" Und dabei sah er Miriam an, als ob es *ihn* irgendwie glücklich machte, wenn sie so strahlend guckte. Oh Mann, wenn da nicht etwas entschieden schief für mich lief!

Miriam holte Bjarne, ohne zu zögern, aus dem Stall. Sie fürchtete sich offensichtlich nicht vor männlichen Pferden. Wie auch, schließlich mistete sie zu Hause täglich als willfährige Stallsklavin die Box des Hengstes Dondolo aus. Um mich nicht zu langweilen, machte ich rasch den Stall sauber und bearbeitete dann Isolde etwas mit dem Striegel. Die Stute zuckte ekstatisch mit der Oberlippe, als ich letztes Winterhaar von ihren Flanken schrubbte.

Jacob zwinkerte uns zu, als er mit seiner Mutter Richtung Scheune ging. Er trug jetzt Reitzeug und sah auch frisch gewaschen und gekämmt aus. Ich wagte nicht, darüber nachzudenken, wie ich aussah. Nach dem Aufstehen pflegt mein Haar wie elektrisiert zu Berge zu stehen und mein Gesicht braucht auch erst seine Dosis Clearasil, um halbwegs menschlich zu wirken. Miriam dagegen sah schon wieder ganz gut aus. Sie neigt nicht wie ich zu fettiger Haut und ihre Haare befanden sich immer noch in dem ordentlichen Zopf, den sie vor dem Zubettgehen geflochten hatte. Ich griff nach der Mähnenbürste und fuhr durch meine wuschelige Kurzhaarfrisur, um sie vielleicht wenigstens ein bisschen in Form zu bringen, bevor Jacob zurückkam. Der hatte zunächst aber keinen Blick für mich. Stattdessen bedankte er sich mit warmem Lächeln bei Miriam, als er ihr Bjarne abnahm … Und brach dann in Lachen aus, als er mich anschaute.

„Was hast du denn gemacht? Über Nacht verfrüht ergraut?“ Ich sah ihn verständnislos an, woraufhin auch Miriam loskicherte.

„Im Ernst, Kirsty, du hast lauter graue Ponyfusseln im Haar. Es sieht aus, als hättest du den gleichen Kamm benutzt wie Klärchen!“

Ich hätte diese blöde Bürste vorher ausklopfen sollen. Jetzt konnte ich nur zähneknirschend mitlachen. Und einen neuen Pickel fühlte ich auch auf der Nase sprießen. Ich wünschte mir eine Perücke und kiloweise Theaterschminke.

„Ist aber witzig“, meinte Jacob begütigend, während ich verzweifelt versuchte, bei alldem nicht auch noch rot zu werden. „Man ahnt, wie du mal als Oma aussehen wirst.“

Bevor ich im Boden versank, hatte Miriam ein Einsehen und schlug vor, schon zur Halle hinüberzugehen, während Jacob Bjarne sattelte. Bei der Reithalle gab es Toiletten. Ich versuchte, keinen Blick in den Spiegel zu werfen, bevor ich mein Haar ausgeschüttelt und das Gesicht mit der rauen Handseife gewaschen hatte. Hinterher sah ich auch nicht gerade aus wie aus dem Katalog. Vielleicht „sleepy“, aber weit entfernt von „beauty“ …

Ich wandte mich seufzend zur Tür, nahm vor dem Spiegel aber gerade noch eine graziöse Ballettpose ein und gefiel mir wenigstens in der Bewegung. Wenn ich nur für meinen Prinzen hätte tanzen können. Aber der hatte ja keinen Blick für mich. Entweder flirtete er mit Miriam oder er tanzte mit seinem Pferd …

Liebesschwüre im Wald

Das Fohlen war natürlich eine Sensation in Bjarnehus, und als Herr Hoff Klärchen am Nachmittag auf die Weide führte und Beauty trocken und puschelig neben ihr herhüpfte, konnte selbst ich mir das „Ach, wie süß!“ nicht verkneifen. Miriam befand sich in dem Stadium hoffnungsloser Verliebtheit, in dem sich andere Leute von der Brücke stürzen.

Natürlich erzählten wir niemandem, dass wir die Geburt miterlebt hatten. Für Bibi und Anne waren wir nur früh aufgestanden, um Jacob und Bjarne reiten zu sehen. Miriam machte sich das in den nächsten Tagen zur Gewohnheit. Jeden Morgen um sechs stand sie im Stall und striegelte den Hengst und anschließend verfolgte sie Ross und Reiter mit dem Blick eines verlassenen Kälbchens. Ich verschlief am Tag nach unserem Fohlenabenteuer, aber am nächsten Morgen wälzte ich mich ebenfalls aus den Federn. Vielleicht war es selbstquälerisch, aber ich musste Jacob und Miri im Auge behalten.

Dabei war schon tagsüber zu erkennen, wie sehr er sie den anderen Mädchen vorzog. Miriam war in seinen Reitstunden immer an der Tete. Wenn es etwas zu zeigen gab, demonstrierte er es an Miriam und beim Ausritt bekam sie immer ihr Lieblingspferd.

Hier konnte ich allerdings auch nicht klagen. Jacob fragte jedes Mal und ich entschied mich immer wieder für Molly. Wozu Experimente, wenn mein vierbeiniges Sofa mich doch so brav durch die Gegend trug?

Ansonsten wurde die Pferde-Hysterie natürlich immer größer, je näher die Reitabzeichenprüfung rückte. Auch ich büffelte mit Miriam Theorie – wobei sie das Wissen fürs Kleine Hufeisen natürlich schon längst herunterbeten konnte. Nach der Reitstunde, dem Theorieunterricht und einem Mittagessen voller Pferdegespräche brauchte ich aber nach wie vor meine Pause. Im Allgemeinen flüchtete ich mit *Sprechtraining für Anfänger* oder einem anderen Buch in den Wald oder in die Scheune.

Auch zwei Tage nach der Fohlennacht war ich wieder auf der Flucht und hatte es mir im Wäldchen gemütlich gemacht. Inzwischen übte ich auch längere Monologe und war abwechselnd Lady Macbeth, Julia und Johanna von Orleans. Allesamt redeten sie ziemlich geschwollen daher und ich konnte mir ehrlich gesagt nicht vorstellen, dass jemand Eintritt zahlte, um sich so was anzuhören. Ich jedenfalls finde ein ordentliches Ballett sehr viel ansprechender, aber gut, Geschmäcker sind verschieden. Gestern zum Beispiel hatte das Fernsehen ein Springturnier übertragen und Miriam und die anderen hatten den gesamten sonnigen Nachmittag gebannt vor der Mattscheibe gehockt …

Nun, ich hatte auf jeden Fall kein besonderes Interesse an Schiller und Co und deshalb war mir auch nur schemenhaft klar, worum es in den Monologen eigentlich ging, die ich dem geduldigen Baumbestand von Bjarnehus täglich vortrug. Hauptsache, Aussprache und Stimmführung waren richtig und da machte ich in der letzten Zeit rasante Fortschritte! Selbst wenn ich so einen Grünling richtig anbrüllte, wurde meine Stimme nicht mehr schrill.

Heute gurrte ich allerdings mehr und konnte auch Gefühl in den Monolog legen, da mir die Geschichte zur Abwechslung mal vertraut war.

„Oh, Romeo!“, säuselte ich einer dicklichen Tanne entgegen. „Verleugne deinen Vater, deinen Namen! Und willst du's nicht, nimm mich zu deiner Liebsten …“

Irrte ich mich oder kicherte da jemand? Erschrocken sah ich mich um und blickte genau dem Jungen in die Augen, den ich mir eben noch anstelle der Tanne vorgestellt hatte.

Jacob lehnte an einem Baum, den grasenden Bjarne am Führstrick, und wollte sich ausschütten vor Lachen. Ich lief in Lichtgeschwindigkeit rot an.

„Ich bin … äh … Wir machen so eine Schulaufführung, äh, nächstes Jahr“, stotterte ich. „Und da wollte ich …“

Jacob entdeckte inzwischen *Sprechtraining für Anfänger*.

„Bist du sicher, dass du nicht eher das nächste Casting für GZSZ ansteuerst? Pass auf, dass du nicht zu gut wirst, die engagieren nur erwiesenermaßen talentlose Typen. Hauptsache, man sieht gut aus." Nette Art, mir zu sagen, dass man mich garantiert nicht aufgrund meiner Schönheit casten würde.

„Was machst du überhaupt hier?", fragte ich böse. „Spionierst du mir nach?"

Jacob verdrehte die Augen. „Um Himmels willen! Ich bin eher auf der Flucht. Ab und zu muss ich da einfach raus, und heute ... Ich weiß, dass ihr meine Mutter alle anbetet, aber manchmal kann sie ... Ach, lassen wir das ..."

Jacob wollte sein Problem offensichtlich nicht mit mir diskutieren, aber bei der Erwähnung seiner Mutter umwölkte sich deutlich seine Stirn. Anscheinend hatte sie ihn gründlich zur Weißglut gebracht. Da konnte ich mir ja gratulieren, dass ich wenigstens für Aufheiterung sorgte.

„Führst du immer dein Pferd spazieren, wenn du gefrustet bist?", erkundigte ich mich mit Blick auf Bjarne.

Jacob rang sich ein Lächeln ab. „Nö. Aber ich geh öfter ein bisschen mit ihm grasen. Es ist Sommer, er sollte mit seinen Stuten auf der Weide sein. Aber meine Mutter muss ihn ja partout auf Turniere schicken, deshalb kommt er immer nur kurz auf die Hausweide. Und schmachtet von da aus die Stuten an – echt blödes Leben für einen Hengst. Insofern nehmen wir uns beide manchmal eine Auszeit von zu vielen Mädchen."

„Sorry, dass der Wald nicht frei war“, sagte ich und grinste.

Jacob schüttelte den Kopf. „Ach, du störst mich nicht, du kannst dich ja ganz gut allein beschäftigen: ‚Roland der Riese rastet am Rathaus zu Bremen‘“, zitierte er mich.

Mir standen die Haare zu Berge. Ich gab hier täglich die blödesten Sätze zum Besten und dabei belauschte mich Jacob!

Womöglich hatte er mich neulich sogar singen hören, als ich von der Quasselei genug hatte und die Sache mit der Stimmsäule mal anhand von *Grease* ausprobierte.

Wenn man vor Peinlichkeit tatsächlich im Boden versinken könnte, hätte ich es jetzt getan. Das Phänomen erwies sich aber wieder mal als Legende.

„Diesmal warst du bloß so komisch, dass ich mich nicht beherrschen konnte!“, sprach Jacob weiter. „Echt, du hättest dich sehen sollen! Zum Schreien, wie du diese fette Tanne angeschmachtet hast.“

Ich biss mir auf die Lippen. „Du wirst das aber nicht rumerzählen?“, fragte ich zögernd.

Jacob schüttelte lachend den Kopf. „Dann müsste ich mich ja auch outen. Und was meinst du, wie viele von den Mäusen aus der Fortgeschrittenengruppe mich jetzt gerade suchen wie eine Stecknadel. Nein, bei mir ist dein Geheimnis wahrhaft sicher, liebste Julia. So, und jetzt verziehe ich mich mal und lass dich weitermachen …“

Mit einer fließenden Bewegung schwang sich Jacob auf seinen ungesattelten Hengst und Bjarne trat ohne Zögern an. Genau wie die Stuten ließ er sich auch problemlos ohne Trense lenken. Es sah cool aus, wie der Junge auf seinem Indianerpony zwischen den Bäumen verschwand. Vorher wandte er sich aber noch einmal um.

„Du hast übrigens eine tolle Stimme!“, sagte er.

Inzwischen neigte sich Miriams und meine erste Woche auf Bjarnehus dem Ende zu. Wir hatten reiterlich beide Fortschritte gemacht – ich konnte jetzt eine Vorhandwendung halbwegs richtig reiten und Miriam schaffte mühelos den ganzen Springparcours. Ihr war dabei zwar immer noch etwas mulmig, aber man sah es ihr nicht an. Mit ihrem Lieblingspony Niala flog sie wie ein Blitz über die Hürden und hatte folgerichtig auch gleich wieder ein neues Gesprächsthema mit Anne und Bibi: Wie sprang welches Pferd auf Bjarnehus und welche Pferde hatte man womöglich auch vorher schon mal gesprungen oder würde man möglicherweise mal springen können …

Beim Mittagessen am Freitag wurden diese Fragen ausführlich erörtert – es war etwa so spannend wie der Beipackzettel zu Schlaftabletten.

Zum Glück fiel es gar nicht auf, dass ich mich nach dem Hähnchenschnitzel sofort zurückzog, diesmal in die Scheune, da es regnete. Auf dem Weg dorthin machte ich einen kleinen Umweg über den Flur vor Frau Hoffs Büro. Da stand ein Schrank mit Büchern, die wir uns ausleihen durften. Zu neunundneunzig Prozent natürlich Pferdebücher, aber ein oder zwei andere Jugendromane waren dabei. Ich suchte also die Stecknadel im Heuhaufen, als drinnen im Büro das Telefon klingelte. Jacob hob ab.

„Für dich, Mama!“

Während ich das Buchangebot leicht gefrustet durchforstete – *Biggy siegt im Reitturnier*, *Mona und das weiße Fohlen*, *Blitz, der schwarze Hengst* –, drangen Satzfetzen wie „Ja, aber ...“, „Passt mir nicht so sehr ...“ und „Sicher ist es wichtig ...“ an mein Ohr. Frau Hoff telefonierte und klang dabei so genervt, wie ich mich fühlte.

Mein Freund Flicka, *Sturmwind*, *Flickas Sohn*, *Dick und Dally und die Ponys* ... Ich hätte sogar *Hanni und Nanni* noch mal gelesen, wenn darin bloß kein Pferd vorgekommen wäre ...

„Jacob!“ Frau Hoff legte auf und rief ihren Sohn.

Ich spitzte die Ohren und schob mich näher an die halb geöffnete Bürotür.

„Jacob, das war der Zuchtverband. Wir haben am Sonntag eine zusätzliche Richterschulung, ich konnte nicht absagen. Dann wird das nichts mit dem Turnier!“ Frau Hoff klang ganz unglücklich.

„Wie bitte?“, rief Jacob. „Du willst damit sagen, ich trainiere den ganzen Sommer wie ein Blöder für diese Kreismeisterschaft, der Hengst steht seit Wochen in der Box und langweilt sich und dann lassen wir das Qualifikationsturnier ausfallen?“

„Was soll ich denn machen ...“, jammerte Frau Hoff. „Papa wird dich nicht fahren können, jetzt, mitten in der Ernte.“

Ich stellte mir vor, dass Jacob sich die Nase rieb.

Das machte er immer, wenn seine Reitschüler ihm so richtig auf den Geist gingen.

„Es sind gerade mal zwanzig Minuten Hängerfahrt. So lange wird er sich doch wohl von seinen Feldern losreißen können!" Jacobs Stimme klang sehr genervt.

„Aber er kann dich doch nicht einfach nur dort absetzen ...", meinte Frau Hoff. „Der Hengst ..."

„Der Hengst kriegt eine Box im Reitstall, da rufen wir gleich an, das ist kein Problem. Und ansonsten ... Ich bin sechzehn Jahre alt, ich kann sprechen. Wenn es hart auf hart kommt, bitte ich einfach irgendeine Tante, mir die Pampers zu wechseln."

Ich musste kichern. Jacob schien jetzt aber wirklich gereizt. Anscheinend lag ihm doch mehr an der Turnierreiterei, als er zugab. Neulich im Wald hatte er schließlich den Eindruck erweckt, als wären Schleifen ihm völlig gleichgültig.

„Aber du hast keinen, der mal beim Satteln hilft oder das Pferd hält, wenn du meldest, oder ... Vielleicht nimmst du wenigstens Sandra mit?"

„Nur über meine Leiche!"

Blöderweise kamen in dem Moment zwei Mädchen lärmend über den Flur geschlendert. Jacob und Frau Hoff hörten sie und zogen die Bürotür zu. Schade, gerade jetzt, wo es spannend wurde. In dem Moment fiel mir ein *Hanni und Nanni*-Buch in die Finger. Getreu meinem Schwur steckte ich es in die Tasche. Vielleicht würde ich ja drüber einschlafen, das passierte mir hier öfter nach dem Mittagessen. Ich stand schließlich auch um halb sechs auf!

Ich verbrachte zwei ruhige Stunden in der Scheune und traf Miriam dann vor den Ställen. Der Regen hatte rechtzeitig aufgehört und so stand für mich ein Ausritt an, für sie eine Springstunde. Miriam stürzte auf mich zu. Sie sah aus, als hätte sie die Goldmedaille im Nationenspringen gewonnen.

„Kirsty, du ahnst nicht ... Jacob ... Er hat mich gefragt ... Er will, dass ...“

Oh nein! Hatte er Miriam wirklich gefragt, ob sie mit ihm gehen wollte? War ja eigentlich zu erwarten gewesen, so nett, wie er immer zu ihr war. Und nun erwartete sie, dass ich mich mit ihr freute. Ich biss mir auf die Lippen.

Miriam stammelte weiter. „Also, er hat mich gefragt, ob ich ... ob wir ... ob du und ich nicht am Sonntag mit ihm mitfahren wollen. Zum Reitturnier. Ist das nicht cool? Wir sollen uns um das Pferd kümmern und ihm ein bisschen zur Hand gehen. Das macht sonst Frau Hoff, aber die kann irgendwie nicht, und Herr Hoff hat auch keine Zeit, aber er wird Jacob eben da absetzen, und du ... und ich ... Ist das nicht irre? Ich bin Bjarnes Pferdemädchen!“

Ich wusste nicht, ob ich lachen oder weinen sollte. Gut, er hatte nicht gleich die entscheidende Frage gestellt, aber letztlich kam das Angebot auf das Gleiche hinaus. Nur was ich bei der Angelegenheit sollte, war mir unklar. „Kann Jacob mich nicht selbst fragen?“, erkundigte ich mich unwillig. „Und wozu braucht der Gaul zwei Nannys?“

„Jacob wollte dich fragen, aber er hat dich nicht gefunden“, behauptete Miriam. „Und er muss zwei

Mädchen mitnehmen, eine allein will Frau Hoff nicht auf dem Turnierplatz rumlaufen lassen. Sie könnte sich langweilen, während Jacob reitet."

Als ob sich eine dieser Fanatikerinnen jemals langweilte, wenn ein Pferd in Sichtweite war!

„Komm, Kirsty, du willst doch nicht Nein sagen? Es wird lustig, bestimmt!" Miriam schaute ganz ängstlich. Ich bezweifelte zwar, dass ich viel zu lachen haben würde, aber natürlich dachte ich nicht ernstlich daran, auf einen Tag mit Jacob zu verzichten. Konnte schließlich sein, dass er seine Meinung noch änderte. Vielleicht verschwanden ja auch in der nächsten Nacht alle meine Pickel und mein schmutzig braunes Strubbelhaar verwandelte sich in eine aufregend rote Löwenmähne ...

„Kriegen wir hier irgendwo Henna, Miri?"

Ein heißer Tipp zur Akne-Bekämpfung: Wenn man sein Haar wirklich flammend rot färbt, wirken die Pickel dagegen blasser! Ansonsten war meine Verschönerungsaktion allerdings eine reine Katastrophe. Zwar kriegte ich im Dorfladen tatsächlich Henna – und zwar billiger als die Fahrradmiete! –, aber irgendwie hätte ich es nicht ganz so lange einwirken lassen sollen. Außerdem stand nirgends auf der Gebrauchsanweisung, dass man die Ohren besser mit Plastikabdeckung schützte. Ich tat es folglich nicht, woraufhin sie sich karottenrot verfärbten.

Die Nacht von Samstag auf Sonntag verbrachte ich damit, die Verfärbungen wenigstens von meinen Hörorganen zu schrubben. Anschließend waren die

Ohren vom Reiben noch röter. Es war hoffnungslos. Manche Leute sind der Typ „Ätherische Schönheit“ wie Miri oder „Claudia Schiffer“ wie Anne, und andere sehen eben wie Pumuckl aus. Damit musste ich mich abfinden.

„Gestern ergraut, heute errötet!“, grinste Jacob, als wir uns morgens um sechs vor dem Stall trafen. Jacobs Dressurprüfung war zwar erst um zehn, aber Frau Hoff wollte ihren Sohn vor der Richtertagung noch selbst zum Turnier kurven. „Jedenfalls besteht keine Gefahr, dass wir dich verlieren.“

„Ich finde, es sieht gut aus“, sagte Miriam. Es klang aber eher mitleidig als glaubwürdig. Überflüssig zu sagen, dass Miriam selbst sehr hübsch aussah. Wie immer hier auf Bjarnehus schien sie von innen zu leuchten. Sie trug Jeans und ihr artiges weißes Turnierblüschen, das eigentlich bis zur Reitabzeichenprüfung sauber bleiben sollte. Ihr blondes Haar hatte sie zu einem dicken Zopf geflochten und mit einem blauen Samtband versehen. Ich trug nur ein buntes Batik-Shirt, das sich jetzt sicher auch noch mit der Haarfarbe biss …

Gefrustet kletterte ich auf den Rücksitz von Hoffs Geländewagen und schmollte. Das fiel allerdings gar nicht auf, denn innerhalb der nächsten halben Stunde redete ohnehin nur Frau Hoff. Erst mal ging es darum, was Jacob und Bjarne vielleicht vergessen haben könnten, dann um die Box und ob die auch bestimmt reserviert wäre, anschließend um die Prüfung und die Kür, die Jacob reiten würde, falls er beim ersten Durchgang unter die ersten zehn käme.

Dann sprach sie über die mögliche Konkurrenz und zuletzt über die Richter ...

Jacob nestelte die ganze Zeit nervös an seiner schneeweißen Turnierkrawatte herum, die anschließend natürlich nicht mehr schneeweiß war. Als er das bemerkte, ging er dazu über, die Knöpfe an seiner Reitjacke zu verdrehen. Dazu rieb er sich dauernd die Nase. Ich konnte ihn verstehen, Frau Hoff klang genau wie Frau Brandt. Man kriegte selbst als unbeteiligter Zuhörer umgehend die Krätze.

Miriam lauschte allerdings mit gläubigem Gesichtsausdruck. Erst als wir auf den Turnierplatz kamen, ließ ihre Aufmerksamkeit nach und sie schaute fasziniert auf die vielen Pferde, die blumengeschmückten Reitplätze und die Stände mit Reitzubehör.

Mich persönlich lockte eher die Kuchentheke, aber das sagte ich lieber nicht laut. Frau Hoff parkte neben den Ställen und zog los, um sich Bjarnes Box anzuschauen. Jacob atmete auf.

„Ganz ruhig bleiben. In spätestens einer Viertelstunde ist sie weg", sprach ich ihm Mut zu.

„Ich finde es irgendwie süß, wie sie sich um dich kümmert!", sagte Miriam. „Es muss toll sein, so eine Mutter zu haben!" Ich fiel fast vom Glauben ab! Miriam schien ihre eigene Mom komplett vergessen zu haben. Sie klang, als müsste sie zu Hause in der Hundehütte nächtigen ...

Jacob wollte etwas erwidern, aber Frau Hoff war schon wieder da.

„Ihr könnt ihn ausladen, die Box ist okay. Und

vergiss nicht den Sattelgurt, Jacob … Miriam, kümmere dich doch mal darum, er ist in einer Plastiktüte, damit er nicht schmutzig wird. Und die Satteldecke auch, passt beim Auflegen auf, dass sie nicht dreckig wird, der Sattel ist frisch gefettet …“

Während Miri und Frau Hoff das Sattelzeug ausluden, half ich Jacob, den Hänger zu öffnen. Bjarne spazierte brav heraus, auch er natürlich auf Hochglanz poliert. Die ihm zugedachte Box war wirklich ganz nett, nicht so dunkel wie Dondolos in der Stadt, sondern mit Blick nach draußen. Der Hengst guckte unternehmungslustig heraus und wieherte lauthals einer Stute hinterher.

„Klappe, Pferd!“, schimpfte Jacob. „Heute ist nix mit Liebe, heute wird gearbeitet!“

Genau so hatte ich mir den Tag vorgestellt …

Irgendwann verschwand Frau Hoff dann wirklich. Jacob schlug drei Kreuze hinter ihrem Auto.

„Jetzt gehen wir erst mal frühstücken!“, bestimmte er. Miriam wäre wohl lieber bei Bjarne geblieben, aber dann konnte Jacob sie doch überreden mitzukommen. Im Futterzelt hatten wir allerdings nicht viel von ihm. Jacob kannte Gott und die Welt und zumindest die weibliche Hälfte der Bevölkerung hatte nichts Besseres zu tun, als sich um ihn zu versammeln. Wobei sie natürlich pausenlos über Pferde redeten. Und die Aufgabe und die Kür und die Konkurrenz und die Richter …

Jacob machte sich nicht die Mühe, uns vorzustellen. So ähnlich musste es dem Personal im vorletzten Jahrhundert ergangen sein. Ich kam mir vor wie eine

Mischung aus Reitknecht und Hutständer. Miriam dagegen strahlte, absolut willig, sich aufzuopfern. In der Folge ließ sie sich auch brav zur Meldestelle schicken und dann noch mal zum Schwarzen Brett, wegen der Startzeit, und anschließend wickelte sie die frisch gewaschene Satteldecke und den Gurt so sorgfältig aus, als wären es die Kronjuwelen. Akribisch sattelte sie Bjarne, während Jacob sich aus den Trainingshosen schälte, unter denen er seine weißen Reithosen verbarg.

„Soll ich die Stiefel noch mal polieren?“, erkundigte sich Miri. Nebenan wienerte gerade eine Mutter an den Reitstiefeln ihrer Tochter herum, die dabei bereits im Sattel saß. Sie benutzte dazu – ungelogen – eine Damenstrumpfhose.

„Altes Geheimrezept!“, verriet sie mir, als sie sah, wie verwundert ich guckte. „Davon kriegt das Leder einen ganz besonderen Glanz.“

Da weder Miri noch ich Feinstrumpfhosen dabeihatten, musste Jacob auf diesen Glanz verzichten. Miriam war untröstlich. Jacob sah aber trotzdem zum Anbeißen aus, als er zum Abreiteplatz ritt.

Jacob war der vierte Starter in seiner Prüfung, einer „Kandaren-L“, was immer das sein mochte. Insgesamt waren es fünfzehn Teilnehmer, außer Jacob und einem älteren Herrn nur Mädchen. Mir sank der Mut. Wenn jemand die Wahl zwischen allen weiblichen Wesen der Welt hatte, war es Jacob. Warum sollte er da auf mich verfallen? Eins der Mädchen, auf einer prächtigen, großen schwarzen Stute, war echt eine Wucht – die hätte glatt Model werden können.

Allerdings interessierte sich Bjarne mehr für das Paar als Jacob. Immer, wenn die beiden ihm zu nahe kamen, blubberte er der Rappstute verschwörerisch zu. Jacob bedachte das Mädchen mit einem strengen Blick und bat sie, nicht so dicht aufzureiten.

„Zanana bringt Bjarne völlig aus dem Konzept!“, klagte er, als er an Miri und mir vorbeiritt.

Ich fand das nicht ganz ungerecht. Schließlich war nicht zu übersehen, dass Jacob seinerseits die Reiterin ziemlich aus dem Konzept brachte. Die Turnierchancen blieben insofern gleich.

Dann begann die Prüfung. Jacob war gleich der dritte Starter und für mich sah seine Darbietung wirklich sehr schön aus. Auch Miri kriegte sich gar nicht mehr ein, als er wieder auf den Abreiteplatz kam. Jacob selbst war nicht so zufrieden. In der nächsten halben Stunde tauschte er sich zunächst mit Miriam, dann noch mit etwa zwanzig weiteren Mädchen darüber aus, dass Bjarne einmal nicht „ganz auf dem Punkt angesprungen“ wäre und sich in irgendeiner Lektion ein „kleines bisschen verworfen“ hätte.

Die Richter schienen das nicht so schlimm zu finden. Nach den nächsten fünf Startern führte Jacob jedenfalls noch. Dann kam jedoch das Mädchen mit der Rappstute Zanana und erhielt eine um zwei Kommastellen höhere Wertnote.

Jacobs Fans diskutierten eine weitere halbe Stunde darüber, ob sie wohl nur so hoch bewertet worden sei, weil die Stute irgendwie die Halbschwester von irgendeinem Olympiasieger war – oder doch das

Mädchen? Und dann ging es noch darum, dass Ponys immer schlechtere Noten bekamen als Großpferde, und warum das so sei oder ob es vielleicht doch nur ein Gerücht wäre … Ich hörte nicht so genau hin, sondern konzentrierte mich eher darauf, die Vorgänge im Viereck endlich wenigstens ein bisschen zu kapieren. Leider sah ich immer noch keine Unterschiede zwischen den Reitern, sondern musste dem Richterspruch einfach glauben. Die Richter bewerteten auch Starterin 13 und 14 noch etwas besser als Jacob. Die letzten fünf machten aber offensichtlich keinen Eindruck auf die Jury. Im Anschluss an die Vorentscheidung war Jacob Vierter.

„Das ist doch schon mal was", freute er sich und wurde von seinen Groupies gefeiert. Miriam führte so lange den Hengst auf und ab und sah etwas verloren aus.

Jacob lächelte ihr zu. „Magst du ihn vielleicht trocken reiten?", erkundigte er sich.

In Miris Gesicht ging die Sonne auf. „Ich darf … ich soll …"

„Aber ja, nimm meine Kappe und steig auf." Jacob warf Miri seinen Reithelm zu und ich beneidete sie glühend. Wenn er mir das Ding geliehen hätte, hätte ich mir danach nie mehr die Haare gewaschen …

Miriam glitt in Bjarnes Dressursattel und nahm ganz vorsichtig ein bisschen die Zügel auf.

„Ich muss mich mal etwas um sie kümmern …", erklärte Jacob seinem Fanclub und verzog sich in die Mitte des Abreiteplatzes, wo Reitlehrer und Eltern aufgeregt herumwuselten und den Reitern letzte Anweisungen gaben. Jacob schien das eigentlich nicht vorzuhaben. Ich hatte den Verdacht, dass er eher die Mädchen los sein wollte.

Nachdem auch die letzten sich verflüchtigt hatten, folgte ich ihm. Schweigend standen wir herum und sahen Miriam zu. Sie sah großartig aus auf dem Hengst. Ihr weizenblondes Haar hatte die gleiche Farbe wie sein Fell und ihr Sitz war so gerade und geschmeidig, dass man sie fast für eine Starterin in dieser schweren Turnierklasse halten konnte.

„Trab ihn ruhig mal an!“, meinte Jacob schließlich. „Aber nur den Trensenzügel aufnehmen, der Kandarenzügel muss durchhängen.“

Miri schaute ungläubig und ordnete das Zügelgewirr. Dann trabte Bjarne mit ebenso rundem Hals wie sonst bei Jacob. Mein Traumboy sah die beiden mit einem Ausdruck von Bewunderung an.

„Sieht gut aus“, bemerkte ich tapfer. Was auch da lief, ich würde mir nichts anmerken lassen.

Jacob nickte versonnen. „Die wäre es …“, sagte er ein bisschen ins Leere. Ich hatte das Gefühl, als führe er Selbstgespräche. „Die hat das Händchen dafür. Gib mal Galopphilfen, Miri! Aber vorsichtig, nicht zu viel machen!“

Miriam schob ihr äußeres Bein nur ein bisschen hinter den Gurt und schon sprang Bjarne an. Ganz langsam, in erhabenen Galoppsprüngen umrundete er den Platz.

„Tja …“, seufzte Jacob. Ich wünschte mich weit weg, am besten auf einen pferdefreien Planeten.

Miriam war selig und bedankte sich tausendmal,

als sie Bjarne schließlich zurückgeben wollte. „Es war so cool, Jacob, echt, es war ein Traum – fast so, als ob ich selbst Turnier reiten dürfte. Oh, ich würde so gern irgendwann mal Turniere reiten ... Ich wünschte, ich hätte ein eigenes Pferd ..."

„Reite ruhig noch ein bisschen Schritt", meinte Jacob großzügig. „Bis zur Kür heute Nachmittag sind es noch sechs Stunden, da steht er lange genug in der Box." Jacob und ich schlenderten inzwischen wieder Richtung Reitplatzrand, beide etwas unentschlossen. Ich hätte gern den Verpflegungswagen angesteuert, um eine Cola zu holen, aber andererseits hätte ich Jacob dann garantiert nicht mehr lange für mich gehabt.

„Bjarne hasst Wartezeiten auf Turnieren", erklärte mir Jacob. „Endloses Rumstehen und den Duft von tausend Stuten in der Nase, die er alle nicht kriegen kann. Lieber würde er noch eine Prüfung gehen. Ich hatte auch dran gedacht, zusätzlich die M-Dressur zu melden, aber das wird doch zu viel."

Mir fiel etwas ein, was zugegebenermaßen ein bisschen tollkühn war. Aber mich ritt der Teufel. Mal sehen, was Jacob für seine Miri alles tun würde!

„Lass doch Miriam reiten", schlug ich vor. „Gleich kommt noch eine Anfängerprüfung, da hat sie mir eben von vorgeschwärmt. Müsste sie sich unbedingt ansehen. Womöglich ließe sich die Besitzerin von ihrem vergötterten Lieblingspferd ja doch mal überreden, sie reiten zu lassen, und dann könnte sie bei so etwas starten."

„Im Ernst, hat sie ein Pflegepferd?" Jacob klang

fast etwas enttäuscht. Ich erzählte ihm von Dondolos Frauchen. „Bis die Miri auf ihr Goldstück lässt, müssen Weihnachten und Ostern zusammenfallen. Ich hätte es schon längst aufgegeben, aber Miriam liebt den Gaul und wo Liebe ist, ist Hoffnung." Ich faltete die Hände und verdrehte die Augen.

Jacob grinste. „Ich kann Bjarne nicht wirklich in einer E starten lassen", meinte er dann.

„Warum nicht?", erkundigte ich mich. „So anstrengend kann das doch nicht sein."

„Aber unfair, er ist ein M-Dressurpferd. Die anderen Mädchen ..."

„Na und? Dafür ist Miri noch Anfängerin. Und die anderen Mädchen haben alle eigene Pferde, die können nächste Woche wieder aufs Turnier. Bei Miri wird das nie was. Ihre Mutter hält Pferde für menschenfressende Ungeheuer. Sie wird nie erlauben, dass Miri ein eigenes bekommt." Ich stritt jetzt ganz ehrlich für Miriam. Wenn meine Träume schon zerplatzten, konnten ja wenigstens ihre wahr werden.

Jacob überlegte und kaute auf seiner Oberlippe herum. „Hm ... vielleicht könnte das sogar ... Sag mal, Kirsty, ihr kommt sicher aus Düsseldorf? Nicht irgendein eingemeindetes Dorf oder so was, das tatsächlich fünfzig Kilometer weit weg liegt?"

Was sollte das jetzt? Immerhin konnte ich es ehrlich bejahen. „Innenstadt, zehn Minuten zur Kö... "

Jacob ließ mich nicht aussprechen. „Also gut", fiel er mir ins Wort. „Ich gehe mal hören, ob wir nachnennen können. Und dann müssen wir Miriam noch fragen. Vielleicht will sie ja gar nicht ..."

Zwischen Torten und Turniermüttern

Ich denke, jeder Mensch hat einen ganz besonderen Traum, an den er zwar eigentlich nicht glaubt, aber man weiß ja nie. Zum Beispiel, dass Brad Pitt einen ins Kino einlädt oder dass man Erster wird bei „Deutschland sucht den Superstar“. Oder dass man in einem Tanzfilm groß rauskommt.

Als Jacob Miriam wegen der E-Dressur fragte, guckte sie, als wäre ihr alles auf einmal passiert.

„Aber ich habe gar kein Reitzeug mit …“, wandte sie ein. „Und ich kann die Aufgabe gar nicht.“

„Klar kannst du die Aufgabe!“, bemerkte ich. „Du übst doch jeden Tag für die E-Dressur beim Reitabzeichen!“

„Das sind die Lektionen. Aber die Aufgabe …“

„Wird bei diesen Abteilungsprüfungen vorgelesen“, tröstete Jacob. „Du brauchst nur zuzuhören und zu machen, was angesagt ist. Wie in jeder normalen Reitstunde.“

„Aber man braucht Reithosen …“

„Das stimmt“, meinte ich mit traurigem Blick zu Jacob. „Daran hatten wir nicht gedacht.“

Jacob verdrehte die Augen. „Mensch, Kirsty, guck dich um! Hier rennen Tausende von Mädchen rum, die alle weiße Reithosen dabeihaben. Wenn ich zu einer von ihnen ein bisschen nett bin ... Seht lieber nach, ob wir einen Trensenzaum dabeihaben. Ich meine, ich hätte einen ins Auto geworfen. Manchmal reite ich Bjarne nämlich zwischendurch ein bisschen ins Gelände. Aber womöglich hat meine Mutter ihn nicht mit ausgepackt. Und Bjarne ist hier so ziemlich das einzige Pony. Eine passende Trense zu leihen, dürfte schwierig sein."

Das hatte ich nun davon. Jacob förderte nicht nur Miriam, sondern machte auch noch anderen Mädchen schöne Augen, um meiner Freundin eine Reithose zu besorgen.

Während Jacob loszog, um seinen Charme spielen zu lassen, durchsuchten Miriam und ich das Sattelzeug. Zum Glück fanden wir die Trense und Miri begann gleich, sie zu schrubben und einzuölen.

Inzwischen kam Jacob zurück, im Schlepptau das dunkelhaarige Model-Mädchen, das Zanana geritten hatte. Angeblich wollte sie wissen, ob ihr Reitzeug Miri wirklich passte, aber mir wurde natürlich sofort klar, worum es wirklich ging. Veronica – so hieß das Supergirl – kam sozusagen als Gesandte des Fanclubs, um Jacobs Freundin zu inspizieren. Sie betrachtete Miriam mit dem Gesicht einer Krähe, die auf Ausfechten der Hackordnung zielt.

Miriam merkte das gar nicht. Sie dankte Veronica überschwänglich. Tatsächlich saß die Hose ganz gut. Sie war ein bisschen lang und die Stiefel waren

Miri etwas groß, dafür aber damenstrumpfhosenpoliert. Jacob lieh Miriam ein zusätzliches Paar Socken, damit die Stiefel nicht rutschten. Ein weiteres Mädchen, Sigrit, half mit einer Reitkappe aus.

Miriam hatte noch eine halbe Stunde bis zum Abreiten, aber sie war so nervös, dass sie nicht stillhalten konnte. Auch Bjarne hatte sein zweites Frühstück in der Box inzwischen beendet und schaute unternehmungslustig.

„Warum reitest du nicht einfach ein bisschen Schritt, bis ihr dran seid?", fragte Jacob die hibbelige Miriam. „Mach dich in Ruhe mit dem Pferd vertraut und wir treffen uns dann um Viertel nach zwölf auf dem Abreiteplatz."

Miriam trenste Bjarne auf und ließ Jacob dreimal nachsehen, ob auch alles richtig saß. Dann sattelte sie auf und bekam fast einen Nervenzusammenbruch, als sie einen winzigen Dreckfleck auf der Satteldecke fand. Jacob bürstete ihn mit einer Pferdebürste weg. Miriam ließ ihn den Sattelgurt fünfmal kontrollieren und wollte mindestens achtmal wissen, ob der Sattel nicht zu weit vorn oder hinten saß. Jacob blieb ruhig. Als Miriam dann aber endlich losritt, wirkte er fast so erleichtert wie vorhin beim Abschied von seiner Mutter.

„Das hätten wir erst mal!", sagte er fröhlich. „Pass auf, wir holen uns jetzt ein Würstchen ... oder besser: Du holst uns zwei Würstchen. Wenn die Mädels mich sehen, haben wir nur gleich wieder einen ganzen Schwanz um uns herum. Und dann treffen wir uns am Bierstand. Äußerste Ecke, hinter allen

Turniervätern. Im Allgemeinen eine ziemlich mädchenfreie Zone, es kommt höchstens mal eine vorbei, um Papas Alkoholpegel zu kontrollieren. Beeil dich, ich bestell schon mal Cola."

Mein Herz machte einen kleinen Hüpfer. Jacob wollte allein mit mir sein! Wahrscheinlich nur notgedrungen, weil Miriam zurzeit ja wirklich nicht zurechnungsfähig war, aber besser als nichts. Ich stand ein paar Minuten am Bratwurststand an und drängelte mich dann durch die Menge am Bierstand. Dazu schob ich mich an Dutzenden, meist rotgesichtigen Männern vorbei, die über Pferde redeten. Genauer, über die Turnierpferde ihrer Töchter. Und über die Ungerechtigkeit diverser Richterentscheidungen – natürlich immer bezogen auf ihre Töchter und deren Turnierpferde. Und über die Preise für die Turnierpferde ihrer Töchter sowie die Preise der Turnierpferde der Konkurrentinnen ihrer Töchter.

Frauen waren am Bierstand tatsächlich eher selten. Nur zwei standen in Reithosen und Turnierjacken in der Menge und stießen offensichtlich auf einen Sieg an.

„Weibliche Erwachsene auf Reitturnieren sind im Allgemeinen Turniermütter", klärte Jacob mich auf, als ich mich zu ihm durchgekämpft hatte und meine Eindrücke kundtat. „Schwerpunktmäßig beschäftigt mit dem Putzen der Pferde, Polieren der Ausrüstung und Triezen der Kinder. Merke: Du findest die Turniermutter in der Mitte des Abreiteplatzes, den Turniervater am Bierstand. Turnierväter lassen ihre Kinder auf dem Reitplatz weitgehend in Ruhe.

Sie machen ihnen erst die Hölle heiß, wenn sie nicht gewonnen haben."

Ich verdrehte die Augen und nippte an meiner Cola. Turniermütter waren eine mir bekannte Spezies, in meinem Umfeld nannte man sie nur „Ballettmütter". Väter interessierten sich in der Regel erst für den Tanz, wenn die Töchter das beruflich betreiben wollten. Dann kriegten sie Anfälle. Meinen Vater halte ich deshalb bis jetzt noch in dem Glauben, ich wolle Scheidungsanwältin werden. Kein Grund, ihn jetzt schon zu beunruhigen.

„Und du?", fragte mich Jacob unvermittelt. „Hast du dich inzwischen entschieden, ob dir Reiten Spaß macht?"

Sekundenlang zog ich ernsthaft in Betracht, Begeisterung zu heucheln. Aber dann dachte ich, es hätte keinen Zweck, ihn anzulügen. Erstens war er sowieso nicht an mir interessiert, sondern an Miriam und zweitens: Wenn er mich nicht so mochte, wie ich wirklich war, konnte man es auch gleich vergessen.

„Reiten an sich macht mir schon Spaß. Dressur ist cool, ein bisschen wie Tanz, wenn man es richtig kann. Und Ausreiten ist echt super zum Träumen. Aber das ganze Drumherum ... Ich weiß nicht ... Also ich könnte nicht dauernd von Pferden reden."

Jacob lachte. „Worüber würdest du denn gern reden?"

Ich zuckte die Achseln. „Über alles Mögliche. Musik ..., Filme ..., die Schule ... Worüber halt normale Leute so reden. Aber Pferdeleute interessieren sich anscheinend für nichts anderes als nur für Pferde."

„Ich mag Musik“, bemerkte Jacob.

Ich nickte. „Ich hab dich Gitarre spielen gehört. In der Fohlennacht. Flamenco. Die Sevillana war wunderschön.“ Jacob schaute ungläubig.

„Du hast erkannt, dass es eine Sevillana war?“

Ich nickte. „Klar, und das zweite ein Taranto.“

„Woher weißt du das?“

Es war kaum zu glauben, aber plötzlich hatte ich Jacobs volle Aufmerksamkeit.

„Flamencokurs, letztes Jahr in Spanien. Wir waren in so einer Ferienanlage und da wurde das angeboten.“ Das war allerdings nur die halbe Wahrheit. Zwar hatten die Tänzer, die die Abendshow bestritten, tatsächlich einen Minikurs für Touristen gegeben. Aber das war selbstverständlich Pipifax. Ich bin dann hinterher noch dageblieben, als die Mädchen trainiert haben, und am zweiten Tag durfte ich mitmachen. Der Gitarrist konnte Deutsch und hat mir jeden Tag Vorträge über Flamenco gehalten. Es war übrigens ähnlich wie beim Reiten, ich lernte jeden Tag ungefähr fünfundzwanzig neue Vokabeln. Insofern reizte mich der Gedanke auch nicht so sehr, mein restliches Leben in Granada zu verbringen, um diese Wissenschaft zu studieren. Obwohl der Maestro mich für begabt hielt.

„Du bist schon ein eigenartiges Mädchen …“, meinte Jacob versonnen. „Und was für Filme magst du?“ In der Folge stellten wir fest, dass wir beide *Herr der Ringe* mehrfach gesehen hatten, und außerdem fanden wir *Highlander 1* absolut cool und *Highlander 2* grottenschlecht. Bei *Titanic* mochte

Jacob hauptsächlich die Musik und er sah auch das Schiff ganz gern sinken. Die Geschichte als solche fand er nicht so prickelnd. Er war halt ein Junge … Aber wir verständigten uns darauf, dass wir beide *Grease* mochten. Deshalb hatte Jacob sich die Musik auch für seine Kür ausgesucht.

„Reitest du gleich die *Grease*-Kür?“, fragte ich.

Jacob nickte. „Aber nicht das ganze Programm, nur den ersten Teil. Die ganz schweren Lektionen fallen weg. Die reite ich nur auf der Euro Cheval.“

„Aber …“ Ich überlegte, ob ich damit rausrücken sollte oder ob er mich dann hassen würde, aber es gab eine Stelle in der Kür, die mich immer wieder störte. „Diese … diese komische Wendung an der Stelle, wo *Summer Loving* in *Sandra Dee* übergeht, die bleibt drin?“

„Die Kehrtvolte am Beginn der Schritt-Tour? Ja. Warum?“

Ich holte tief Luft. „Wenn du an der Stelle keine Schleife reiten würdest, sondern dieses … es sieht aus wie eine Vorhandwendung, aber andersrum und man hält vorher nicht an … ich weiß nicht, wie man es nennt …“ Ich versuchte, die Lektion mit Händen und Füßen nachzustellen, und Jacob lachte.

„Eine Kurzkehrtwendung“, half er mir dann aus. Er sah nicht böse aus, sondern blickte mich aufmerksam an.

„Dann käme der Übergang flüssiger und du wärst nicht so gehetzt während der ganzen Schrittperiode. Wenn ich das richtig sehe, gehst du doch im Stechschritt …“

„Mittelschritt“, berichtigte Jacob.

„… im Mittelschritt durch die ganze Bahn und sollst dann Mitte der kurzen Seite wieder angaloppieren. Aber das kommt nie genau hin, deine Mutter schreit dich jedes Mal an. Du kannst nichts dafür, es fehlen einfach mindestens drei Takte. Die könntest du durch das Kurz-Dingsbums einsparen …“ Eifrig sah ich zu Jacob auf.

Der schien nachzudenken. Aber dann warf er einen alarmierten Blick auf die Uhr.

„Himmel, es ist zwanzig nach zwölf! Miriam wartet bestimmt schon!“ Ohne noch mal auf meinen dreisten Vorschlag zur Choreografie-Änderung einzugehen, hastete Jacob zum Abreiteplatz. Miriam und Bjarne waren natürlich schon da. Gemeinsam mit zwanzig anderen hoffnungsvollen E-Startern ritt sie im Kreis herum. Jacob begann sofort, mit ihr zu arbeiten. Das übliche Warmreiten und Versammeln. Neben Jacob gaben noch ungefähr tausend Turniermütter Anweisungen, zwei Mädchen waren bereits vor der Prüfung in Tränen aufgelöst. Kannte ich auch vom Ballett …

In dieser E-Dressur waren die Unterschiede zwischen den einzelnen Startern übrigens auch für mich erkennbar. Nicht in allen Feinheiten sicherlich, aber manches fiel mir doch auf. So etwa, dass Bjarne unter den Pferden und Ponys hier ungefähr so wirkte wie Rudolf Nurejew unter lauter Ballettschülern. Während die meisten anderen Mädchen mit den Schenkeln auf ihre Pferde einhämmerten und gleichzeitig an den Zügeln riegelten, nahm er Miriams Hilfen wunderbar leicht an und schwebte mit ihr durchs Viereck. Kurz danach erschien aber noch ein großes braunes Pferd auf dem Abreiteplatz, das ebenso super ging. Zu dem kleinen Mädchen darauf gehörte eine besonders strenge Mami. Wahrscheinlich ritt sie das Pferd sonst selbst.

Die E-Dressur wurde in Abteilungen geritten und die Aufgabe war wirklich nicht schwer. Nachdem ich drei Gruppen gesehen hatte, konnte ich sie schon auswendig.

„Das ist aber gar nicht so gut“, erklärte mir Jacob. Er kam mit Miriam und Bjarne zu mir. In der nächsten Abteilung würden die beiden starten.

„Wenn du die Aufgabe zu gut kennst, nimmst du womöglich Lektionen vorweg. Und noch schlimmer ist es, wenn das Pferd sie kennt. Dann will es nämlich schnell fertig werden und schießt durch die Aufgabe. Der Reiter kommt nicht mehr zur Hilfengebung und das sehen die Richter. Gib die Hilfen immer deutlich erkennbar, Miri. Zwar ganz leicht, aber so, dass man sieht, du tust da oben was.“

„Gibt es wirklich Pferde, die sich Turnierprüfungen merken?“, fragte ich zweifelnd.

Jacob nickte. „Und ob! Wetten, dass ein Drittel der Pferde hier die Aufgaben besser kennt als ihre Reiter? Der Schimmel dahinten …“, er wies auf ein hübsches graues Pony unter einer unsicher wirkenden, höchstens achtjährigen Reiterin, „… war schon im Jugendsport dabei, als ich selbst noch E-Prüfungen geritten habe. Der trägt inzwischen das vierte Kind zu höheren Weihen. Selbstverständlich weiß er, worum es geht! Die zugehörigen Eltern haben ihn wahrscheinlich mit Gold aufgewogen. Gute Turnierponys sind irre teuer."

Ich hatte nun keine Zeit mehr, mich zu wundern. Die letzte Abteilung vor Miriam ritt zu den Richtern, um ihre Noten in Empfang zu nehmen. Miriam war schneeweiß im Gesicht und ihre Hände verkrampften sich um die Zügel. Jakob redete beruhigend auf sie ein.

„Pass auf, Miri, denk einfach, es wäre eine Reitstunde. Mehr ist es nicht, du hast das alles schon tausendmal gemacht. Wichtig ist, dass du lächelst! Alles soll leicht aussehen. Ach ja, und wenn es eben geht, reite entweder an erster Stelle der Abteilung oder an letzter. Mittendrin wird Bjarne nervös, ein Hengst will immer alles übersehen. Am besten gehst du nach vorn, da wirst du nicht beeinträchtigt, wenn die anderen vor dir Mist bauen."

„Das trau ich mich nicht …", flüsterte Miriam. Von einem Lächeln war sie weit entfernt. Ich kriegte die Krise. Wenn sie jetzt aus Angst alles verbockte …

„Natürlich traust du dich! Du reitest jetzt da rein und schreist ‚Achtung, das ist ein Hengst!'. Dann halten alle Abstand und lassen dich nach vorn. Woraufhin du bitte triumphierend lächelst!"

Jetzt musste Miriam wirklich fast lachen. Dann wurde ihre Nummer aufgerufen. Meine Freundin richtete sich auf, lächelte den Richtern beim Einreiten tatsächlich schüchtern zu und holte tief Luft, bevor sie die Hand hob. „Anfang hier!"

„Braves Mädchen ...“, murmelte ich.

Beim Aufmarschieren nahm Miriam die Zügel etwas zu kurz und Jacob stöhnte, als Bjarne ein bisschen herumhampelte. Aber dann fing sich Miri und es wurde von Minute zu Minute besser. Bjarne und Miriam waren ein bildschönes Paar, alle Proportionen stimmten, die Hilfen kamen fast unmerklich, aber wirklich nur fast, und Bjarne machte jeden Handwechsel und jeden Gangartenwechsel haargenau auf dem Punkt. Beim letzten Aufmarschieren stand er dann auch wie ein Standbild. Miriam klopfte ihm den Hals. Sie lächelte nicht, sondern sah aus, als schwebte sie irgendwie in höheren Sphären. Na ja, da würden die Richter sie schon herausholen. Sie unterhielten sich ziemlich lange mit ihr und sie war völlig aufgelöst, als sie zurückkam.

„Sie haben mich gefragt, wie lange ich das Pferd schon habe, und dass es ja wohl ein bisschen weiter ausgebildet wäre als die anderen, und ich habe ihnen erzählt, dass ich Bjarne zum ersten Mal reite und mehr durch Zufall und so, und dann haben sie ganz merkwürdig geguckt. Bestimmt disqualifizieren sie mich ... So was ist garantiert nicht erlaubt ...“

„Quatsch!“, sagte Jacob rüde. „Haben sie dir denn am Ende keine Wertnote gesagt?“

Miriam zuckte die Achseln. „Weiß nicht ... Ich war so nervös ... Zuletzt hab ich gar nicht mehr hingehört ...“ Jacob verdrehte die Augen. Miriam war den Tränen nahe. Ich zog beide zu der Schiefertafel am Rand des Abreiteplatzes, auf der die Wertnoten der Starter notiert wurden.

„Nur die Ruhe! In ein paar Minuten wird hier deine Note erscheinen, Miri. Die haben dich nicht rausgeschmissen. Warum sollten sie denn?"

Miriam biss sich die Lippe blutig und drehte nervös an den Knöpfen ihres Reitjacketts herum. Veronica würde begeistert sein. Schließlich konnten wir sie aber doch überreden, Bjarne ein bisschen herumzuführen. Der blubberte nämlich schon wieder Stuten an und die zugehörigen Reiterinnen reagierten darauf völlig hysterisch.

Es dauerte zehn weitere zermürbende Minuten, bis ein gelangweiltes Mädchen vom Richterturm aus zur Tafel schlurfte und Miriams Note aufschrieb.

„8,7. Ist das gut oder schlecht?", fragte ich.

„Gut?", lachte Jacob. „Das ist sensationell! Schau dir doch mal die anderen an!"

Das stimmte. Die anderen Reiter bewegten sich alle im Sechser- und Siebener-Bereich.

Miriam lächelte. „Dann hab ich dir wenigstens keine Schande gemacht. Es war so schön, Jacob, ehrlich, das werd ich dir nie vergessen. Bjarne ist wirklich ein Traumpferd. Er war dermaßen cool in der Prüfung … Es war … na ja, so wie Reiten eben sein soll. Wie Schweben, wie Tanzen …"

Jacob strahlte sie an und mir wurde das Herz schwer. Gut, als wir über Flamenco gesprochen hatten, war er interessiert gewesen. Aber dies hier, dieses vollkommene Verständnis, als ob er mit Miriam ein Geheimnis teilte – das war einfach eine andere Dimension.

„Dann bringe ich mal Bjarne weg und gebe die

Reitsachen zurück“, meinte Miriam. „Darf ich ihm eine Extraportion Futter geben?“

„Du bringst Bjarne weg?“ Jacob erwachte aus seiner Versunkenheit. „Was ist mit der Siegerehrung?“

„Siegerehrung?“, fragte Miri. Manchmal steht sie wirklich etwas auf der Leitung. „Ja, glaubst du denn, ich werde platziert?“

Jacob fasste sich an den Kopf. „Im Augenblick führst du, Mensch! Und wenn nicht noch ein Wunder geschieht, sprich, wenn das Mädchen auf dem Schimmel doch mal so tut, als würde es reiten und nicht nur Passagier spielt, dann wirst du gewinnen. Auf jeden Fall will ich Fridolin heißen, wenn noch mehr als vier Leute aus diesem Haufen eine 8,7 zustande bringen. Platziert wirst du also definitiv.“

Jacob zeigte auf die Reiterinnen auf dem Abreiteplatz. Tatsächlich sahen dort nur das Schimmelpony und der große Braune ähnlich elegant aus wie Bjarne. Beide waren in der nächsten Abteilung.

„Das ist gut“, erläuterte Jacob. „Da werden sie nicht beide himmelhoch punkten.“

Der Braune setzte sich an die Tete und ging großartig. Das sah nach echter Konkurrenz für Miriam aus, zumal die Reiterin noch jünger war als sie. Kleine Kinder auf großen Pferden würden immer gut benotet, erklärte Jacob. Es beeindruckte die Richter, wenn die Jüngsten schon mit diesen Riesenrössern fertig wurden. Mich beeindruckte es ebenfalls.

Das Mädchen auf dem Schimmel machte aber tatsächlich gar nichts. Eher brachte sie das Pferd noch aus dem Konzept. Einmal tänzelte das Pony entnervt zur Seite und beim zweiten Galopp sprang es falsch an.

Als die Reiter vom Richterturm zurückkehrten, richteten wir uns wieder auf eine längere Wartezeit vor der Schiefertafel ein. Aber wir hatten Glück. Eine der nächsten Starterinnen war wohl mit dem Mädchen auf dem Braunen befreundet.

„Wie war's, Kerstin?", rief sie ihr zu.

Das Mädchen klopfte ihrem Pferd den Hals. „Ganz gut. 8,6!"

Jacob stieß ein Indianergeheul aus, Miriam ein Quietschen. Ich fiel Jacob um den Hals, Miriam Bjarne. Anschließend war es mir peinlich, Miriam nicht. Sie herzte und küsste das Pony und strahlte wie ein Honigkuchenpferd. Inzwischen war die letzte Abteilung in der Bahn und brachte keine Überraschungen. Miriam hatte tatsächlich gewonnen.

Die Siegerehrung war gleich danach. Ausführliche Schilderungen spare ich mir. Miriam bewegte sich glücksmäßig in der Zone von Oscarverleihung, Rendezvous mit Brad Pitt und Millionenerbschaft in einem. Der schönste Tag ihres Lebens ... absolut irre, sensationell cool ... Heulen, Lachen ...

Als die Richter ihr gratulierten und Bjarne die Schleife ansteckten, fiel sie fast vom Pferd. Wahrscheinlich wird sie die goldene Schleife noch als Großmutter über dem Bett hängen haben.

Bei der Ehrenrunde verlor sie ihren Einkaufsgutschein für den bunten Reitausrüstungsstand. Jacob und ich durchwühlten hinterher den Sand danach. Es lohnte sich, Miriam durfte sechzig Euro verjuxen.

Sie investierte das Geld in Unmengen von Leckerlis für Bjarne und für Sigrits und Veronicas Pferde, als Dankeschön fürs Klamottenleihen. Außerdem erstand sie noch eine schrecklich hässliche Bronzefigur der Sorte „Steigender Hengst". Den würde sie sich zur Erinnerung ins Regal stellen.

Schließlich musste ich Bjarne absatteln, weil Miriam die Prüfung unbedingt in allen Einzelheiten mit Veronica und Sigrit durchdiskutieren musste. Die drei waren plötzlich die besten Freundinnen, während Veronica diesmal *mich* argwöhnisch musterte. Jacobs und mein Mittagessen am Bierstand musste sich herumgesprochen haben.

Während Bjarne seinen wohlverdienten Hafer kaute und dann vor der Dressurkür noch ein Nickerchen hielt – Jacob schloss dazu gnadenlos das Außenfenster und ließ ihn ohne Aussicht auf all die interessanten Stuten im Halbdunkel stehen – stürzten wir uns auf die Kuchentheke. Jacob und ich jedenfalls, Miriam brachte vor Glück keinen Bissen herunter. Dabei gab es massenhaft selbst gebackene Kuchen und Torten – Turniermütter schienen noch andere Qualitäten aufzuweisen als nur das Triezen ihrer Töchter.

Jacob klärte mich dann allerdings auf, dass die Kuchentheke im Allgemeinen von der Hausfrauenabteilung bestückt wurde. Selbige besteht nicht aus Turniermüttern, sondern aus all den bedauernswerten Kindern, die in ihrer Jugend keine Turniermütter hatten. Deshalb müssen sie das Reiten als Erwachsene mühsam erlernen und kommen nie zu goldenen Schleifen. Um trotzdem Turnieratmosphäre zu schnuppern, backen sie. Mit Ehrgeiz! Nach dem zweiten Stück Torte überlegten wir, ob man diesen Menschen nicht helfen könnte, indem man die Leistungsprüfungsordnung einfach um einen Back-Contest erweiterte. Danach mussten wir jeder noch zwei Stücke essen, um einen entsprechenden Wertnoten-Kanon aufzustellen. Die Zitronen-Sahnetorte bekam einstimmig eine 9,0, während die Richter beim Nuss-Nugat-Kuchen nur schwer zu einer Einigung gelangten. Als Kompromisslösung vergaben wir schließlich eine 8,9.

Miriam beteiligte sich nicht an unserer Alberei, sie schaute nach wie vor verklärt ins Leere. Immerhin kam sie wieder zu sich, als es Zeit wurde, Bjarne für die Dressurkür zu satteln. Sie putzte ihn mit Hingabe und anschließend sah er wieder genauso aus dem Ei gepellt aus wie heute Morgen.

„Ich drück dir die Daumen! Bestimmt wirst du auch Erster!“, sagte Miri inbrünstig, als sie Jacob den Hengst übergab.

Jacob schüttelte den Kopf. „Kaum. Veronica reitet super und hat immer Spitzen-Küren und Sigrits Vater lässt die Musik im Tonstudio speziell für sie mischen. Außerdem hat sie für die Kür einen Ballettmeister als Trainer. Die Familie hat Geld wie Heu. Daddy will partout zur Olympiade.“

„Nun sei mal nicht so negativ!“, rügte ich Jacob. „Geh da rein und gewinn!“

Miriam und ich sahen uns die ersten Starter an,

während Jacob noch abritt. Veronica fing an und setzte sofort Maßstäbe. Ihre schwarze Stute tanzte sich durch eine Kür zum *Phantom der Oper* und so sehr ich Jacob den Sieg wünschte – das war so cool, mir liefen regelrecht Schauer über den Rücken! Miriam fand trotzdem ein paar Fehler, aber die Richter anscheinend nicht. Sie benoteten mit 8,8. Das war kaum zu toppen.

Jacob hatte auch Pech, dass er gleich danach an der Reihe war, aber er machte das Beste daraus. Sein frisch vorwärts gehendes Pony bot einen reizvollen Kontrast zu der dramatisch tanzenden Vollblutstute. Als die Stelle mit der Kehrtvolte kam, hielt ich den Atem an – ob er auf mich gehört oder meinen Rat nur als dummes Gequassel einer Reitschülerin abgetan hatte? Doch tatsächlich: Bei den letzten Klängen von *Summer Loving* glitt Bjarne in einem perfekten Übergang vom Trab in den Schritt, machte zwei Schritte vorwärts und dann eine saubere halbe Pirouette.

„Das ist anders als sonst!“, quietschte Miriam nervös und zupfte an ihrem Ohrläppchen. „Hoffentlich verreitet er sich nicht. Aber irgendwie ist es so besser, er hat mehr Zeit für die Diagonale.“

Diesmal strahlte zur Abwechslung mal ich, als Bjarne und Jacob auf den Takt genau am Wechselpunkt ankamen und in den Galopp übergingen. Jacob zwinkerte mir im Vorbeireiten zu – und plopp, war ich fast so glücklich wie Miriam.

Die Richter belohnten Jacobs schönen Ritt mit einer 8,5. Auch eine sehr hohe Note, aber die sagenhafte Sigrit stand natürlich noch aus. Ganz abgesehen von den sieben anderen Finalisten. Die fünf nächsten Starter kamen allerdings alle nicht über 8. Sigrit startete dann als Vorletzte. Zu meiner Überraschung ritt sie zu Ballettmusik aus *Schwanensee*. Aber richtig gut passte das nicht. Sigrits Pferd war garantiert super, aber ein ziemlich schweres Warmblut, das keine Leichtigkeit vermittelte. Irgendwelche Märsche oder so hätten besser zu ihm gepasst. Trotzdem bekam sie ebenfalls eine 8,5.

„Das ist ungerecht!“, beschwerte sich Miriam und klopfte Bjarnes glatten Hals. „Ihr wart viel besser!“

Jacob grinste sie vergnügt an. „Mir reicht es aber. Ich lag in der Vorausscheidung vor Sigrit. Insgesamt wäre ich also Zweiter, wenn nicht noch ein Wunder geschieht.“

Es geschah kein Wunder, die letzte Starterin ritt eher mäßig.

Also gab es an diesem Tag noch eine Siegerehrung für Bjarne. Jacob schwenkte strahlend eine silberne Schleife.

Wir befestigten sie zusammen mit Miriams goldener am Innenspiegel in Herrn Hoffs Auto, als der uns abholen kam. Jacobs Vater guckte ein bisschen verdutzt, als er zwei Schleifen sah. Er warf einen prüfenden Blick auf Jacob und Miriam, während Jacob die Sache aufklärte.

„So, so“, sagte er dann nur. „Mal sehen, wie du das deiner Mutter beibringst.“

Prüfungsstress und Zickereien

Miriams Turniererfolg machte sie mit einem Schlag zum meistgehassten Mädchen auf dem ganzen Ponyhof. Bibi und Anne tuschelten nur noch hinter ihrem Rücken, ein paar andere zeigten ihr deutlich die kalte Schulter.

Auch Frau Hoff schien sie missbilligend zu mustern, aber vielleicht bildete ich mir das ja nur ein. Miri selbst merkte es jedenfalls gar nicht. Sie schwebte auch noch Tage nach dem Ereignis wie auf Wolken und wuchs bei den Übungsstunden fürs Reitabzeichen geradezu über sich hinaus.

Jacob lobte sie ständig, was für weiteres böses Blut sorgte. Er war aber auch zu mir sehr nett. So teilte er mir zur Hufeisenprüfung Bonnieboy zu, das anerkannt beste Dressurpony. Miriam sollte ihre geliebte Niala reiten. Die war vor allem beim Springen gut, was Miri deutlich beruhigte. Sie hatte immer noch Angst, dabei Fehler zu machen.

Dann aber war Jacob am Donnerstag vor der Prüfung aus irgendeinem Grund nicht da und Frau Hoff übernahm seine Reitstunden. Ich hatte dem letzten Nutellabrötchen nicht widerstehen können und kam deshalb erst kurz vor der Anfängerstunde direkt vom Frühstückstisch. Gerade rechtzeitig, um mein Pferd von Bibi zu übernehmen. Dabei sah ich Miriam tränenüberströmt vom Pony rutschen.

„Frau Hoff hat die ganze Zeit nur gemeckert!", wisperte sie mir zu. „Ich konnte ihr nichts recht machen, sie war richtig gemein …"

Ich hätte Miriam gern getröstet, aber jetzt musste ich erst mal reiten. In meiner Stunde erwies Frau Hoff sich als völlig normal. Sie kritisierte natürlich etwas ernsthafter als Jacob, aber große Unterschiede bestanden nicht. Die Mädchen, die immer am schwächsten ritten, bekamen auch diesmal das meiste Fett ab, ich blieb weitgehend unbehelligt. Nur als ich an der Tete landete und mich verritt, weil ich eine dreifache mit einer vierfachen Schlangenlinie verwechselte, setzte es ein Donnerwetter.

Miriam heulte immer noch, als ich nach der Stunde auf unser Zimmer kam. Sie lag auf ihrem Bett und hatte die Decke über den Kopf gezogen.

„Komm, Miri, was soll das? Vielleicht hattest du ja heute einen schlechten Tag, aber das heißt doch nicht, dass du Samstag durchfällst." Ich setzte mich neben sie und zog ihr die Decke weg.

„Ich habe keinen schlechten Tag, ich bin geritten wie immer", schluchzte Miriam. „Und Frau Hoff ist Richterin, sie muss wissen, was die Richter sehen wollen. Bestimmt falle ich durch, bestimmt …"

Ich verdrehte die Augen. „Miri, du hast gerade eine Turnierprüfung haushoch gewonnen. Du fällst nicht durch. Vielleicht war Niala nicht so gut drauf heute …“

Miri schluckte und schüttelte den Kopf. „Niala war ganz normal. Es liegt an mir. Ich bin einfach nicht gut genug!“ In der nächsten halben Stunde vollbrachte ich eine Meisterleistung der Überredungskunst, indem ich Miri erst mal dazu bewegte, das Bett zu verlassen, sich dann das Gesicht zu waschen und schließlich mit mir zum Essen zu gehen.

Dabei stellte sich heraus, dass sie sich vor allem deshalb aufs Zimmer verzogen hatte, weil auch die anderen Reiterinnen alles andere als nett zu ihr gewesen waren. Gewöhnlich trösteten wir uns gegenseitig, wenn es bei einer mal nicht so gut lief, aber in diesem Fall hatten auch Bibi und Anne noch kräftig auf Miriam herumgehackt.

Mich wunderte das nicht, der ganze Ponyhof war neidzerfressen seit ihrem Turniersieg. Schon die Tatsache, dass Jacob uns beide zum Turnier mitgenommen hatte, machte uns zu Außenseitern. Miris Turnierstart war dann endgültig zu viel. Und jetzt, da Frau Hoff den Mädchen einen Anlass gegeben hatte, stürzten sie sich wie die Geier auf Miriam.

Angesichts der miesen Stimmung verbrachten wir nur so viel Zeit wie nötig beim Essen. Als wir fertig waren, schleppte ich Miriam mit zur Fohlenkoppel. Der Spaziergang und das Fohlenknuddeln brachten sie auf andere Gedanken. Bald war sie wieder besser drauf und entschlossen, die Scharte von heute Morgen einfach in der Springstunde am Nachmittag auszugleichen.

Für mich stand am Nachmittag eigentlich ein Ausritt auf dem Programm, aber ich verzichtete darauf und begleitete Miri zur Springstunde. Zu meiner Verwunderung wiederholte sich das Schauspiel vom Vormittag: Frau Hoff nörgelte unausgesetzt an Miriam herum. Allerdings erschien sie mir nicht sonderlich bösartig, ich hatte eher das Gefühl, sie wollte auch die letzten Höchstleistungen aus Miriam herauskitzeln. Aber damit erreichte sie natürlich das Gegenteil. Druck wirkt auf Miri tödlich, sie ist nur gut, wenn man nett zu ihr ist. Am Abend heulte sie haltlos in ihre Suppenschüssel. Ich beschloss, mich an Jacob zu wenden. Erstens hatte ich damit einen guten Grund, ihn aufzusuchen, und zweitens wollte ich der Sache wirklich auf den Grund gehen. Was hatte Frau Hoff plötzlich gegen Miriam?

Auf der Suche nach Jacob kam ich an Frau Hoffs Büro vorbei – und hörte laute, verärgerte Stimmen herausdringen. Leider kriegte ich nur Wortfetzen mit, aber ich blieb doch neugierig stehen. Jacob zankte sich lauthals mit seiner Mutter.

„Totale Anfängerin … Schwachsinn … Sandra …“ Das war Frau Hoff.

„… Kein Grund für diese Schikane … mein Pferd …“ Jacob.

„… Immer noch *mein* Pferd! … Bestmögliche Förderung … Du könntest …“ Wieder Frau Hoff.

Mist, warum hatten sie die Tür nicht auflassen können? So konnte ich mir keinen Reim auf die Sache machen. Aber vielleicht war ja das Fenster offen? Es war ein brüllwarmer Tag, die Chancen standen nicht schlecht. Ich sprintete los und umrundete das Gebäude. Atemlos kam ich an. Und wurde belohnt! Das Fenster war offen. Allerdings schien die Auseinandersetzung fast zu Ende zu sein. Ich wurde nur noch Zeugin von Jacobs furiosem Abgang.

„Mama, hör endlich auf! Es geht dir nicht um Bjarne. Das Beste für den Hengst, wenn ich das schon höre! Bjarne macht sich nichts aus Turnieren, der würde am liebsten hierbleiben und seine Stuten decken. Und er hat genug Turniererfolge vorzuweisen, um damit seitenlange Deckanzeigen zu füllen, mehr braucht er nicht! Dir geht's um Erpressung! Aber trotzdem, was immer du anstellst, du kannst nichts ändern. Es ist längst entschieden: Ob mit oder ohne Bjarne. Ich – gehe – weg!" Damit warf Jacob die Tür hinter sich zu und war verschwunden.

Ob ich ihn jetzt noch wegen Miriam ansprach? Ich beschloss, lieber zu warten, bis sich die Wogen geglättet hatten. Aber das mit Bjarne und dem Turnierreiten war interessant. Was mochte Jacob vorhaben? Sollte er doch nicht so fanatisch sein?

Ich schlenderte zurück zum Haus und traf Jacob vor Bjarnes Stall. Er tätschelte den Hengst, der seit gestern wieder allein war. Isolde war abgereist, wie es aussah, trächtig. Die Ultraschallaufnahme hatte vorgestern jedenfalls etwas Winziges, Blasenartiges gezeigt. Isoldes Besitzerin führte beim Anblick des Bildchens Indianertänze auf. Das war aber noch nichts gegen ihre Freundin, die sogar ein andächtiges „Ach, wie süß!" murmelte.

Jacob flüsterte mit Bjarne und wieder verstand ich das Wort „Sandra“. Doch dann bemerkte er mich und drehte sich um. Seine Augen schienen etwas rot gerändert. „Hi!“, sagte er trotzdem mit halbwegs normaler Stimme.

„Hi!“, meinte ich. Mehr fiel uns im Moment beiden nicht ein. Es war aber auch ganz nett, mit Jacob zu schweigen. Einträchtig misteten wir Bjarnes Stall noch mal durch und fütterten ihm etwas Heu.

„Ich hab noch gar nicht Danke gesagt, wegen des Tipps mit der Kür“, meinte Jacob schließlich.

„Gern geschehen.“ Ich zuckte mit den Schultern und überlegte, wie ich die Unterhaltung weiterführen könnte. Und dann brach die Frage aus mir heraus: „Wie ist das eigentlich mit dir – magst du es?“

Jacob schaute verdutzt.

„Das Reiten, meine ich. Ich hab dir gesagt, wie ich es finde, also Reiten und Pferde und so. Und du?“

Jacob ließ sich auf einem Strohballen nieder und schien ernsthaft zu überlegen. „Die Frage hat mir noch nie jemand gestellt“, meinte er dann. „Ich bin immer geritten … Ich hatte sozusagen schon neun Monate Reiterfahrung, als ich auf die Welt kam, meine Mutter hat exakt zwei Tage vor der Geburt aufgehört. Und wenn ich als Baby schrie, kam ich in den Rucksack und aufs Pferd, dann schlief ich ein …“

„Meine Tante stellt ihr Baby dazu auf die Waschmaschine.“

Jacob grinste. „Darauf wäre Mom nie gekommen. Ich glaube, sie hat nur schemenhafte Vorstellungen davon, wie man eine Waschmaschine bedient. Allenfalls kennt sie das Programm für weiße Satteldecken ... Jedenfalls sagt sie, ich hätte stehen gelernt, indem ich mich an Mollys Schweif hochzog. Und als Molly dann wegging, machte ich auch gleich die ersten Schritte. Pferde waren sozusagen meine Kindermädchen. Ich hab nie drüber nachgedacht, ob ich sie mag oder nicht. Aber ja, ich glaube, ich mag sie. Besonders den hier ...“ Bjarne schien zu verstehen und suchte in Jacobs Hosentasche nach einem Leckerbissen. Der Junge sah ihn verliebt an. Da hatten Miriam und er ja wirklich was gemeinsam.

„Und Reiten?“ Ich ließ nicht locker. „Reitest du gern? Turniere und so? Du hast gesagt, es liegt dir nicht viel daran, aber letzten Sonntag wolltest du schon unbedingt zu dem Wettkampf!“

Jacob fühlte sich offensichtlich ertappt. „Hör mal, wenn ich den ganzen Sommer für so ein blödes Turnier trainiere, dann will ich auch reiten“, verteidigte er sich. „Da hat man ja doch ein bisschen Ehrgeiz ... na ja, du natürlich nicht!“

Ich schnappte nach Luft. Das sagte der Typ zu dem anerkannt verbissensten Mädchen der Ballettschule Düsseldorf! „Wie kommst du darauf, dass ich keinen Ehrgeiz habe?“, fauchte ich ihn an.

„Na ja, jedes Mal, wenn ich dich wegen eines Ausritts frage, willst du das latschigste Pferd!“, verteidigte sich Jacob. „Immer nur Molly. Die anderen ...“

„Ich bin halt nicht wie die!“, sagte ich stolz. „Ich hab andere Ziele!“ Vielleicht hätte ich jetzt würdig den Abgang machen sollen, aber das brachte ich denn doch nicht über mich.

Jacob grinste. Aber dann sagte er fast entschuldigend: „Ich ja auch …“ Dabei spielte er mit Bjarnes Stirnlocke. „Aber sonst: Doch, eigentlich reite ich ganz gern. Nur so viel Ehrgeiz hab ich eben doch nicht. Nicht so viel, wie meine Mom es sich wünscht. Letzten Sonntag zum Beispiel: Miriam zu coachen, das hat mir fast mehr Spaß gemacht als selber reiten. Wie aufgeregt sie war und wie glücklich sie geguckt hat! Und dann deine Frage mit der Wertnote, ob 8,7 hoch oder niedrig ist! Das war doch zum Schießen!“ Ich konnte irgendwie nicht mitlachen. So war das also. Ich war ein ehrgeizloses Nichts und Miriam zu coachen war der Spaß des Jahres. Fabelhaft.

Ich suchte gerade nach einem guten Vorwand, mich jetzt schnellstens zu verabschieden, als Miriam hereinschneite. Sie versuchte zwar noch abzudrehen, als sie mich und Jacob im Stall sah, aber dann kam ihr das wohl albern vor. Mir war klar, was sie vorgehabt hatte. Die Nächste, um sich bei Bjarne auszuheulen. Hat wohl mal jemand daran gedacht, Pferde als Psychotherapeuten einzusetzen?

Jacob sah Miriams verweintes Gesicht und reagierte sofort. „Ich hab’s schon gehört, Miri, mach dir nichts draus.“

Ich war verwundert. Dass sich Miriams Schande so schnell herumsprechen würde, hätte ich nicht gedacht. Aber klar, die anderen Mädchen mussten es Jacob als Allerersten gesteckt haben! Und dann Jacobs Streit mit seiner Mutter. Ich kam ins Grübeln.

Hatte das Wort „Schikane“, das vorhin zwischen Jacob und Frau Hoff gefallen war, mit Miri zu tun?

Miriam schluchzte los. „Frau Hoff war so fies. Und die anderen Mädchen, richtig gemein … Sie sagen, du ziehst mich vor und wenn du mich lobst, dann wäre es nur, weil Liebe blind macht. Du wärst total verliebt in mich … Die ganze Zeit heute haben sie mir das vorgehalten. Und ich hab gedacht, Anne wäre meine Freundin.“

Jacob zupfte verlegen an seinem Ohrläppchen.

Ich legte tröstend den Arm um Miriam. „Pass auf, Miri, alte Ballettregel: Eine Tänzerin hat keine Freundin. Wenn du gut bist, wollen sie dir alle an die Gurgel. Und wenn du schlecht bist, zählst du nicht. Hör gar nicht hin, sondern hol Samstag die höchste Wertnote. Dann ärgern sie sich.“

„Ich hab solche Angst, dass ich durchfalle!“, weinte Miriam. Jacob sah aus, als hätte er sie auch gern in den Arm genommen, aber da hatte er heute mal Pech. Also sah er ihr nur tief in die Augen und sagte: „Miriam, du fällst nicht durch. Dem Bestehen dieser Prüfung kannst du nur durch Selbstmord entgehen. Also reg dich jetzt ab, okay?“

Miriam schniefte. Jacob suchte nach einem Taschentuch. Ich überlegte, ob ich die beiden sich selbst überlassen sollte, damit Jacob sich endlich erklären konnte, aber dann siegte die Selbstsucht.

Ich hielt Miriam im Arm, bis sie sich endlich beruhigt hatte, und dann zogen wir gemeinsam Richtung Haus und trennten uns im Flur von Jacob.

„Kopf hoch, Miriam. Das wird schon!“, meinte er tröstend und wandte sich dann halb zu mir, halb zu sich selbst. „*Die* Probleme möchte ich mal haben …“

Ich konnte nicht anders. „Kopf hoch, Jacob!“, sagte ich.

Pferde-Führerschein

Der Freitag verging mit hektischen Prüfungsvorbereitungen. Wir brachten die Pferde und das Sattelzeug auf Hochglanz und hörten einander dabei ab. Die Theorie saß aber längst bei allen. Selbst ich konnte den Pferdekörper von der Schweifspitze bis zur „Kinnkettengrube“ korrekt beschreiben.

Nach wie vor tuschelten die Mädchen boshaft hinter Miriams Rücken, aber sie hielt sich tapfer. Als Jacob ihr half, Nialas Irokesenschnitt noch mal in Form zu bringen, lächelte sie sogar. Bibi schnitt eine Grimasse hinter ihrem Rücken und Anne zeichnete ein Herz in den Staub auf einem alten Sattel. Da hatten sie allerdings nicht mit Jacob gerechnet!

„Du hast recht, Anne, der Sattel ist total verdreckt!“, bemerkte er mit seinem schönsten Lächeln. „Putz ihn doch gerade mal, die Sattelseife liegt da drüben. Ach, und Bibi … vielleicht könntest du Nialas Trense holen. Ich habe gehört, Miriam hätte gestern in der Stunde ein paar Schwierigkeiten gehabt. Wenn du magst, Miriam, kannst du die Prüfungsaufgabe eben noch mal durchreiten …“

Miri lehnte natürlich entsetzt ab, was ich schade fand. Eine Extrareitstunde bei Jacob hätte die anderen wahrscheinlich zum Wahnsinn gebracht. Aber für so was hat Miri leider nicht den Schneid. Sie schaute nach wie vor ängstlich und war anscheinend gar nicht so begeistert von Jacobs Einmischung. Ich dagegen grinste ihm anerkennend zu. Jacob machte mir hinter Bibis Rücken das Siegzeichen.

Am nächsten Morgen um zehn Uhr begannen die Prüfungen. Zwei Richter reisten an und wurden zunächst von Frau Hoff zum Frühstück eingeladen. Sie futterten mit uns am Frühstücksbüfett und Miriam und die anderen starrten sie an, als hinge von ihrem Urteilsspruch mindestens eine lebenslange Freiheitsstrafe ab. Dabei wirkten sie ganz nett. Der Mann war rund und gemütlich, die Frau noch ziemlich jung und sympathisch, sie erinnerte mich an Frau Langer von Miriams Reitstall.

Wir Hufeisen-Bewerber mussten zuerst reiten. Es gab zwei Abteilungen mit jeweils sechs Teilnehmern. Ich war in der ersten. Wie besprochen, ritt ich Bonnieboy an letzter Position – das war der zweitwichtigste Platz in der Abteilung, denn nach der Vorhandwendung würde ich die Abteilung anführen. Zwar nur noch für einen Zirkel im Galopp, aber immerhin.

Es ging alles glatt. Ein Mädchen patzte etwas bei der Vorhandwendung und das Mädchen vor mir ließ ihr Pferd zweimal im falschen Galopp anspringen. Bonnieboy machte eigentlich alles perfekt, nur beim letzten Aufmarschieren alberte er ein bisschen herum und wollte unbedingt näher bei Natalie stehen.

Am Schluss dachten wir auch alle daran, die Richter beim Aufmarschieren anzulächeln. Dafür erhielten wir auch durchweg das Prädikat „Bestanden“ für den praktischen Teil der Prüfung. Eigentlich gibt es beim Kleinen Hufeisen noch keine Wertnoten, aber die Richter sagten uns doch schon mal, wie sie unser Können einschätzten. Ich hätte in einem Jugendreiterwettbewerb eine 5,9 bekommen und war ganz stolz. Immerhin ritt ich erst seit drei Monaten!

Die nächste Abteilung schlug sich ebenso gut, aber die beste Bewerberin kam nur auf 5,8. Bisher hatte ich immer gedacht, mir wäre das egal, aber jetzt konnte ich die Schadenfreude doch kaum verbergen. Das Mädchen gehörte zu denjenigen, die Miriam in den letzten Tagen am meisten getriezt hatten. Es war mir ein seelisches Schlammbad, sie zu schlagen!

Als Nächstes folgte eine kurze Pause und dann kamen die Reitabzeichenbewerber. Auch zwei Abteilungen mit jeweils fünf Startern, Miriam war in der zweiten. Ich ging zu ihr, um ihr Glück zu wünschen, und bekam dabei gerade noch eine böse Bemerkung von Anne mit: „Mal sehen, ob die Richter auch mit den Augen der Liebe urteilen …“

Miriam verkniff den Mund zu einem Strich und schaute entschlossen. „Wie war die beste Wertnote bei den anderen?“

„6,4“, antwortete ich. Das war Bibi gewesen.

„Ich mache 7,0!“ Entschlossen griff Miri nach Nialas Zügeln.

Jacob, der das Sattelzeug aller Pferde noch mal kontrollierte, lächelte ihr zu. „Das ist die richtige Einstellung! Viel Glück!"

Miri ritt spitzenmäßig. Auf dem Turnier hatte sie es gut gemacht, aber ein bisschen zögerlich war sie da doch noch gewesen. Ohne Bjarne wäre sie sicher nicht auf dem ersten Platz gelandet. Jetzt dagegen trieb sie energisch, gab weiche Paraden und führte jede Lektion auf den Punkt genau aus. Niala stapfte mit fast so viel Elan wie Bjarne durch den Mitteltrab und ging auch im Galopp tadellos versammelt. Nur das Lächeln für die Richter vergaß Miriam. Sie wirkte immer noch ein bisschen verkrampft, als sie mit den anderen Reitern zu ihnen ritt, um die Wertnote entgegenzunehmen.

Aber sie lachte, als sie zurückkam.

„7,0?", fragte ich erwartungsvoll.

„Nicht ganz, aber 6,9. Und Anne nur 6,4. Dies zu den Augen der Liebe!" Die letzten Worte sprach Miri so laut, dass Anne sie hörte.

Ich grinste zufrieden. Miriam entwickelte sich in diesen Ferien – und nicht nur reiterlich!

Die Theorieprüfung um die Mittagszeit war ein Klacks. Ich musste nur ein paar Hufschlagfiguren herunterbeten, es war völlig überflüssig gewesen, den Pferdekörper bis zum letzten Knochen zu studieren. Miriam kam dagegen mit rotem Kopf aus der Prüfung und meinte, es sei richtig schwer gewesen. Bei einer Frage war es um Kolik gegangen und Bibi und sie waren verschiedener Meinung gewesen. Sie hätten sich fast ein bisschen darum gezankt, ob man das kranke Pferd erst mal ein bisschen herumführte und dann den Tierarzt rief oder sofort beim Doktor anklingelte. Die Richter gaben dann Miriam recht, woraufhin sie wie auf Wolken schwebte.

Noch vor dem Mittagessen gab Frau Hoff bekannt, dass alle Bewerberinnen für das Kleine Hufeisen die Prüfung bestanden hätten.

Wir zogen also vergnügt in den Speisesaal und schauten diesmal entspannter zu, wie sich auch die Richter mit Spaghetti Carbonara bedienten. Frau Hoff saß bei ihnen und unterhielt sich lebhaft.

Ich hätte zu gern gewusst, worum es ging, zumal sich der Mann vorhin lange mit Jacob unterhalten hatte. So strich ich ab und zu am Richtertisch vorbei, schnappte aber nur Satzfetzen auf wie „Aber natürlich schafft sie das!“ und „Junger Reiter, altes Pferd!“.

Frau Hoff schaute dabei etwas unglücklich, aber worum es wirklich ging, konnte ich leider nicht herausfinden.

Für die Reitabzeichenbewerber stand am Nachmittag noch das Springen an. Für Miri war das der Knackpunkt, denn in ihrem Reitstall zu Hause wurde fast nie gesprungen. Sie hatte die Technik im Grunde erst hier richtig gelernt und fühlte sich noch unsicher. Deshalb neigte sie dazu, die Zügel ein bisschen schleifen zu lassen und der erfahrenen Niala das Taxieren allein zu überlassen. Die machte das zwar gut, aber es gab natürlich Punktabzüge.

„Versammle sie zwischen den Sprüngen!“, riet Jacob noch einmal, bevor Miriam an den Start ritt.

„Du brauchst nicht schnell zu sein, reite schön. Stell dir vor, es wäre eine Dressurprüfung, und ab und zu steht ein Hindernis im Weg."

„Wenn ich's vergeige ... Sie braucht nur dreimal zu verweigern ..." Miriam war wieder völlig am Boden.

„Sie verweigert nicht! Sie hat noch nie verweigert! Los, Bibi hat eine 6,5. Das kannst du auch! Zeig's ihnen allen, Miriam ..."

„Deine Mutter glaubt auch ..."

„Der musst du's ganz besonders zeigen!", sagte Jacob fast wild. „Und denk dran: Ich glaub an dich."

Miriam lächelte süß.

Gab es eine schönere Liebeserklärung? Wenn es nicht gerade mein Traumtyp und meine beste Freundin gewesen wären, hätte ich es unglaublich romantisch gefunden.

Miriam atmete tief ein, nahm die Zügel auf und ritt los. Tatsächlich lieferte sie einen furiosen Ritt. Sie trieb ihre Stute vor den Sprüngen an und versammelte sie zwischendurch. Niala hüpfte über die Hindernisse wie ein Flummi und nahm die Wendungen dazwischen eng, aber sicher. Es sah absolut cool aus und zum Schluss applaudierten alle. Auch die Mädchen, die vorher gelästert hatten.

Miriam kam glücklich aus dem Viereck.

„6,8!", erklärte sie.

Es gab ein paar Abwürfe und ein oder zwei Verweigerungen, aber letztlich bestanden alle auch den dritten Teil der Prüfung. Etwas später wurden noch die Wertnoten für die Theorie bekannt gegeben, und Miriam lag auch hier an der Spitze. Selig umarmte sie mich und Niala – Jacob, der ihr als Erster gratulierte, lächelte sie nur strahlend an.

Ich klatschte wie wild, als sie als Erste zum Empfang der Urkunde nach vorn schritt. Frau Hoff hatte das ganz feierlich gestaltet, die Urkundenverleihung fand auf der Terrasse statt und es gab sogar ein kleines Podium, auf das eine nach der anderen gerufen wurde.

Miriam strahlte. Sie hatte sich an allen Spöttern gründlich gerächt und konnte sich das triumphierende Lächeln nicht verkneifen, als sie vor Frau Hoff stand und ihr Abzeichen und ihre Urkunde in Empfang nahm. Frau Hoff rang sich ein etwas mühsames Lächeln ab und sagte dann etwas zu ihr, woraufhin Miriam die Stirn runzelte. Auch eine Bemerkung des Richters ließ sie ratlos gucken.

„Was kann sie bloß damit gemeint haben?", fragte sie mich hinterher. „Als sie mir gratulierte, sagte sie: ‚Also schön, dann versuchen wir es eben.' Und der Richter strahlte mich an und sagte: ‚Du hast Glück, er ist ein toller Kerl.' Kann es sein, dass ich im falschen Film bin? Ich meine, ich habe das Reitabzeichen gemacht, nicht geheiratet!"

Ach, Miriam! Sie tappte im Dunkeln und mir wurde das Herz zentnerschwer.

Drüben bei Anne und Bibi, die ihm gerade ausführlich jede Sekunde ihrer Springprüfung schilderten, saß Jacob, blickte gelegentlich zu uns hinüber und grinste wie ein Honigkuchenpferd.

Am Abend gab es eine Fete auf der Terrasse. Frau Hoffs Mutter hatte ein großartiges kaltes Büfett aufgebaut, Herr Hoff grillte und anschließend wurde das Podium zum Dancefloor. Jacob spielte den Discjockey und hätte sich offensichtlich ganz gern hinter der Anlage versteckt gehalten. Doch da hatte er die Rechnung ohne Anne und Bibi gemacht. Bei dem geringen Angebot an Jungs – neben Jacob drückten sich nur noch drei andere Knaben in halbwegs annehmbarem Tanzalter auf der Terrasse herum – musste jeder sein Soll erfüllen. Anne nötigte also Jacob, seinen sicheren Platz zu verlassen, während Bibi einen weiteren Jungen, Walter, mehr oder weniger an den Haaren aufs Podium zerrte.

Die meisten Mädchen verzichteten allerdings auf Faxen dieser Art und tanzten lieber miteinander. Ich hüpfte ein bisschen mit Miriam herum, die heute Abend wirklich super aussah! Sie hatte ihr reitkappenverklebtes Haar schnell noch vor der Fete gewaschen und trug es lang und offen. Außerdem hatte sie ein atemberaubendes schwarz-weißes Minikleid angezogen, zu dem ich Dussel ihr bei unserem letzten gemeinsamen Einkaufsbummel geraten hatte. Irrte ich mich, oder schaute Jacob hingerissen zu ihr hinüber? Warum trug ich Idiot eigentlich schon wieder Jeans?

Und dann kam Jacob tatsächlich auf Miriam zu und forderte sie zum Tanzen auf! Meine Freundin wurde rot bis zu den Ohrenspitzen. Wir waren beide noch nie auf einer Fete mit Tanz gewesen. Natürlich hatte ich im Ballett schon mit männlichen Partnern getanzt. Aber aufgefordert, sozusagen ausgesucht zu werden, das war schon etwas anderes! Miri schien ernsthaft zu überlegen, ob sie knicksen sollte. Aber dann folgte sie Jacob doch einfach nur befangen auf die Tanzfläche – eifersüchtig beäugt von allen anderen Mädchen.

Natürlich nahm Jacob sie nicht in den Arm, dazu war die Musik auch zu schnell. Die beiden hampelten nur auf die übliche Art und Weise im Takt auf der Stelle. Ach, ich wünschte ... Zum Glück waren reichlich Kartoffelchips auf den Tischen verteilt, sodass ich meinen Frust zumindest hinunterschlucken konnte. Ich bin ein fürchterlicher Frustesser! Aber dann, als ich gerade eine weitere Handvoll im Mund verschwinden ließ und mir langsam erste Gedanken über den Kaloriengehalt machte, sah ich plötzlich Jacob auf mich zukommen.

„Tanzt du auch mal mit mir?“, fragte er fast schüchtern.

Ich nickte. Was sollte ich sonst auch machen, mit vollem Mund? Auf dem Weg zum Podium versuchte ich krampfhaft, das Zeug hinunterzuschlucken, aber Chips können ja kleben wie Pappe, wenn man nicht mit ausreichend Cola nachspült. Auf Jacobs ungemein fantasievolle Bemerkung „Das Wetter ist heute Abend echt super, nicht?“ konnte ich deshalb nur mit einem schwachen „Mmm“ antworten.

Auf der Tanzfläche hopsten wir programmgemäß los, aber zu meiner Überraschung streckte Jacob mir plötzlich die Hände entgegen.

„Ich kann nicht *soo* gut tanzen, aber wir können’s

ja mal probieren", meinte er, während wir uns in der Position für Jive wiederfanden. Konnte ich natürlich im Schlaf, das tanzten wir in *Grease* in allen denkbaren Variationen. Ich hätt's sogar mit Überschlag machen können. Aber wie war das noch mit der ersten Regel für den Umgang mit Jungs? „Nicht den Mut nehmen! Wenn das Mädchen etwas besser kann, fühlt sich der Junge sofort in seiner Männlichkeit beeinträchtigt." Ich weiß zwar nicht, ob das beim Tanzen auch gilt, aber Vorsicht ist besser als Bohren. Also lächelte ich ermutigend und führte Jacob ganz behutsam durch die einfachsten Bewegungen. Zu meiner Überraschung hatte er ein erstklassiges Gefühl für die Musik, machte alle Schritte locker mit und bald sah es ganz passabel aus. Als die anderen das Podium für uns frei machten und kichernd klatschten, bekam diesmal Jacob rote Ohren.

Dann wich der schnelle Rhythmus einem Blues. Irgendjemand hatte an der Anlage herumgespielt. Ich dachte, Jacob würde nun aufhören wollen, aber er legte tatsächlich den Arm um mich! Oder jedenfalls wanderten seine Hände meine Arme hinauf, um sich auf meine Schultern zu legen. Es fühlte sich an wie ... also Kribbeln ist irgendwie zu wenig, mehr so, als striche jemand ganz vorsichtig mit einer Feder über meine Haut, sodass sich alle Härchen alarmiert aufstellten ... Ich wollte Jacob schon ebenfalls die Arme um den Hals legen, aber plötzlich dachte ich an Miriam. Ich schaute hinunter und sah sie mit verträumtem Blick zu uns aufschauen.

Tänzerinnen haben keine Freundinnen? Von wegen! Ich bekam ein schlechtes Gewissen. Bevor ich nicht sicher wusste, was zwischen Jacob und Miri lief, würde ich hier nicht vor aller Augen eng umschlungen mit ihm tanzen. Auch wenn das Gefühl noch so schön war, seine Hände in meinen zu spüren, und auch wenn mein Herz jetzt wie wild klopfte, als er sich hinauf zu meinem Nacken tastete …

Ich schüttelte ihn sanft, aber energisch ab.

„Du musst auch mal mit anderen tanzen …“, meinte ich verlegen, als er mich verwirrt ansah.

Bibi stand schon bereit. *Sie* hatte keine Hemmungen, ihn zu umarmen, und presste auch noch ihre Hüften an seine. Die anderen pfiffen begeistert.

Jacob hielt allerdings Abstand, auch beim Blues. Bibis Umklammerung schien ihm peinlich zu sein. Er sah sie auch nicht mit blitzenden Augen an wie mich vorhin, sondern schaute verkrampft auf den Boden. Zwischendurch schien er sich fast Hilfe suchend umzugucken. Sein Blick wanderte in Richtung Grill, aber sein Daddy war zu beschäftigt, um es zu bemerken.

Na gut, dann ergriff ich jetzt einfach mal die Initiative. Unauffällig schlenderte ich zur Musikanlage und drückte ein paar Tasten, zum Glück die richtigen. Jedenfalls wechselte die Musik vom Blues zu heißem Techno-Sound. Jacob konnte Bibi loslassen und wieder ohne Tuchfühlung herumspringen.

Täuschte ich mich oder schaute er mich dankbar an? Ich zwinkerte ihm zu. Und jetzt irrte ich mich ganz sicher nicht. Jacob zwinkerte zurück!

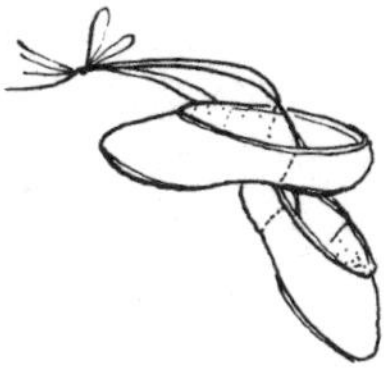

Schwimmen im Glück

Am nächsten Tag gingen die Festlichkeiten zur bestandenen Prüfung weiter. Im Ernst, man fühlte sich eher wie bei einer Fürstenhochzeit als nach so einem Pipifax-Pferdeführerschein!

Heute war ein Picknick am See geplant. Ein „Familienausflug", wie Frau Hoff das ausdrückte. Das hieß, dass alle Gäste und Helfer mitdurften. Und da Frau Hoff dafür nicht genug Schulpferde hatte, mussten auch Bjarne und die Zuchtstuten mitgehen. Die Fohlen liefen vergnügt nebenher. Nur Klärchen und Beauty blieben zu Hause. Für das Neugeborene wäre die Strecke doch zu weit gewesen.

Miriam strahlte schon wieder wie eine Weihnachtskerze, weil man ihr eine der Zuchtstuten – Moira – zugeteilt hatte. Wahrscheinlich durfte sie das als Ehre betrachten, denn die Pferdedamen waren natürlich seit Wochen nicht geritten worden und hatten nur Unsinn im Kopf. Moira zum Beispiel keilte beim Aufsteigen nervös in Richtung Niala, die heute von Sandra geritten wurde.

Sandra fauchte Miri daraufhin böse an: „Kannst

du nicht aufpassen? Du denkst wohl, du kannst dir jetzt alles erlauben! Ich weiß nicht, was das mit dem Hengst geben soll!" Miriam wurde sofort rot und entschuldigte sich wortreich, während mir der Sinn der Bemerkung nicht recht aufging. Jacob machte Bjarne im Hengststall fertig, mindestens fünfzig Meter von Moira entfernt, und es war auch jetzt schon vereinbart, dass die Zuchtstuten ganz am Schluss der Gruppe geritten werden sollten. Jacob und Bjarne führten die Abteilung an.

Wir ritten in zwei Gruppen, wobei jetzt auch die Hufeisen-Reiterinnen den Fortgeschrittenen zugeteilt wurden. Ich ritt also in Jacobs Abteilung, während Sandra und Frau Hoff die Gruppe der Kinder anführten. Leider musste ich auf meine Molly verzichten – als bravstes Pferd wurde sie bei den Kleinen gebraucht. Sandra, die übrigens allgemein ziemlich vergrätzt wirkte, setzte gleich drei Knirpse auf einmal auf mein vierbeiniges Sofa.

Ich bekam stattdessen Bonnieboy, der sich im Gelände als ziemlich flott herausstellte. Nicht unhaltbar, aber eifrig. Diesmal hatte ich also zumindest ein ehrgeiziges Pferd. Und ein ziemlich raffiniertes! Unauffällig schob sich der kleine Wallach immer weiter nach vorn, bis ich mich schließlich neben Jacob und Bjarne wiederfand. Der Hengst schaute reichlich ungnädig. Er legte die Ohren zurück und schnappte sogar in Bonnieboys Richtung, als der Kleine sich auch an ihm vorbeimogeln wollte.

„Pass ein bisschen auf, sie können sich nicht leiden", mahnte Jacob.

Ich nickte. „Dabei sind es doch Vater und Sohn“, meinte ich dann.

Jacob lachte etwas schief. „In Pferdefamilien herrscht eben auch nicht immer eitel Sonnenschein. Warum soll's bei denen anders sein als bei uns?“

„Du hast Stress mit deiner Mutter, nicht?“, fragte ich vorsichtig.

Jacob verdrehte die Augen und zog scharf die Luft ein. „Stress ist gar kein Ausdruck, wir bewegen uns im Bereich einer Tragödie. Ich habe sozusagen ihr Leben zerstört, sie unendlich enttäuscht ... Also, wenn ich ein Pferd wäre, würde sie mich jetzt zum Kauf anbieten. Zum Sonderpreis.“ Ich kicherte.

„Was hast du denn Schreckliches gemacht?“

Jacob zuckte die Schultern. „Ach, das ist eine lange Geschichte. Meine Mutter möchte, dass ich eine Lehre zum Pferdewirt mache und dann später den Pferdewirtschaftsmeister. Dann soll ich die Reitschule, die Pferdezucht, halt den ganzen Betrieb hier übernehmen ...“ Jacob rief Bjarne zur Ordnung, der schon wieder in Bonnieboys Richtung giftete.

„Das kannst du doch gar nicht allein“, meinte ich. Bjarnehus verlangte eine enorme Organisation. Allein die vielen Reitstunden, Ausritte und Kurse zu koordinieren, war eine Vollzeitaufgabe und dazu kamen noch die Mahlzeiten, die Zimmervergabe, das Programm für die Kleinen ...

„Die passende Frau würde Mom mir schon aussuchen“, antwortete Jacob mit nur halbem Lächeln. „Wenn du mich fragst, hatte sie mich Sandra schon fast versprochen ...“

„Sandra?“, quietschte ich. „Aber die ist doch viel älter als du!“

Dabei schoss mir umgehend der Gedanke an Miriam durch den Kopf. Darum ging es also bei Mama Hoffs seltsamer Bemerkung zu meiner Freundin! Sie überlegte, in ihrer Zukunftsplanung Sandra gegen Miri auszutauschen. Die Frau musste völlig verrückt sein! Miri war erst dreizehn. Wenn Jacob mit ihr gehen wollte, hieß das doch nicht ewige Bindung!

„Ach, die vier Jahre, die Sandra älter ist ... Das zählt bei Züchtern nicht so. Isolde ist auch älter als Bjarne.“ Jacob machte Witze, aber er sah doch ziemlich verletzt aus. Ich fand ihn unwiderstehlich.

„Du willst Sandra also nicht“, hakte ich weiter nach. Na ja, immerhin hatte sich Mama Hoff jetzt ja wohl mit der zweiten Wahl angefreundet.

„Ich will den ganzen verdammten Hof nicht!“, brach es aus Jacob heraus. „Ich hab Pferde gern, aber deshalb muss ich sie doch nicht gleich zum Beruf machen. Reitstunden geben ist so ziemlich der ödeste Job, den ich mir vorstellen kann. Immer das Gleiche: Kopf hoch, Schultern zurück, Fäuste aufrecht ...“

„... Absätze tief!“, fiel ich ein. Wir lachten beide.

„Von der Landwirtschaft mal ganz abgesehen, die liegt mir überhaupt nicht“, schüttete Jacob mir weiter sein Herz aus. „Ich habe für dieses Leben genug Heuballen gestapelt, das soll mal jemand anders tun! Und dann diese wirtschaftliche Unsicherheit. In den Sommermonaten läuft es hier ganz gut, weißt du, aber im Winter ist tote Hose. Und man weiß auch nie, wie es sich entwickelt. Gut, die meisten Kinder sind total begeistert und kommen immer wieder, aber letztlich hängt es ja von den Eltern ab. Wenn die nicht mehr so viel Geld haben … Oder wenn Reiten aus der Mode kommt und alles will nur noch inlineskaten oder Beach-Volleyball spielen … Im Ganzen ist die wundervolle Leitung von Bjarnehus jedenfalls eine elende Plackerei, die jämmerlich bezahlt wird. Und da mache ich einfach nicht mit!"

„Was willst du denn stattdessen machen?", erkundigte ich mich neugierig. Dabei musste ich höllisch auf Bonnieboy aufpassen, der schon wieder Anstalten machte zu überholen.

„Tonmeister. Ich werde Tonmeister!", sagte Jacob wie aus der Pistole geschossen. „Also erst mal Tontechniker und später kann ich darauf aufbauen. Ich bin ziemlich begabt, heißt es, angeblich habe ich so was wie das absolute Gehör. Jedenfalls habe ich die Prüfung gemacht und bestanden. Das schaffen nur ganz wenige. Entsprechend wenig Tonmeister gibt es auch, die Berufschancen sind super …" Jacob strahlte bei der Schilderung seines Traumberufs.

„Das klingt gut. Ich will Tänzerin werden", verriet ich ihm, ermutigt durch sein Lächeln.

Er nickte. „Ich weiß. Hat Miriam mir erzählt. Aber du willst es nicht werden, du bist es schon. Du hast das Solo des Schwarzen Schwans aus *Schwanensee* getanzt. Und das ist verdammt schwierig!"

„Es war eine vereinfachte Choreografie", murmelte ich verlegen. Mein Herz hüpfte bei der Schmeichelei, aber mein Verstand ließ die Alarmleuchten aufblinken. Er hatte Miriam über mich ausgefragt. Flirtete der etwa mit uns beiden herum?

Ich wollte weiter nachhaken, aber da schob sich Bibi mit Natalie nach vorn. Anscheinend fand sie, ich hätte Jacob jetzt lange genug für mich gehabt.

„Was meinst du, Jacob, dürfen wir wohl schwimmen mit den Pferden? Und was ist mit Natalie, geht sie inzwischen ins Wasser?"

Eine Minute später waren die beiden in das übliche Gespräch über Pferde vertieft. Diesmal ging es um die ausführliche Erörterung der Frage, welches Pony gern baden ging und welches eine mehr oder weniger unüberwindliche Wasserscheu hegte.

Ich ließ mich zurückfallen und hoffte auf ein klärendes Gespräch mit Miriam. Warum hatte sie mir nicht erzählt, dass sie mit Jacob über mich gesprochen hatte? Und was um Himmels willen hatte sie noch ausgeplaudert? Hoffentlich hatte sie ihm nicht gesagt, dass ich für ihn schwärmte ... Aber andererseits schien ihr das bis jetzt ja selbst nicht ganz bewusst geworden zu sein. Hier auf Bjarnehus lebte und starb sie für die Pferde, die Nöte normaler Menschen klammerte sie zurzeit völlig aus.

Ich hielt meinen Bonnieboy zurück und ließ andere Mädchen überholen, bis ich bei den Zuchtstuten gelandet war. Eins der Fohlen, Moiras kleiner Sohn, sprang übermütig an Bonnieboy hoch. Der quittierte das mit einem unwilligen Quietschen.

Miriam hatte jedoch keine Zeit für mich. Sie diskutierte die Wasserfrage gerade mit Anne – anscheinend hatten sich die beiden versöhnt.

Ich ritt also schweigend und träumte ein bisschen vor mich hin. Jacobs neueste Enthüllungen boten da ja Stoff in Hülle und Fülle. In meinem Traum war ich eine berühmte Ballerina und das Fernsehen fragte an, ob es einen Auftritt von mir übertragen dürfte. Ich sagte nur unter der Bedingung zu, dass sie mir Jacob als Tonmeister stellten, und so schickten sie ihn und er wusste natürlich von nichts. Aber als er mich sah, erinnerte er sich an das hässliche, rothaarige Mädchen, das inzwischen zu einem wunderschönen Schwan mit kastanienbrauner Lockenpracht geworden war. Natürlich verliebte er sich sofort in mich und ...

Miriam dachte ich mir in diesem Traum lieber weg beziehungsweise verheiratete sie flugs mit einem netten Ponyhofbesitzer.

Auf jeden Fall verging der Ritt wie im Flug, ich konnte kaum glauben, dass ich wirklich fast zwei Stunden auf Bonnieboy gesessen hatte.

Plötzlich tauchte der See hinter einer Wegbiegung auf. Der Anblick war wirklich atemberaubend. Die Stammgäste von Bjarnehus hatten immer vom Picknick am See geschwärmt und wie es sich herausstellte, hatten sie nicht übertrieben. Der Picknickplatz lag auf einer Wiese, die in einen Sandstrand überging. Der See bildete hier eine Art Bucht und rechts und links des Strandes stand Schilf.

Die Wiese war teilweise von Bäumen beschattet, zwischen denen Herr Hoff dicke Taue gespannt hatte. Wir konnten die Pferde sicher daran anbinden.

Für die Stuten mit Fohlen hatte Herr Hoff Elektro-Paddocks aufgebaut. Bjarne bekam einen eigenen Baum etwas abseits von den anderen.

Sofort entfaltete sich hektische Aktivität. Ein paar der Mädchen halfen Jacob und Herrn Hoff, ein Lagerfeuer anzuzünden, und setzten dabei fast die Strohballen in Brand, die andere als Sitzgelegenheiten anschleppten.

Herr Hoff war mit einem ganzen Anhänger voll Zubehör zum See gekommen. Wir würden Würstchen grillen und Kartoffeln in der Glut braten. Es gab Salate, Baguettebrot und sogar Götterspeise!

Nach dem Mittagessen würden wir dann schwimmen – mit oder ohne Ponys – und anschließend mussten sich Frau Hoff und die Kleinen wieder auf den Rückweg machen. Sie brauchten viel länger, weil sie nur Schritt ritten. Wir anderen durften den ganzen Nachmittag am See verbringen und würden erst in der Dämmerung den Heimweg antreten. Der Nachtritt war nach dem Schwimmen mit Pferden die zweite Sensation des Tages.

Als Frau Hoff, Sandra und die Kleinen den Picknickplatz erreichten, brannte das Feuer bereits und das Büfett war auch aufgebaut. Miriam und ich halfen beim Absatteln und Anbinden der Pferde, wobei Sandra wieder eine Möglichkeit fand, Miri wegen irgendeiner Kleinigkeit anzuraunzen. Die hatte heute wirklich einen ganz schlechten Tag! Ein paar andere aus der Fortgeschrittenengruppe testeten schon mal ohne Ponys das Wasser. Sie spritzten sich nass und quietschten begeistert.

Schließlich teilte Herr Hoff die Würstchen aus. Diesmal fungierte er nicht als Grillmeister. Stattdessen hielten wir das Essen an Stöcken ins Feuer, was wirklich urig war, aber für Feinschmecker nicht unbedingt zu empfehlen. Genau genommen ergibt die Methode Grillgut, das außen verkohlt und innen noch roh ist. Das Leben des Neandertalers war vermutlich auch kein Zuckerschlecken ...

Aber jedenfalls war es cool, kauend im Gras zu sitzen, abwechselnd ins Feuer und über den See zu schauen und die Pferde hinter sich schnauben zu hören. Ich träumte, ich sei ein Zigeunermädchen, das mit seinem Stamm am See lagerte und gleich am Feuer tanzen würde ... und dabei entdeckte mich dann ein ganz bestimmter Tonmeister für den Film und nach einer gewissen Zeit nahmen wir beide strahlend den Oscar entgegen ...

„Los, Kirsty, hol dein Pferd, wir gehen schwimmen!"

Bibi riss mich aus meinen Träumen und mein Blick fiel direkt auf besagten zukünftigen Tonmeister im trauten Gespräch mit meiner Freundin Miriam. Ich verstand nicht, was er ihr sagte – die beiden saßen auf der anderen Seite des Feuers, etwas abseits von den anderen, in der Nähe von Bjarnes Baum. Aber Miris Gesicht war deutlich anzusehen, worum es ging. Während Jacob sprach, schaute Miriam erst ungläubig, dann selig und schließlich so verliebt und voller Hingabe, dass ich fast nicht mehr neidisch sein konnte. Das war nicht normales Leben, das war so was wie Hollywood. Vollkommenes Glück, sozusagen, wie das Happy End in *Pretty Woman*. Und Jacob strahlte genauso wie Miri.

Das war's dann also mit der Liebe …

Ich war ganz froh, dass Bonnieboy sich als völlig wasserscheu entpuppte. Bei jedem Versuch, ihn in die Fluten zu führen, drehte er hektisch ab und einmal hätte er dabei beinahe meinen nackten Fuß erwischt. Das ist kein Spaß bei beschlagenen Hufen, Frau Hoff hatte uns extra davor gewarnt.

Schließlich gab ich es auf und hatte so eine gute Ausrede, das Pony wegzubringen und allein weit auf den See hinauszuschwimmen. Das Wasser war wunderbar kühl und irgendwie tröstlich. Kein Wunder, dass tragische Heldinnen sich in Büchern gern der Umarmung der See ergeben. So weit ging der Kummer bei mir natürlich nicht, obwohl ich unterwegs schon ein paar Tränen zerdrückte. Das würde aber niemand merken. Ich konnte einfach sagen, ich hätte Seewasser in die Augen bekommen. Inzwischen hatte ich mich auch wieder ganz gut unter Kontrolle. Jedenfalls, solange Miriam nicht ankam, um mir die frohe Nachricht zu überbringen. Dann würde ich bestimmt in Tränen ausbrechen.

Ich ging meiner Freundin also vorerst aus dem Weg, was nicht so schwer war, denn Miriam und Moira waren erfolgreich zusammen geschwommen und sogar das Fohlen hatte sich tapfer in die Fluten gestürzt. Selbst ich fand es putzig, wie der kleine Hengst sich hinterher das Wasser abschüttelte und dabei unwillig schnaubte. Miriam musste sich darüber garantiert mit dem halben Ponyhof austauschen.

Oder doch nicht? Argwöhnisch registrierte ich, dass sie nach dem Schwimmen verschwunden war. Mit Jacob? Auch er war nicht zu sehen, aber dann tauchte er ziemlich schnell mit seiner Gitarre wieder auf. Jacob packte sie aus und stimmte sie sorgfältig.

Inzwischen kam auch Miriam zurück – aus der Richtung von Bjarnes Baum. Sie hatte also nur wieder Ponys gestreichelt. Beim Pferd Frust ablassen, beim Pferd Glückstränchen vergießen. Jacob wie Miriam ... Da hatten sich die Richtigen gefunden.

Die Bjarnehus-Stammgäste johlten beim Anblick von Jacobs Gitarre begeistert auf und hatten gleich Wünsche in Bezug auf die Songs. Die nächste Stunde verging mit dem Absingen so weltbewegender Kompositionen wie *Dann hat das Hoppepferd sich einfach umgekehrt ...* und *Bolle reiste jüngst zu Pfingsten.* Es war ziemlich unerträglich, zumal kaum einer den Ton hielt. Auch Jacob machte ein unglückliches Gesicht. Normalerweise hätte er mir leidgetan. Das hier war für mich schon Krach, aber für jemanden mit wirklich empfindlichen Ohren musste es Folter sein. Für heute hatte ich mein Herz allerdings verhärtet. Mochte Jacob leiden, das geschah ihm ganz recht. Er hatte mit mir geflirtet! Gestern beim Tanzen und heute während des Ausritts. Das hatte ich mir doch nicht eingebildet! Und jetzt war er mit Miriam zusammen. Er war ein Schuft! Ich sollte ihn vergessen.

Ein paar Strohballen rechts von Jacob – anscheinend sollte die Beziehung doch noch nicht publik werden – hockte Miriam. Sie guckte immer noch so, als hätte sich ihr das Fenster zu einer besseren Welt geöffnet. Schauen eigentlich alle Verliebten so unglaublich dämlich drein?

Während ich derart böse vor mich hin brütete, drangen plötzlich andere Töne an mein Ohr. Die anderen hatten einen Song zu Ende gegrölt und bestürmten Jacob mit weiteren Wünschen. Der schüttelte jedoch den Kopf.

„Jetzt kommt ein Song für Kirsty! Dem besonderen Mädchen, dem ich immerhin einen zweiten Platz in der L-Dressur verdanke." Ich richtete mich auf. Hörte ich richtig? Was sollte das denn jetzt?

Aber tatsächlich, der Kerl spielte *Summer Loving* und summte dazu den Part von John Travolta. Ich konnte den von Olivia Newton-John natürlich auswendig. Ob ich mitsang oder beleidigte das Jacobs absolutes Gehör? Ach, was sollte es! Morgen war ich sowieso weg und würde den Typen nie wiedersehen. Und das war auch gut so.

Ich fiel beim Refrain mit ein und sang dann die zweite Strophe allein. Es war absolut cool, vor allem, weil hinterher alle Beifall klatschten. Und Jacob schien auch sehr angetan. Nur Frau Hoff guckte mal wieder leidend. Sie pfiff ihren Sohn auch noch mal an, bevor sie sich mit den Kleinen wieder auf den Heimweg machte.

„Kann ich dich hier mit den Mädchen allein lassen? Dass mir kein Unsinn vorkommt!"

„Was denn für Unsinn?“, fragte Jacob unschuldig. Miriam stand neben ihm und lächelte Frau Hoff glücklich an. Seltsamerweise hatte Jacobs Mutter aber keinen Blick für sie. Dabei stand ihr Jacobs Unsinn doch wohl ins Gesicht geschrieben!

„Ich warte um elf mit einem Imbiss auf euch!“, meinte Frau Hoff noch, bevor sie sich in den Sattel schwang. Auch Herr Hoff fuhr ab, nicht ohne seinem Sohn verschwörerisch zuzuzwinkern.

Als die Erwachsenen weg waren, entspannte sich die Atmosphäre noch weiter. Ich war durch meinen erfolgreichen Auftritt ein bisschen getröstet, zumal die anderen jetzt auch noch *Sandra Dee* hören wollten. Wenn man ein Star werden will, ist es sowieso nicht so gut, sich zu früh zu binden. Sollten Jacob und Miri also glücklich werden … Ich gefiel mir schon fast in meiner Rolle als tragische Heldin.

Inzwischen waren die meisten anderen noch mal schwimmen gegangen. Jacob zupfte auf der Gitarre herum und guckte dabei kaum auf. Miriam flirtete mit Bjarne. Sind Männer eigentlich nicht eifersüchtig auf Pferde? In einem der Pferdebücher, die ich in diesen Ferien zwangsläufig gelesen hatte, war das ein ziemliches Problem, das Mädchen musste sich sozusagen zwischen Mann und Hengst entscheiden. Nahm natürlich den Hengst, aber der Kerl war sowieso ein Schuft … Wie Jacob …

Der spielte inzwischen Flamenco. Ich erkannte die Sevillana von neulich und fand, dass die traurige Melodie ganz gut zum Anlass passte. Dramatisch drapierte ich ein Tischtuch um meine Hüften und begann zu tanzen. Flamenco ist durch Tanz ausgedrücktes Gefühl. Also – ich schlug imaginäre Kastagnetten im Takt meines Weltschmerzes.

Jacob schaute mir zu und vergaß dabei fast das Zupfen. Sein Ausdruck schwankte zwischen Bewunderung und Begeisterung und auch ich wurde inzwischen von der Musik mitgerissen und dachte nicht mehr an Selbstinszenierung. Es riss mich wirklich hin, ich drehte mich wild zu den schnelleren Passagen. Bloß blöd, dass mein Haar nicht flog!

Und dann passierte es! Als der letzte Akkord klang, sahen Jacob und ich uns in die Augen. Und da war er, dieser Ausdruck völligen Verständnisses und absoluter Harmonie, den er nach dem Turnier mit Miri geteilt hatte. Und jetzt mit mir ... Eine Sekunde lang vergaß ich mich und schmachtete ungeniert zurück. Aber dann hatte die Welt mich wieder.

Verdammt, der Scheißkerl spielte mit uns!

Abrupt warf ich mein Tischtuch ab und verzog mich ins Schilfdickicht. Ich würde hierbleiben, bis wir abritten. Und bis zur Abfahrt morgen würde ich mit Jacob kein Wort mehr sprechen. Ganz sicher nicht. Miriam ließ ich am besten auch eine Warnung zukommen. Was war das schließlich für eine Liebe, wenn er gleich darauf eine andere anbaggerte?

Ich versuchte, wütend und nicht traurig zu sein. Das war nur leider nicht so einfach, ich konnte die Erinnerung an seinen Blick nicht abschalten.

Da raschelte das Schilf. Jacob kam mir nach und ließ sich neben mich auf den Boden plumpsen.

„Hast du was, Kirsty?“

Der Inbegriff gekränkter Unschuld.

„Natürlich nicht, was sollte ich schon haben?“, gab ich zurück, ohne ihn anzusehen.

„Dann komm wieder ans Feuer. Du musst unbedingt noch mal tanzen, wenn die anderen zurück sind. Du bist sensationell!“

„Hast du Miri das auch gesagt?“, erkundigte ich mich böse.

Jacob runzelte die Stirn. „Miriam? Wieso?“

„Na ja, irgendwas Nettes hast du ihr doch wohl gesagt, sonst würde sie jetzt nicht rumlaufen mit ’nem Gesichtsausdruck wie ein verliebtes Bambi. Gib dir keine Mühe, Jacob, ich hab euch gesehen …“ Ich wollte aufstehen, aber Jacob griff meinen Arm, zog mich zu sich herum und grinste.

„Du bist eifersüchtig! Herrlich, ich habe mir immer gewünscht, dass meine Freundin so richtig eifersüchtig ist!“

„Ich bin nicht deine Freundin!“

„Aber du könntest es sein. Komm, Kirsty, was willst du? Soll ich auf die Knie fallen?“ Jacob machte allen Ernstes Anstalten, sich vor mir in den Staub zu werfen. Na ja, eher in den Matsch. Aber mich würde er damit nicht zum Lachen bringen!

„Wie viele Freundinnen brauchst du denn noch? Reicht Miriam dir nicht?“

Jacob runzelte die Stirn. „Wie kannst du denken, ich würde was mit Miriam anfangen? Die ist doch bis auf die Knochen pferdeverrückt!“ Jacob schien jetzt erst zu verstehen, was ich meinte.

„Na und? Du stehst doch auch auf Pferde. Und nebenbei ist sie hübsch und lieb und sanft und deine Mutter ist ganz hingerissen von ihr!“ Die letzte Bemerkung war natürlich hirnrissig, aber sie rutschte mir einfach heraus.

Jacob verzog das Gesicht zu einem Grinsen. „Also, das nun doch nicht! Meine Mutter fand Miriam absolut unzureichend, verglichen mit Sandra! Nein, im Ernst, Kirsty. Miriam ist nicht meine Freundin, das hast du völlig falsch verstanden. Aber sie ist seit vorhin – mit dem Segen meiner Mutter, wenn auch nur widerwillig gespendet – Bjarnes offizielles Pferdemädchen.“

„Sie ist was?“ Damit hatte ich nun wirklich nicht gerechnet.

„Bjarnes Pferdemädchen. Verstehst du? Pflegepferd, tägliches Putzen und Misten, Reiten … Du weißt schon, das, wonach die Mädels hier alle verrückt sind. Deshalb auch der verliebte Blick. Miriams Traumboy hat nun mal vier Beine.“ Jacob lächelte mir zu und tastete ganz sanft nach meiner Hand. Ich zog sie nicht weg.

„Aber Miriam ist morgen weg“, gab ich zu bedenken.

„Und Bjarne und ich in sechs Wochen. Ich hab dir doch gesagt, dass ich auf die Schule für Tontechnik gehe. Die liegt in Düsseldorf. Ich dachte, als Tänzerin wüsstest du das. Na ja, und meine Mutter machte deswegen natürlich ein großes Theater! Nicht nur, dass ich nicht Pferdewirt werden wollte, nein, ich wollte auch noch wegziehen. Wo Bjarne doch weiter turniermäßig geritten werden müsste! Und wie ich ihn nur verlassen könnte, und, und, und. Dabei wollte ich ihn eigentlich gern mitnehmen, aber dazu konnte Mom sich partout nicht durchringen. Im Prinzip hatte sie damit auch recht, die Lehre wird mir kaum genug Zeit dafür lassen, mich richtig um ihn zu kümmern. Zumal er ja auch noch ein Hengst ist, da findet man nicht so schnell einen Platz mit artgerechter Haltung und Rundumversorgung. Deshalb kam Mom dann auf die glorreiche Idee, ihn Sandra nach Wiesbaden mitzugeben. Sie sollte ihn im Winter fit halten und im Sommer ist sie ja sowieso in den Semesterferien drei Monate hier. Dann könnte sie ihn auch turniermäßig reiten."

„Aber das wolltest du nicht!" So langsam begriff ich die Zusammenhänge. Deshalb also das dauernde Gerede von Sandra und deshalb Sandras düstere Miene heute Morgen. Der waren sämtliche Felle weggeschwommen!

„Nein, auf keinen Fall. Sandra hat kein Händchen für Pferde. Sie reitet ganz nett, aber echte Begabung hat sie nicht. Und auch fast ein bisschen Angst vor dem Hengst. Solange ich dabei bin, ist das alles in Ordnung, aber ihn allein versorgen, auf die Weide führen – und ihm auch mal eins auf die Nase geben, wenn er frech wird … Das kannst du vergessen! Stattdessen habe ich mich in Düsseldorf nach einem Stall umgesehen – und tatsächlich was gefunden! Eine Art ‚Junggesellenstall', nur Hengste und Wallache, eine Viertelstunde Busfahrt von der Stadt entfernt. Bjarne hätte es da super, aber für mich wäre es natürlich schon eine Belastung. Neben der Lehre jeden Tag hinfahren und misten – es ist eine Haltergemeinschaft, das heißt, dass jeder sich an der Arbeit beteiligt. Dazu regelmäßig reiten ... Tja, und dann kamt ihr beide, Miri und du – ein Geschenk des Himmels."

„Wer ist das Geschenk?", fragte ich spitzbübisch.

„Du bist das Geschenk für mich und Miriam ist das für Bjarne", meinte Jacob diplomatisch. „Sie wohnt in Düsseldorf. In ein paar Minuten ist sie bei Bjarne draußen. Nach der Schule kann sie sich jeden Tag um ihn kümmern und ihn reiten. Ab und zu auch ein Turnier, warum nicht? Und ich hätte Zeit für die Schule. Und andere Sachen ..."

„Was für andere Sachen?", wollte ich wissen.

„Hm ... ins Kino gehen ... Musik hören ... für eine ganz bestimmte Tänzerin Gitarre spielen ..."

Ich sage es nicht gern, aber langsam verzog sich mein Gesicht zum verklärten Ausdruck eines verliebten Schafs.

„Ich wollte dich übrigens fragen, ob du noch eine Woche länger bleiben willst. Miriam bleibt auch noch, wenn ihre Eltern es erlauben. Sie soll sich ein bisschen mit dem Hengst vertraut machen. Unter der Aufsicht meiner Mami. Arme Miriam ..."

Ich lächelte. „Und was soll ich dabei tun?", fragte ich kokett.

„Na ja, vielleicht ... Vielleicht möchtest du dich ja ein bisschen mit mir vertraut machen ..." Jacob strich vorsichtig die Denkfalte zwischen meinen Augen weg.

Ich nahm seine Hand. „Und ob ich möchte."

Am Lagerfeuer dudelte jetzt ein Gettoblaster, aber wir achteten nicht auf die Musik. Jacob zog mich ganz vorsichtig an sich und ich kuschelte mich herzklopfend an seine Schulter. Er roch nach Leder und irgendeinem Deo und ein bisschen nach Pferd, aber jetzt machte mir das absolut nichts mehr aus. Ich fühlte mich schwindelig, wünschte mir, dass er mich küsste, und hatte doch ein wenig Angst davor. Aber dann war es ganz einfach. Jacobs Lippen berührten meine nur ganz leicht und gleich darauf küsste er auch meine Stirn und meine Wangen.

Gerade wollte ich den Mund öffnen, um zum ersten Mal einen Jungen richtig zu küssen, da platzte Miriam in die Szene. Anscheinend suchte sie Jacob, um irgendetwas zu fragen. Auf jeden Fall hielt sie ein Kopfstück in der Hand. Als sie uns sah, vergaß sie allerdings ihr Anliegen.

„He, das ist ja süß! Endlich! Oh, ich wusste, dass ihr noch mal zusammenkommt!", strahlte Miriam.

Jacob und ich rückten peinlich berührt voneinander ab. Miriam ist die beste Freundin der Welt, aber sie hat nicht immer Sinn für das richtige Timing.

„Ach kommt, nun stellt euch nicht an, vor mir braucht ihr euch doch nicht zu schämen!", sprudelte sie weiter. „Ich freu mich total für euch. Aber jetzt ... Also, jetzt müsst ihr auch in den Sonnenuntergang reiten! Das gehört dazu!" Jacob guckte etwas gequält, aber die Gelegenheit war günstig. Tatsächlich ging die Sonne gerade unter. Träge rutschte sie in Richtung einer Hügelkuppe und tauchte die Landschaft in genau die Sorte Orange- und Rotschattierungen, die Postkarten so kitschig machen.

„Könnten wir nicht einfach in den Sonnenuntergang … wandern?", fragte ich kompromissbereit.

„Oder überhaupt nur gucken?", pflichtete Jacob mir bei. Miriam schüttelte energisch den Kopf.

„Nichts da, zum Happy End wird geritten! Und du sattelst das Pferd für Kirsty, wie ein richtiger Gentleman. Oh, es ist so romantisch!" Miriam kriegte sich gar nicht wieder ein.

Jacob seufzte und stand auf. „Na gut, dann machen wir's aber auch richtig." Er ging zu den Pferden und tauchte in Rekordzeit wieder auf, Bjarne am Zügel. Elegant schwang er sich in den Sattel.

„Und nun du, Mylady. Steig auf!", forderte er mich auf und rutschte im Sattel nach hinten.

„Ich soll … mit dir … Wir reiten zusammen?", stotterte ich. Auf diese Situation hatte mich *Sprechtraining für Anfänger* nicht vorbereitet.

Jacob nickte und hielt mir den Steigbügel hin. Mit rasendem Herzen setzte ich einen Fuß hinein und ließ mich dann so anmutig wie eben machbar im Damensitz vor Jacob auf Bjarnes Widerrist gleiten. Ich saß rittlings auf dem Sattelknauf, der mir auch ein bisschen Halt gab, aber eigentlich brauchte ich den gar nicht. Mein edler Ritter umfasste mich schließlich mit beiden Armen und hielt mich fest.

Und dann ritten wir tatsächlich in den Sonnenuntergang! *Ganz* langsam, damit ich ja nicht ins Rutschen kam. Ehrlich gesagt, hätte ich mich zu Tode gefürchtet, wenn ich den Sattel so mit Miriam hätte teilen müssen. Aber mit Jacob war es etwas anderes. Wer denkt schon ans Runterfallen, wenn einen der absolute Traumboy festhält?

Kurz zusammengefasst: Es war cool. Es war totsicher das Coolste, was mir je passiert ist, und wahrscheinlich wird es das auch bleiben. Mindestens bis zur Oscarverleihung. Und wer will schon einen Oscar, wenn er Jacob hat. Ich seufzte ein bisschen und schmiegte mich an ihn und dann streichelte ich auch sanft über Bjarnes seidigen Hals.

Habe ich jemals behauptet, ich hätte keinen Bock auf Pferde? Völliger Quatsch. Miriam hatte es schon immer gesagt: Pferde machen glücklich!

Traumpferd mit Hindernissen

Warum gerade ich?

„Nun nimm dich aber mal zusammen, Lotti!“

Frau Stelz zerrte ihre kleine Tochter energisch auf die Weide und schubste sie in Richtung Bonnie. Bonnie ist eine niedliche, höchstens ein Meter zehn große Rotschimmelstute mit Seidenmähne und riesigen, langbewimperten Augen. Die meisten Leute verlieben sich sofort in sie – doch Lotti nicht. Die Kleine wollte Bonnie offensichtlich keinen Zentimeter näher kommen, aber ihre Mutter nahm das nicht zur Kenntnis. Unverdrossen zog sie eine Möhre aus der Tasche. „Hier, die geben wir jetzt dem Pony!“

„Nein“, kreischte Lotti panisch. „Ich will nicht!“ Doch sie hatte keine Chance. Frau Stelz ergriff gnadenlos ihre kleine Hand, presste die Möhre hinein und schob beides einladend Richtung Ponymaul. „Bonnie tut dir nichts!“

Ich war mir da nicht mehr so sicher. Dies war jetzt der dritte Versuch, Bonnie zu füttern, und jedes Mal hatte Lotti die Hand im letzten Moment abrupt zurückgerissen. Auch ein Ponyengel hätte hier irgendwann die Geduld verloren.

„Wir sollten Bonnie jetzt aufhalftern“, versuchte ich, das Drama abzukürzen. „Dann kann Lotti sie in den Stall führen.“

Frau Stelz wandte sich um und Lotti nutzte die kurze Unaufmerksamkeit ihrer Mutter, ihre Hand zu befreien. Dabei fiel die Möhre zu Boden und gelangte so endlich in Bonnies Reichweite. Die kleine Stute kaute zufrieden, als ich ihr das Halfter umlegte. In Erwartung weiterer Leckerbissen folgte sie Mutter und Tochter brav zur Reithalle, obwohl Lotti den Führstrick nur zwischen zwei Fingern hielt.

Frau Kuhlmann, die Reitlehrerin, erwartete uns bei den Ställen. Sie lächelte Frau Stelz zu, aber im Grunde wirkte sie genauso genervt wie ich. Frau Kuhlmann ist eine erstklassige Reitlehrerin, aber eigentlich blüht sie erst richtig auf, wenn jemand die Longenphase glücklich hinter sich hat und ernsthaft anfängt, ein Pferd zu reiten. Bei dem Versuch, uns die mindestens zwanzig Dinge vor Augen zu führen, die man dabei gleichzeitig beachten muss, wuselt sie dann wild gestikulierend durch die Halle und schwingt die Hüften wie eine Bauchtänzerin, um „Treiben mit dem Kreuz“ zu demonstrieren. Wenn sie dann mit blitzenden Augen auf eine von uns einschimpft, sieht sie aus wie ein wild gewordenes Pony. Geduld jedenfalls gehört nicht zu Frau Kuhlmanns Stärken – und zu meinen auch nicht! Insofern hätten wir beide gut darauf verzichten können, zweimal die Woche Fünfjährige im Kreis zu führen. Aber Frau Kuhlmann brauchte das Geld und die Ponynachmittage für Vorschulkinder waren gut besucht.

Und was mich anging: Ich handelte aus purer Berechnung. Mit regelmäßigem Ableisten von Hilfsdiensten erhöhte sich nämlich die Chance, irgendwann ein Privatpferd als Pflegepferd zugewiesen zu bekommen. Sofern man den Besitzern gefiel, versteht sich, denn Frau Kuhlmann konnte da ja nur Empfehlungen geben. Und überhaupt musste sich erst mal jemand finden, der ein Pflegemädchen suchte. Das kam selten vor, die meisten Leute in Frau Kuhlmanns Stall ritten ihre Pferde selbst. Die Warteliste für Pflegepferde war endlos. Immerhin konnte ich Frau Kuhlmanns mitleidigem Blick entnehmen, dass mich jeder Nachmittag mit Lotti und ihrer Mutter mindestens zwei Plätze weiter nach vorn katapultierte.

„Wenn du das Pony nicht richtig festbindest, musst du dich nicht wundern, wenn es sich losreißt!“, schimpfte Frau Stelz gerade und griff selbst energisch nach Bonnies Anbindestrick. Von *Losreißen* konnte natürlich keine Rede sein. Bonnie hatte die Gelegenheit lediglich dazu genutzt, sich freundlich nach Lotti umzublicken.

Die Kleine hatte auf Mamas Anweisung hin einen Striegel in die Hand genommen und rubbelte damit halbherzig auf Bonnies Kruppe herum. Offensichtlich hatte ihr bislang niemand erzählt, dass Pferde nicht nur beißen, sondern auch schlagen können. Und als Bonnie einen kleinen Schritt nach vorne machte, bekam Lotti den nächsten hysterischen Anfall.

„Wir müssen unbedingt diese Ängstlichkeit in

den Griff kriegen“, wandte sich Frau Stelz mit besorgtem Blick an Frau Kuhlmann. „Schließlich soll sie im nächsten Jahr ein eigenes Pony bekommen …“

Ich seufzte und versuchte wegzuhören. Die Welt war einfach ungerecht! Die arme Lotti fürchtete sich vor Pferden zu Tode, aber ihre Mutter plante unverdrossen einen Stall im eigenen Garten. Ich dagegen ritt schon seit drei Jahren und hätte bereitwillig jeden Mustang gezähmt, wenn ich ihn nur hätte reiten dürfen. Aber kaufte *mir* etwa jemand ein Pferd?

Frau Kuhlmann schien meine Gedanken zu erahnen und warf mir und Lotti einen gleichermaßen verständnisvollen Blick zu. Dann machte sie sich aber sofort daran, die ersten Kinder auf die Pferde zu verteilen, wobei sie zum x-ten Mal erklärte, wie man aufstieg. Gut möglich, dass sie dabei auch über die Ungerechtigkeit der Welt nachdachte. Bis vor drei Jahren musste sie schließlich geglaubt haben, sich nie wieder mit Anfängern herumärgern zu müssen. Damals unterrichtete sie in einem Turnierstall und betreute die Teilnehmer an Kreis- und Landesmeisterschaften. Aber dann stanken ihr da wohl der Umgang mit den Pferden und die Allüren der Reiter, sodass sie irgendwann kündigte und ihren eigenen Reitstall gründete. Das reinste Pferdeparadies mit Außenboxen, Weiden und Ausläufen. Aber viele Privatpferdereiter mit Einstellpferden folgten ihr leider nicht, erst recht keine Turnierreiter. Im Gegenteil, seit damals steht sie als Ausbilderin auf so einer Art schwarzen Liste. Wer von Frau Kuhlmann turniermäßig betreut wird, muss mindestens doppelt so gut sein wie die anderen, um in Dressurprüfungen platziert zu werden. Frau Kuhlmann lässt sich davon allerdings nicht unterkriegen, sondern vertraut darauf, sich ihren Kundenkreis auf Dauer selbst aufzubauen. Im Notfall mit Leuten wie Lotti und ihrer Mama. Herzliches Beileid!

Ich hatte Bonnie inzwischen für die Reitstunde fertig gemacht und Frau Stelz hob ihre unwillige Tochter entschlossen in den Sattel. Frau Stelz war so verrückt nach Pferden, dass sie das Pony am liebsten selbst durch die Anfängerstunde geführt hätte, aber Frau Kuhlmann warf mir einen vielsagenden Blick zu. Ich griff daraufhin nach dem Führstrick, noch bevor Frau Stelz sich mit dem Pony in Trab setzen konnte. Schließlich sollte Lotti wenigstens die Reitstunde ohne Nervenzusammenbruch überstehen.

Lea, die zweite Helferin, nahm das Pony Hucky an die Hand. In dessen Sattel thronte bereits die kleine Tonja, die vom Reiten gar nicht genug kriegen konnte. Ihre Mutter war dagegen extrem zaghaft. Ich seufzte wieder. Garantiert bekam Tonja nie ein eigenes Pferd. In zehn Jahren würde *sie* hier wahrscheinlich die Ponys im Kreis führen ...

Während ich mich in griesgrämigen Gedanken verlor, erklang von außerhalb der Halle ein Motorengeräusch.

Gleich darauf steckte Jessica, eins der glücklichen Mädchen mit Pflegepferd, den Kopf in die Halle. „Frau Kuhlmann? Da ist eine Frau mit Pferdehänger. Sie fragt, wo sie abladen soll."

Frau Kuhlmann griff sich an die Stirn. „Richtig – Frau Mohn! Die hatte ich ganz vergessen. Hanna! Geh doch mal raus und hilf ihr. Die Pferde bekommen die dritte und vierte Box im Privatstall."

Ich bemühte mich, jetzt weder erleichtert zu gucken noch allzu hoffnungsvoll loszustrahlen! Es gab neue Privatpferde und Frau Kuhlmann schickte mich hinaus, um der Besitzerin beim Abladen zu helfen! Da kam Hoffnung auf! Aber was machte ich so lange mit Lotti? Zum Glück verlangte Frau Kuhlmann nicht von mir, sie ihrem Drachen von Mutter auszuhändigen. Stattdessen befahl sie kurzerhand Jessica, Kind und Pony zu übernehmen. Aufatmend übergab ich ihr die Zügel und sauste hinaus.

Auf dem Hof stand ein Doppelhänger mit Kombi davor. Die Besitzerin, eine eher kleine, braunhaarige Frau in Jeans und Wachsjacke, hantierte mit der Klappe herum. Sie lächelte mir freundlich zu.

„Frau Kuhlmann sagt, ich soll Ihnen beim Ausladen helfen", bot ich mich an, nachdem wir einander begrüßt hatten. „Soll ich reingehen und die Pferde schon mal losbinden?" Ich brannte darauf, die neuen Pferde zu sehen! – „Ja, das wäre nett. Ich weiß nicht, wo mein Mann und meine Kinder stecken. Wir wollten uns hier treffen, aber bislang sind sie noch nicht aufgetaucht." Die neue Einstellerin guckte ein bisschen besorgt. Und ich war nicht weniger beunruhigt. *Kinder* klang gar nicht gut. Aber vielleicht waren es ja quirlige Zweijährige, die ihre Eltern so intensiv beschäftigten, dass sie kaum zum Reiten kamen …

Inzwischen hatte Frau Mohn die Klappe des Hängers geöffnet und ich erkannte zwei runde Hinterteile. Beides waren Großpferde, keine robusten Ponys wie die meisten der bei uns eingestellten Pferde. Der Braune schien sogar ein Riese zu sein. Die Schimmelstute dagegen war zierlich. Sie hatte einen kleinen, feinen Araberkopf und begrüßte mich mit sanftem Anstupsen, als ich durch das Vordertürchen in den Hänger kletterte. Neben ihr polterte der Wallach. Er war aber gut erzogen und wartete brav ab, bis ich den Anbindestrick gelöst hatte. Während die Stute selbstständig rückwärts ging und von ihrer Besitzerin in Empfang genommen wurde, führte ich den Braunen vom Hänger.

„Die sind süß!“, bemerkte ich. „Wie heißen sie?“

Die Besitzerin lachte. „Also als *süß* würde ich Otto ja nun nicht bezeichnen. Aber er ist ein sagenhaftes Springpferd. Eigentlich heißt er Sarotti, aber mein Sohn nennt ihn Otto. Weil ihm seiner Ansicht nach die orientalische Leichtigkeit fehlt. Und die Stute ist Alba.“

Der Sohn schien zumindest schon sprechen zu können. Meine Hoffnungen schwanden. Genau genommen verflüchtigten sie sich vollkommen, als jetzt ein weiteres Auto auf den Hof kam. Es hielt neben dem Kombi und heraus stiegen ein großer, blonder Mann und ein Mädchen mit – ungelogen – grünen Haaren.

„Tut mir leid, dass ich so spät bin“, entschuldigte sich der Fahrer. „Aber gerade als wir loswollten, kam der Klempner. Carsten ist jetzt mit ihm dageblieben und ich muss auch gleich wieder los. Ich habe nur eben Clara hergebracht. Aber wie ich sehe, hast du ja schon Hilfe ..." Der Mann nickte mir zu. Seine Frau begann die Vorstellung.

„Ja. Das ist ... oh, ich weiß noch gar nicht, wie du heißt. Ich bin Inka Mohn und das sind mein Mann und meine Tochter Clara. Und du ..."

„Ich bin Hanna", sagte ich und sah mir Clara etwas genauer an. Sie war eher klein und dünn wie ihre Mutter und hatte unternehmungslustige grünbraune Augen, die sie mit gewagtem hellgrünem Lidstrich hervorhob – passend zur aktuellen Haarfarbe. Claras grün gefärbte Stoppeln standen in alle Richtungen, nur hinten hatte sie eine Strähne lang gelassen, geflochten und mit einem karottenroten Haargummi versehen. Dazu trug sie einen himmelblauen Pullover und lila Reithosen. Das Ganze bewirkte, dass ich mich völlig farblos fühlte, aber ich bin sowieso keine sonderlich auffällige Erscheinung. Verlegen zupfte ich an meinem Pony, um ihn wenigstens etwas verwegen hochstehen zu lassen, aber das war hoffnungslos. Meine Haarpracht hat die Qualität von kalten Nudeln: dünn, strähnig und teigbeige.

Das Einzige, was mich jetzt noch aufrechthielt, war die Überlegung, dass ein grünhaariges Mädchen vielleicht gar keine Lust hatte zu reiten. Womöglich war Clara ja nur gezwungenermaßen mitgekommen, um ihrer Mutter zu helfen, und das Outfit war pure Fassade. Andererseits sah sie nicht aus, als ob sie sich zu irgendetwas zwingen ließ, und dann nahm sie mir auch noch fachgerecht Ottos Führstrick aus der Hand.

„Wo sollen die Pferde denn jetzt hin?“

Ich murmelte irgendetwas und wies ihr den Weg zu den Boxen. In Frau Kuhlmanns Ställen sind das allerdings keine kleinen Verschläge, sondern regelrechte Pferde-Apartments mit Auslauf und Ausguck nach draußen. Clara war ganz begeistert, als sie Otto hineinführte. Der riesige Wallach begann sofort, mit der Fjordstute nebenan zu schäkern.

„Ist Otto *dein* Pferd?“, fragte ich schließlich.

Frau Mohn hatte so selbstverständlich nach dem Halfter von Alba gegriffen, dass über die Besitzverhältnisse keine Unklarheiten aufkommen konnten. Alba gehörte ganz offensichtlich ihr.

Clara schüttelte den Kopf. „Nicht wirklich. Ich reite ihn zwar auch öfter, aber eigentlich gehört er meinem Bruder. Für mich ist er zu sperrig und zu heftig. Carsten reitet Springen mit ihm.“

Der Typ konnte also nicht nur sprechen, sondern machte auch noch große Sprünge. Die Sache mit dem Pflegepferd konnte ich vergessen.

„Ist aber nicht sehr gerecht, dass dein Bruder ein Pferd hat und du nicht“, rutschte es mir heraus.

Clara lachte. „Ich soll auch noch eins bekommen, aber das ist gar nicht so einfach. Ich hätte gern ein extra schmusiges, möglichst einen Rappen. Meine Mutter will ein superbegabtes Dressurpferd, damit ich damit Schleifen gewinne, Carsten hätte nichts gegen ein weiteres Springwunder einzuwenden. Und mein Vater hofft, dass es nicht zu teuer wird.“

Ich war schon wieder sprachlos. Anscheinend standen alle Menschen um mich herum kurz vor einem Pferdekauf – nur für mich tat sich nichts. Aber ich hatte ja damals sogar auf mein Barbiepferd ein halbes Jahr warten müssen, bis endlich Weihnachten war …

Während Clara und ihre Mutter Albas und Ottos Sattelzeug ausluden, radelte ich frustriert nach Hause. Für heute hatte ich genug von Pferden. Sie gehörten ja doch immer jemand anderem …

Auftritt: Carsten

Am nächsten Tag in der Schule traf ich Clara wieder. Genau genommen begegnete sie mir am Kiosk, wo ich mein letztes Geld für die neueste Ausgabe von *Pferdekauf* verschleuderte – eine Zeitschrift, die eigentlich nur aus Anzeigen besteht. Wer ein Pferd verkaufen will, setzt ein Bild davon hinein und beschreibt darunter seine Abstammung, seine Turniererfolge und das sonstige Drumherum. Den Preis natürlich auch. Aber den pflege ich zu überlesen. Ich kann das Pferd ja sowieso nicht kaufen. Trotzdem suche ich mir jede Woche eins aus, manchmal zusammen mit Lea oder Jessica. Unter Frau Kuhlmanns Schülerinnen ist das ein beliebter Sport …

Diesmal wurde mir der Gang zum Kiosk allerdings dadurch vermiest, dass meine Cousine Moira in der Schlange vor mir stand. Sie forderte eben mit schriller Stimme eine *Teenworld* und gleich würde sie sich zu mir umdrehen. Ich überlegte, ob ich mich blind und taub stellte oder mir doch ein „Hallo“ abrang. Dann aber löste Moira das Problem, indem sie an mir vorbeischwebte und ein geringschätziges

„Hi“ murmelte. Ungefähr so, wie die Queen ein wabbeliges Etwas begrüßt hätte, das ihr beim Staatsempfang vor die Füße gesprungen ist. Ich würdigte sie keiner Antwort, aber der Morgen war mir schon wieder versaut. Moira trug eine neue Jacke und knallenge Designerjeans. Alles zusammen hatte wahrscheinlich ungefähr so viel gekostet wie ein Pferd! Und dazu dieser spöttische Blick ... das herablassende Getue ...

Okay, vielleicht übertreibe ich, aber ich kann Moira einfach nicht ausstehen! Ich hasse sie buchstäblich seit dem Tag meiner Geburt. Gut, damals konnte ich es objektiv gesehen noch nicht mitkriegen, dass Moira genau einen Tag nach mir das Licht der Welt erblickte. Aber meine Mutter registrierte es natürlich und produzierte daraufhin literweise Stresshormone, die sie gleich mit der ersten Milch an mich weitergab. Moiras Eltern machten nämlich gleich aus ihrer Taufe eine Art Staatsfeiertag und ließen die Geburt ihrer Prinzessin in jeder Zeitung halbseitig anzeigen. Meine Ankunft wurde dagegen selbst von der nächsten Verwandtschaft kaum zur Kenntnis genommen. Später ging es natürlich so weiter. Moiras Geburtstagsfeiern waren erst gesellschaftliche Ereignisse, dann Kinderfeste mit Clowns und Hüpfburg und als Moira dann ins hamburgerfähige Alter kam, mietete mein Onkel Sven selbstredend McDonald's. „Er ist eben großzügig“, erklärte mein Vater. „Er protzt!“, setzte meine Mutter dagegen. „Es kann dem Mädchen nicht guttun, so maßlos verwöhnt zu werden!“

Womit mein Onkel es zu so viel Geld gebracht hat, habe ich bis heute nicht ganz verstanden ... eigentlich ist es mir auch ziemlich egal. Auf jeden Fall hat das Verwöhnen Moira bislang keineswegs geschadet. Im Gegenteil. Sie hat immer die tollsten Klamotten, die krassesten Handys und sie ist beliebt. Zumindest tun die anderen Mädchen so, als ob sie Moira mögen. Wer nicht zu ihren Partys eingeladen ist, kann sich schließlich als hoffnungslos out betrachten. Nur ich brauche nicht zu heucheln, denn ich werde aus Verwandtschaftsgründen mitgezogen.

Jetzt tat ich jedenfalls so, als müsste ich mich ganz schnell dem Verkäufer am Kiosk zuwenden, damit der den *Pferdekauf* ja nicht an jemand anderen verkaufte. Ich war immer noch in Gedanken vertieft, als ich schließlich mit der Zeitung losmarschierte und dabei voll mit Clara zusammenstieß.

Sie lachte mich an. „Hi! Hast du den *Pferdekauf*? Lass mich mal gucken!"

Drei Minuten später waren wir beide in die Betrachtung eines wunderschönen tiefschwarzen Andalusierhengstes vertieft, der für nur fünfzigtausend Euro zum Verkauf stand. Dabei überhörten wir die Schulglocke. „Mist, und ich weiß noch nicht, wo meine Klasse ist!", erschrak Clara. „Jetzt komme ich gleich am ersten Tag zu spät! Oder hast du zufällig einen Schimmer, wo ich die 7 b finde?"

Ich grinste. „Mir nach!", sagte ich großzügig. „Wir haben jetzt Religion bei Frau Klapper. Wenn wir ordentlich beten, gewinnen wir vielleicht im Lotto."

Ich steckte das Heft mit dem Traumpferd ein und

lotste Clara durch die Schulflure. Im letzten Moment flitzten wir vor Frau Klapper in den Klassenraum und fielen auf zwei leere Plätze in der ersten Bank. Clara versuchte, sich unsichtbar zu machen, aber mit grünem Haar ist das gar nicht so einfach. Frau Klapper entdeckte die Neue sofort, bat sie vor die Klasse und stellte sie umständlich vor. Clara fügte der ohnehin gewagten Farbkombination ihrer Kleidung – ein pflaumenblaues, flauschiges Top mit einem pinkfarbenen Minirock – noch ein ausgeprägtes Rotwerden hinzu. Frau Klapper befragte sie nach ihrem alten Wohnort, ihren Lieblingsfächern und ihren Hobbys. Reiten natürlich. Damit war sie bei den anderen Mädchen in der Klasse sofort abgeschrieben. Es ist kaum zu glauben, aber bislang war ich in der 7 b die Einzige, die von Pferden statt von Boygroups schwärmte. Jessica und Lea waren beide in der 7 a. Schließlich rutschte Clara aufatmend neben mich. Ich schob ihr tröstend den *Pferdekauf* hinüber. Wir verbrachten die Stunde mit dem Ausfüllen eines Kreuzworträtsels – vielleicht gewannen wir ja eine Pferdedecke. Hinter uns beschäftigten sich Moira und ihre Freundin Ellen mit dem „Star Search der Woche“, auch etwas Kreuzworträtselartiges in *Teenworld*. Wahrscheinlich konnte man eine Unterhose von Brad Pitt gewinnen oder so was, zumindest sicher etwas, das mit Geld nicht zu kaufen war. Ansonsten hätte sich Moira nämlich keinen Denkanstrengungen unterworfen.

„Kommst du nachher in den Stall?“, fragte Clara nach der letzten Stunde. Ich schüttelte den Kopf.

„Nö, ich muss noch hierbleiben. Arbeitsgemeinschaft ‚Schönere Schule', von uns auch gerne ‚SchöSchu' genannt. Hast du dazu nicht auch Lust?" In unserer Schule wird von jedem Schüler die Mitarbeit in einer AG erwartet und verglichen mit Physik, Bio und Chemie gehört SchöSchu noch zu den harmloseren. Wir entwickeln darin Konzepte, wie wir trotz knapper Kasse den Schulalltag angenehmer gestalten können. Zum Beispiel mittels Spiel- und Ruheräumen für die Pause oder Graffiti an den Schulhofwänden.

Clara zuckte mit den Schultern. „Geht nicht, mein Bruder war schneller. Der hat sofort gesehen, wo man die ruhigste Kugel schiebt, und jetzt macht er die Schule schöner, während ich am Freitag im Chor singe. Beide am gleichen Tag AG klappt nämlich nicht. Einer muss immer die Ställe machen und die Pferde reiten."

Clara hatte mir vorher verraten, dass ihr Bruder Carsten auch auf unsere Schule ging. Er besuchte die neunte Klasse. Arbeitsgemeinschaften betraf das allerdings nicht, die waren jahrgangsübergreifend. Die Aussicht, Carsten kennenzulernen, versöhnte mich ein bisschen mit den weiteren Schulstunden ohne Clara. Wir verschoben den gemeinsamen Pferdenachmittag auf den nächsten Tag und ich machte mich auf den Weg in Richtung Cafeteria, während Clara nach Hause fuhr.

Die Cafeteria war ein Ergebnis unserer „Schönere Schule"-AG und ist in Zusammenarbeit mit der Koch-AG entstanden. Die Köche waren vor ein paar Monaten auf den Gedanken gekommen, täglich Snacks für die Schüler anzubieten, die nachmittags noch Unterricht hatten, und wir hatten das Raumproblem gelöst und die preiswerte Umgestaltung der alten Aula zum Schnellrestaurant übernommen. Zumindest hatten wir sie geplant und es wäre ein Heidenspaß gewesen, den Laden selbst zu renovieren. Aber dann war Moira von der Musik-AG in die SchöSchu gewechselt und schon sponserte uns ihr Vater eine astreine Cafeteria, mit edelster Bestuhlung, moderner Kunst an der Wand und einer Vollzeitkraft für die Küche. Die Koch-AG war also genauso schnell arbeitslos wie wir Freizeit-Maler und -Maurer. In Moiras Zeugnis stand daraufhin eine lobende Erwähnung ihrer AG-Aktivitäten, was wiederum meinen Onkel glücklich machte. Der träumt nämlich davon, sie nach der Schule mal auf eine amerikanische Elite-Uni zu schicken, und die achten bei der Aufnahme angeblich auf soziale Aktivitäten. Ob das allerdings reicht, wenn sich Moiras englischer Wortschatz weiterhin auf „Hi" und „Oops" beschränkt?

Wie auch immer. Jetzt hockten Moira und Ellen jedenfalls an einem der besten Tische und unterhielten sich sehr angeregt. Höchstwahrscheinlich ging es dabei um Jungen. Echte, aus der Schule, oder solche, die es wahrscheinlich nur in Zeitschriften wie *Teenworld* gibt. Als ich an den beiden vorbeiging, schnappte ich die Worte „krass", „cool" und „hip" auf. Alles offenbar bezogen auf einen in der Zeitschrift abgebildeten fetten Typen, der eine Totenkopfmaske trug. Ich schüttelte mich. Also, wenn ich mich mal verlieben sollte, dann höchstens in einen süßen Jungen mit langen, dunklen Haaren, der mit einem Friesenhengst vor mein Haus reitet …

Ich trug mein Tablett an einen Fenstertisch und blätterte gedankenverloren im *Pferdekauf* herum.

„Hi! Hab ich dich nicht gerade mit Kermit gesehen?“ Jemand platzierte sein Tablett neben meinem, und als ich aufsah, schaute ich in die gleichen grünen Augen mit braunen Sprenkeln darin, wie Clara sie hatte. Diese waren allerdings nicht lidstrichumrandet. Außerdem trug der Junge seine Haare nicht stoppelkurz, sondern halblang gelockt, und sie waren nicht grün, sondern flachsblond.

„Kermit?“, fragte ich verdutzt.

Der Junge grinste. „Meine Schwester Clara. Findest du nicht, dass ihr aktuelles Styling ein bisschen amphibienartig wirkt?“

Ich musste lachen. „Du bist in der falschen AG. Hier läuft gleich ‚Schönere Schule‘, nicht Bio.“

„Kann ich den Antrag stellen, Haarfarben zu verbieten, die sich mit dem Linoleumfußboden beißen?“ Carsten biss in sein Sandwich.

„Du kannst den Antrag stellen, den Fußboden auszutauschen. Aber mach dir keine Hoffnungen. Die Schule hat kein Geld für einen neuen. Im Moment diskutieren wir hauptsächlich die Schulhofbegrünung. Wobei sich in erster Linie die Frage stellt, ob der Etat Kressesamen erlaubt oder ob wir Löwenzahn nehmen müssen.“

„Otto frisst beides. Hast du da den *Pferdekauf*?

Kann ich mal gucken?“ Carsten griff nach meiner Zeitschrift und ich dachte sekundenlang darüber nach, wie er wohl auf meinem Traumfriesen aussehen würde. Vielleicht gar nicht so schlecht …

Inzwischen waren auch Moira und Ellen auf Carsten aufmerksam geworden. Sie starrten ihn vollkommen hemmungslos an und als ich aufstand, um mir noch eine Cola zu holen, hörte ich, wie Ellen „Süß!“ wisperte. Carsten hatte derweil im *Pferdekauf* den spanischen Rappen entdeckt und schien sich in Zorro-Fantasien zu ergehen. Mit meiner Cola in der Hand rückte ich etwas näher an ihn heran, um auch in die Zeitschrift gucken zu können. Die Versuchung, Moira zu ärgern, war einfach zu groß. Ihr Neid schien in dicken grünen Wellen zu uns herüberzuschwappen. Ich genoss jede Sekunde.

In der AG bildete ich dann auch gleich noch ein Team mit Carsten, wobei wir die Schulhofbegrünung ganz ernsthaft diskutierten. Carsten hatte die geniale Idee, das Ganze zu finanzieren, indem wir ein paar Wochenstunden in Baumschulen aushalfen und uns dafür die Pflanzen schenken ließen.

„Dann wissen wir auch gleich, wie wir sie pflegen müssen. Ich meine, ich weiß ja nicht, wie’s dir geht, aber ich hab keine Ahnung von Botanik. Abgesehen davon, dass ich weiß, welche Grünlinge mein Pferd nicht fressen darf.“

Ich nickte. „Großes Hufeisen: Die Giftpflanzen. Eibe, Goldregen, Liguster …“

„Schwarzes Bilsenkraut, Roter Fingerhut, Schöllkraut“, ergänzte Carsten. „Reitabzeichen III.“

„Wir könnten auch die Bio-AG einbeziehen!“, fiel mir plötzlich ein. Damit würden wir zumindest Lea glücklich machen. Bislang züchtete die Bio-AG nämlich schwerpunktmäßig allerlei Krabbeltiere, Fruchtfliegen und Stabheuschrecken. Lea kriegt schon die Krise, wenn sie an die Viecher nur denkt.

Carsten fand das gut und sicher hätte sich unsere Idee auch durchgesetzt, wenn man uns zur weiteren Gruppenarbeit nicht ausgerechnet mit Moira und Ellen zusammengepackt hätte. Die beiden hatten das Problem erst mal zeichnerisch gelöst und den Schulhof in einen Dschungel verwandelt.

„Aber das kostet doch ein Vermögen!“, wandte Carsten ein, doch dafür hatte Moira nur ein Schulterzucken übrig. Wenn sie Eukalyptusbäume wollte, würde ihr Vater sie wahrscheinlich aus Australien kommen lassen. Mit Koalas als Zugabe.

Insofern erübrigten sich auch alle weiteren Diskussionen und Moira und Ellen konnten sich ganz darauf konzentrieren, Carsten zu beeindrucken. Wobei vor allem Moira keineswegs völlig erfolglos blieb. Das ist nämlich auch so eine Sache mit meiner Cousine: Wenn alles so wäre, wie die Leute sagen, also mit ausgleichender Gerechtigkeit und so, dann müsste Moira klein, fett und pickelig sein. Ist sie aber nicht. Stattdessen kennt sie Clearasil nur vom Hörensagen, hat eine glatte, immer leicht gebräunte Haut, babyblaue Augen und honigblonde Haare. Als sie ihren unschuldigen Augenaufschlag probierte, lächelte Carsten auch sofort zurück.

„Und du gehst also reiten?“, flötete Moira und

setzte damit die letzten Flirt-Tipps aus *Teenworld* praktisch um: Sprich mit ihm über seine Hobbys!

Carsten nickte und erzählte von Otto, den er regelmäßig auf Springturnieren vorstellte.

„Ist das nicht wahnsinnig gefährlich?“, fragte Ellen beeindruckt.

„Auf jeden Fall aufregend!“, bemerkte Moira und fuhr sich mit dem Zeigefinger über die Lippen.

Es war nicht zum Aushalten! Ich würde im Boden versinken, wenn Carsten irgendwann rauskriegte, dass ich mit dieser Peinlichkeit verwandt war.

„Clara sagt, Otto wäre etwas hart im Maul“, versuchte ich, das Gespräch etwas intelligenter zu gestalten. Carsten schien ganz froh über den Themenwechsel.

„Ja, das ist ein Problem“, erklärte er ernst. „Hart im Maul und wenn man nicht aufpasst, rast er los wie von der Tarantel gestochen. Ich kriege ihn ganz gut versammelt, aber ohne Kraft geht nichts. Bei Kermit ist es so lala. Dressurmäßig hat sie es nicht so drauf, aber ein oder zwei E-Springen hat er schon mit ihr gewonnen. Das Problem ist, ihn ordentlich vor die Sprünge zu bringen. Er reißt nie, aber manchmal geht er ihr einfach durch und rennt Richtung Ausgang. Bei mir schafft er das nicht, aber wenn er zu heftig wird, verliere ich zwischen den Sprüngen Zeit, weil ich große Bögen reiten muss. Dann kann ich von Glück sagen, wenn ich platziert werde, an Sieg ist nicht zu denken. Auf die Dauer will ich ihn gehorsamer und wendiger, aber das ist viel Arbeit.“ Ich nickte. Ach, ich hätte auch gern ein

Pferd, mit dem ich arbeiten könnte und das Fortschritte machte, weil ich es trainierte!

Moira begann, sich zu langweilen. Carstens Probleme mit Otto interessierten sie wohl nicht. Also versuchte sie, ihn wieder auf sich zu konzentrieren.

„Du bist also jeden Tag im Reitstall? Wird dir das nicht zu langweilig? Besonders, wenn du so ganz allein trainierst?“ Wimpernklimpern. Moira wiederholte sich, aber Carstens Aufmerksamkeit hatte sie.

„Na ja, in netter Gesellschaft macht's natürlich mehr Spaß.“ Carsten zwinkerte jetzt auch. Ich dachte, ich sehe nicht richtig! Bisher schien er zwar männlich, aber sonst ganz normal zu sein, und jetzt flirtete er allen Ernstes mit Moira!

Während ich mich innerlich immer noch aufregte, rief uns der AG-Leiter in den Stuhlkreis, um die Ergebnisse der Gruppenarbeit vorzustellen. „Wer liest vor?“, fragte Carsten und schien zwischen unseren Notizen und Moiras Zeichnung zu schwanken.

„Ach, das mach ich schon …“, säuselte Moira und ließ unseren Zettel unter ihrem Bild verschwinden.

Ich hörte gar nicht hin und auch die Ergebnisse der anderen Gruppen waren mir inzwischen egal. Letztlich würde es sowieso darauf hinauslaufen, dass Moiras Vater uns den Dschungel finanzierte. Vor meinem geistigen Auge sah ich Moira und Carsten als Tarzan und Jane.

Na ja, morgen würde ich Otto kennenlernen. Besser ein hartes Maul als eine weiche Birne.

Auftritt: Moira

Als ich am nächsten Nachmittag zum Reitstall radelte, fiel mir siedend heiß ein, dass Donnerstag und damit Kindertag war. Ich würde also keineswegs mit Clara schwatzen und ihr die Schulpferde vorstellen können, sondern musste zunächst eine Zweitausgabe von Lotti ertragen. Zum Glück fand Clara das nicht schlimm, ganz im Gegenteil. Clara liebte Kinder!

Sie schnappte sich sofort zwei Minis, drückte ihnen Halfter in die Hand und zog los, um Bonnie und Hucky von der Weide zu holen. Fasziniert beobachteten Frau Kuhlmann und ich, wie sie anschließend Anne – die Lotti der Donnerstagsstunde – behutsam an das Pony Micky heranführte und sie allen Ernstes dazu brachte, es selbst zu putzen.

„Gibt's eigentlich auch grüne Pferde?", fragte Anne mit bewunderndem Blick auf Claras Haar.

Clara lachte. „Nicht von Natur aus, aber mein Bruder und ich haben Albas Fell mal mit Lebensmittelfarbe gefärbt, als meine Mutter Geburtstag hatte. In Pink sah sie super aus! Nur beim nächsten

Turnier sind wir etwas aufgefallen. Die Farbe wusch sich halt doch nicht so schnell raus …“

Clara führte Micky und Anne in die Halle und Frau Kuhlmann und ich folgten ihr mit den anderen Kindern und Ponys. Frau Kuhlmann standen dabei die schlimmsten Befürchtungen ins Gesicht geschrieben. Demnächst sollte sie Carsten und Clara für Turniere trainieren. Ihre Chance, im Reitsport aufs Neue Fuß zu fassen. Aber was würden die Richter sagen, wenn sie ein grünhaariges Mädchen mit pinkfarbenem Pferd ins Rennen schickte?

Clara führte Anne geduldig durch die Reitstunde, während ich mich bemühte, einen kleinen Jungen zu bremsen, der pausenlos „Hüh!“ schrie und versuchte, sein Pony in Cowboy-Manier anzutreiben.

Schließlich waren wir fertig und ich führte Clara durch den Stall. Wie erwartet fand sie die fünf Ponys süß, aber auch mein Lieblingsschulpferd Abendfee, eine alte Vollblutstute, gefiel ihr. Die anderen Schulpferde rissen sie dagegen nicht vom Hocker. Verglichen mit Alba waren es einfach nur langweilige Warmblüter ohne besondere Ausstrahlung. Insofern wechselten wir auch bald in den Privatstall. Otto wieherte uns lauthals zu.

„Ist der goldig!“, begeisterte ich mich und streichelte ihn. Was würde ich darum geben, wenn *mich* mal ein Pferd so begrüßte!

„Na ja, sein riesiger Kopf ist schon etwas gewöhnungsbedürftig“, meinte Clara und zückte eine Möhre. Otto biss brav die Hälfte ab und Clara verfütterte den Rest an Alba.

„Soll ich dir Otto schon mal putzen?“, bot ich an. „Ich meine, wenn du doch beide reiten musst …“

„Ich reite nur Alba, gleich in der Vier-Uhr-Stunde. Carsten hat heute zwar Sport, aber er kommt trotzdem noch und bewegt Otto selbst.“ Clara halfterte Alba auf und brachte sie auf die Stallgasse.

Wenn ich gewusst hätte, dass ich heute noch Carsten treffe, hätte ich wahrscheinlich was mit meinen Haaren angestellt. Heute Morgen hatte ich sie extra gewaschen, damit ich neben der aufgestylten Clara keinen gar so langweiligen Eindruck machte. Aber inzwischen hingen sie schon wieder traurig in der Gegend herum und der Pony war fettig. Während Clara sattelte, ging ich aufs Klo und versuchte zu retten, was zu retten war. Ein Pferdeschwanz, zusammengefasst mit einem Mähnengummi? Dann sah man die Pickel an den Schläfen. Oder alles ins Gesicht kämmen? Nein, das wirkte, als hätte jemand einen Topf Nudeln über meinem Kopf entleert … Hoffnungslos. Wer auf mich stand, musste sich schon auf die inneren Werte konzentrieren. Da fielen mir zwar auch keine ein, aber wenn mein Prinz eines Tages käme, würde er schon etwas Liebenswertes an mir finden. Otto brummelte freundlich, als ich vorbeiging. Na also. Der wusste mich zu schätzen!

Clara hatte Alba inzwischen in die Halle geführt und ich sah der Reitstunde zu. Frau Kuhlmann verfolgte mit strengem Reitlehrerblick das Warmreiten vor der Stunde und setzte Clara dann gleich an die Tete. Alba ging wirklich schön, sie bewegte sich harmonisch, kam leicht an den Zügel und ließ Clara auch ausgezeichnet sitzen. Die beiden sahen richtig professionell aus, kein Wunder, dass sie schon öfter Turnierschleifen geholt hatten. Ansonsten lief die Vier-Uhr-Reitstunde aber nicht viel anders ab als mein eigener Unterricht am Freitag. Wir galten zwar als Fortgeschrittene, aber auf Turnieren nennt man das Niveau, auf dem wir ritten, nur *E*, für *Einsteiger*, oder allenfalls *A* für *Anfänger*. Clara hatte mir erzählt, dass sie bislang in drei E-Dressuren platziert war und neuerdings in A startete. Beim E-Springen hatte sie schon zweimal gewonnen, aber sie gab zu, dass das mehr Zufall war. „Wenn Otto einen guten Tag hat, trägt er auch einen nassen Sack über die Sprünge."

Als die Stunde halb um war, sah Frau Kuhlmann auf die Uhr.

„Hanna, kannst du mir einen Gefallen tun und Beachboy von der Weide holen?" Beachboy ist unser Voltigierpferd und trägt auch Anfänger durch die ersten Longenstunden. „Ich habe um halb sechs eine neue Schülerin, kam ganz überraschend, die Leute haben gestern erst angerufen. Nimm sie mit, falls sie schon da ist, und zeig ihr den Stall. Das Satteln mache ich dann mit ihr zusammen ..."

Frau Kuhlmann legte viel Wert darauf, dass wir nicht nur zum Reiten kamen, sondern unsere Pferde auch selbst putzten und sattelten. Wenn die neue Schülerin um halb sechs aufs Pferd sollte, war sie garantiert für fünf Uhr bestellt. Meistens kamen die Neuen sogar noch etwas früher – schließlich konnten sie es ja gar nicht erwarten, endlich aufs Pferd zu kommen. Bislang sah ich allerdings kein neues Gesicht im Stall und ging folglich allein zur Weide. Beachboy guckte nicht gerade begeistert, anscheinend hatte er sich schon auf einen freien Tag eingestellt. Auf jeden Fall hatte er sich gründlich gewälzt, er war drecküberkrustet. Die Neue konnte also gleich Putzen lernen.

Als ich Beachboy in den Stall führte und auf der Stallgasse anband, war sie allerdings immer noch nicht da. Seufzend griff ich zum Striegel. Es würde Stunden dauern, den Fuchs zu reinigen. Wenn ich es Frau Kuhlmann überließe, würde sie nie rechtzeitig zur Longenstunde fertig werden.

Als ich gerade die ersten Staubwolken aus Beachboys Fell aufsteigen ließ, kam Carsten herein.

„Hi! Willst du auch gleich reiten?“, fragte er mich. Anscheinend hielt er Beachboy für mein Privatpferd.

„Nö, ich mache hier nur Stallmädchen. Gleich kommt eine Neue und einer muss ihr das Pferd ja aufstylen“, gab ich kurz zurück.

„Dann schmink ihn mal schön, damit er einen guten Eindruck macht“, grinste Carsten und verschwand im Privatstall.

Ich ärgerte mich. Musste ich immer versuchen, witzig zu sein? Und war das jetzt womöglich eine Anspielung darauf, dass ich mich selbst so gar nicht schminkte? Was das anging, musste unbedingt was passieren … Gedankenverloren striegelte ich Beachboy, bis sein Fell wieder glänzte. Der gesamte Staub lagerte sich derweil auf meinen Haaren, in meinem

Gesicht und auf meinem Pulli ab. Die Freuden der artgerechten Pferdehaltung …

Kurz nach fünf kam Frau Kuhlmann in den Stall, aber von der Neuen war immer noch nichts zu sehen. Frau Kuhlmann schaute missbilligend.

„Sie scheint sich zu verspäten. Sattelst du ihn eben auf?“

Was blieb mir anderes übrig? Ich fuhr noch einmal mit einer weichen Bürste über Beachboys Fell und holte dann den Sattel. Punkt halb sechs stand der Wallach fertig auf der Stallgasse und ich versuchte, mir den Staub aus den Klamotten zu schütteln. Als ich es gerade aufgeben wollte, öffnete sich die Stalltür und ein blondes Mädchen kam herein.

Es war … nein, das konnte nicht sein. Bestimmt war es eine Art Fata Morgana, genug Staub hatte ich ja gerade geschluckt. Oder vielleicht blendete die Sonne und ließ das Bild vor mir verschwimmen?

In der Tür stand Moira. Sie trug einen dunkelblauen Pulli mit dezent aufgesticktem Label – *Tete – Reitmoden für Anspruchsvolle*, eine blau und pink karierte, perfekt geschnittene Reithose und sündhaft teure Lederstiefel. Das blonde Haar hatte sie zu einem fachgerechten Knoten geschlungen, die Reitkappe trug sie lässig in der Hand. Vom ersten Eindruck her konnte man annehmen, dass sich hier mindestens eine Olympiateilnehmerin die Ehre gab. Fehlte nur noch das rassige Vollblut …

„Putzt du hier die Pferde?“, fragte Moira.

Ich hatte das Gefühl, gleich im Boden zu versinken.

Bevor ich etwas erwidern konnte, erschien allerdings Frau Kuhlmann. Sie musste Moira gehört haben und hatte sicher schon einen Kommentar auf der Zunge. Aber der Anblick ihrer neuen Schülerin verschlug selbst ihr dann erst mal die Sprache.

Gewöhnlich absolvieren Reitanfänger ihre ersten Longenstunden in Jeans und Turnschuhen oder Gummistiefeln. Schließlich mussten sie ja erst mal herausfinden, ob ihnen der Sport überhaupt gefiel, bevor sie viel Geld in das entsprechende Outfit steckten. Als Erstes wurde dann meist eine Reitkappe gekauft, aber für die „Schnupperstunden" hielt Frau Kuhlmann auch Leihkappen bereit. Auf Moiras Kostümierung war hier niemand vorbereitet. Immerhin fing Frau Kuhlmann sich schnell wieder.

„Im Allgemeinen putzen die Reiter ihre Pferde hier selbst, Moira!", erklärte Frau Kuhlmann streng. „Es nützt schließlich nichts, reiten zu lernen, wenn man sein Pferd nicht selbst aufzäumen und satteln kann. Aber da du dich heute verspätet hast, war Hanna so nett, Beachboy für dich vorzubereiten. Und nun komm, wir wollen nicht noch mehr Zeit verlieren."

Frau Kuhlmann zeigte Moira, wie man ein Pferd fachgerecht führt, griff ihrerseits nach Longe und Longierpeitsche und dirigierte Mädchen und Pferd dann in die Halle. Ich blieb erschlagen zurück.

Was sollte das? Wieso nahm Moira plötzlich Reitstunden? Bisher hatte sie sich kein bisschen für Pferde interessiert! Mit zitternden Händen verstaute ich das Putzzeug. Als ich gerade die Stallgasse fegte, führte Carsten Otto vorbei.

„Kermit mistet noch schnell Albas Stall aus“, informierte er mich über Claras Ausbleiben. „Sie kommt gleich in die Halle, soll ich dir sagen. Darf ich da überhaupt reiten, wenn Frau Kuhlmann Longenstunden gibt?“

Carsten schien nicht sehr erpicht darauf, auf den Außenplatz zu gehen. Kein Wunder, es hatte gerade zu regnen begonnen.

Ich sagte ihm, dass Frau Kuhlmann nichts dagegen haben würde, solange er sie nicht störte. Dabei stieg sanfte Schadenfreude in mir auf. Egal, wie elegant Moiras Outfit war: Ein Anfänger in der ersten Reitstunde ist ein kläglicher Anblick. Bei Carsten würde sie heute sicher nicht punkten.

Als die Stallgasse sauber war, folgte ich Carsten in die Halle und sah mir das Trauerspiel selber an. Moira hing jämmerlich auf Beachboy und schien sich auch etwas zu fürchten. Jedenfalls umklammerte sie panisch den Sattelknauf, statt locker und unverkrampft zu sitzen. Carsten dagegen saß sicher auf seinem riesigen Pferd. Er ritt Otto erst im Schritt warm und nahm dann langsam die Zügel auf. Otto behagte das nicht. Er ließ sich lange bitten, bis er endlich den Hals rund machte.

„Mehr mit dem Kreuz treiben, Carsten, ich weiß, er legt sich auf die Hand, aber durch Riegeln wird das nicht besser. Lass die Hand stehen und treib ihn von hinten an den Zügel heran!“ Frau Kuhlmann schien Carsten auch viel interessanter zu finden als ihre Schülerin auf Beachboy. Immer wieder schaute sie zu ihm hinüber.

Als Carsten sein Pferd gerade angaloppierte, ließ sich Clara auf die Bank neben mich fallen.

„Was ist das denn? Barbie in der ersten Reitstunde?“

Ich lachte.

„Das ist Moira“, stellte ich vor. „Die kennst du doch aus der Schule.“ Da es sich gerade anbot, beichtete ich auch gleich unsere verwandtschaftlichen Beziehungen.

Clara sah mich mitleidig an. „So hat eben jeder sein Schicksal!“, sagte sie theatralisch und dann brachen wir beide in Kichern aus. Es sah aber auch zu komisch aus, wie Moira sich da in ihrem Olympiasieger-Outfit mit den ersten Balanceübungen herumschlug.

Moira sah ungnädig zu uns herüber und warf anschließend Carsten einen deutlich freundlicheren Blick zu.

„Die ist scharf auf meinen Bruder“, erklärte Clara mit Kennermiene. „Garantiert, deshalb hat sie plötzlich ihre Liebe zum Pferd entdeckt. Und der Rest des Reitstalls wird ihm auch noch verfallen. Jungs, die reiten, sind einfach zu selten, auf Carsten fahren alle ab. Aber die hier ist ja wohl die Härte!“

Als Moira steifbeinig vom Pferd rutschte – Longenunterricht dauert immer nur eine halbe Stunde –, registrierte ich den perfekten Sitz ihrer blau-pink-karierten Reithose. Carsten sah ihrem Abstieg interessiert zu und wechselte dann auch noch ein paar Worte mit ihr, bevor sie die Halle verließ. Sie lächelte, zeigte das übliche Wimpernklimpern und strich sich das unter der Reitkappe feucht gewordene Haar aus dem Gesicht. Wie schaffte sie es nur, dass sich aus ihrer Frisur nur eine vorwitzige Strähne löste und nicht gleich alles zusammenbrach, wie bei mir?

„Moira, willst du dein Pferd nicht mitnehmen?“, fragte Frau Kuhlmann. Sie hatte eben noch die Longe aufgerollt und dabei gar nicht bemerkt, dass ihre Schülerin sich einfach aus dem Staub machen wollte. „Wenn du schon zum Aufsatteln zu spät gekommen bist, wirst du mir wenigstens jetzt helfen! Ich zeige dir, wie man absattelt, und dann kannst du ihn duschen.“

„Wie werden sich wohl die Lederstiefelchen mit dem Matsch am Waschplatz vertragen?“, witzelte Clara. „Wetten, dass Barbie heute schon genug vom Reiten hat?“

Ich war mir da nicht so sicher. Moira mochte vom Reiten nicht begeistert sein. Aber garantiert hatte sie noch nicht genug von Carsten!

Reitlehrgang im Schnelldurchlauf

Natürlich behielt ich recht. Tatsächlich war Moira sogar gleich am nächsten Tag wieder im Reitstall! Das zweifelhafte Vergnügen, gemeinsam mit Carsten zu reiten, fiel diesmal allerdings mir zu. Am Freitag war meine wöchentliche Reitstunde und zu meiner Überraschung führte Carsten Otto in die Bahn.

„Du machst bei uns mit?“, fragte ich verwundert. Carsten hatte schon das Reitabzeichen und immerhin ein eigenes Pferd. Ich hatte gedacht, er würde Privatstunden nehmen.

„Wenn’s dich nicht stört“, grinste Carsten.

Ich wurde rot. „Natürlich nicht. Ich meinte ja bloß …“ Zum Glück kam jetzt gerade Frau Kuhlmann herein und in der nächsten Stunde versuchte ich fieberhaft, Carsten durch meine Reitkünste zu beeindrucken. Abendfee und ich sahen bestimmt sehr schön zusammen aus. Carsten hatte allerdings genug damit zu tun, seinen Otto zu versammeln. Dazu verfolgte ihn Frau Kuhlmann von der ersten Minute an mit ihren Anweisungen. Carsten bemerkte mich folglich nur einmal – als wir beim Handwechsel während des Warmreitens beinahe zusammenstießen. Er lächelte mich kurz an.

Als wir die Pferde schließlich hinausführten, wartete Moira bereits auf der Stallgasse. Diesmal im pinkfarbenen *Tete*-Pullover. Ich grinste schadenfroh. Wenn Beachboy heute wieder so aussah wie gestern, würde das gute Stück schon vor Beginn der Reitstunde ergrauen.

Auf jeden Fall ließ Frau Kuhlmann ihre neue Schülerin diesmal nicht entkommen. Moira musste ihr Pferd selbst holen und fertig machen.

„Ich dachte, dafür gäbe es Stallburschen!", hörte ich sie murren, als ich aus Abendfees Box kam.

Frau Kuhlmann lachte. „Tja, das Mittelalter ist vorbei, Moira! Stallpersonal kann sich heute kaum noch jemand leisten, und wenn, dann bezahlt man höchstens für die Hilfe beim Ausmisten, aber nicht beim Satteln. Das ist schließlich keine schwere Arbeit. Im Gegenteil, eigentlich macht es doch Spaß, mit Pferden umzugehen!"

Moiras Begeisterung hielt sich in Grenzen. Sie sah auch deutlich weniger barbiehaft aus, als sie Beachboy diesmal in die Halle führte. Ihr Pulli war staubig und die Reithose trug erste Sabberspuren.

Als ich in die Halle kam, um zuzusehen, gesellte sich Lea zu mir. Wir grinsten uns vielsagend an. Im Grunde wollte Lea aber etwas ganz anderes, als mit mir über Moira zu lästern.

„Sag, dieser Carsten ...", begann sie, nachdem wir Moiras traurigen Leichttrabversuchen ein paar Minuten zugesehen hatten. „Ist das echt der Bruder von Clara aus deiner Klasse? Und in der SchöSchu-AG bist du auch mit ihm zusammen, nicht?“

Ich nickte, aber bevor ich etwas sagen konnte, öffnete sich auf der anderen Seite der Reithalle das Tor zum Privatstall. Carsten trat ein. Lea winkte ihm begeistert zu, aber er schien uns nicht zu bemerken. Auf jeden Fall machte er sich nicht die Mühe, die Reitbahn zu umrunden, um sich zu uns zu setzen. Stattdessen verfolgte er Moiras Reitstunde direkt von der Bande aus. Lea starrte ihn an.

„Wie ist er denn so?“, fragte Lea.

Ich zuckte mit den Schultern. Carsten ließ Moira keine Sekunde aus den Augen und schien dabei die Welt um sich herum vollkommen zu vergessen.

„Ein Junge halt …“, murmelte ich.

Moira konnten wir von nun an jeden Tag im Reitstall bewundern. In der nächsten Woche alternativ in einer quietschgelb-lila karierten Reithose. Dabei war es faszinierend, wie schnell sie Fortschritte machte. Schon nach drei Wochen saß sie besser zu Pferd als die meisten Mädchen der Anfängerabteilung. Ich erzählte Clara von meinen Beobachtungen, als wir am ersten schönen Nachmittag dieses bislang reichlich verregneten Frühlings neben dem Außenplatz saßen. Frau Kuhlmann unterrichtete zum ersten Mal draußen, die Pferde waren aufgekratzt und auch die Reiter schienen jede Menge Spaß zu haben.

„Kunststück, bei den vielen Reitstunden“, bemerkte Clara desinteressiert. „Du meinst wirklich, ‚Nebel‘ heißt auf Englisch ‚mist‘?“

Wir waren dabei, Hausaufgaben zu tauschen. Clara hatte Mathe gemacht, ich war mit Englisch dran.

„Schlag's nach, wenn du mir nicht glaubst. Aber Moira – sie reitet noch nicht mal einen ganzen Monat! Und die Mädchen hier sind über ein halbes Jahr dabei." Ich kam einfach nicht über die Fortschritte meiner Cousine hinweg.

„Dafür reitet Moira aber jeden Tag!", mischte sich Lea ein. Sie saß mit Jessica eine Bank weiter und schrieb ebenfalls Hausaufgaben ab. Zu blöd, dass die zwei in der Parallelklasse waren! Sonst hätten wir die Arbeit auf vier Leute verteilen können!

„Denk doch mal nach, Hanna! Die meisten, die hier anfangen, haben eine Stunde in der Woche. Und jammern schon, wenn sie mehr als einen Monat an der Longe reiten müssen. Das ist schließlich auch ein Kostenfaktor. Wie viele Longenstunden hattest du?"

„Vier", antwortete ich.

„Ich hatte fünf", meinte Lea. „Und jetzt guck dir mal Moira an: Wenn sie noch eine Woche durchhält, dann hat sie zwanzig Stunden! Das entspricht fünf Monaten Reiten bei normalem Ablauf! Mal ganz abgesehen davon, dass man natürlich schneller lernt, wenn man jeden Tag Unterricht bekommt und nicht nur einmal in der Woche, und dass man mehr mitkriegt, wenn man den Lehrer für sich allein hat. Sag selbst, wer von uns hatte denn mehr als, sagen wir mal, sechs Longenstunden?"

„Ich", bemerkte Clara und sah von ihrem Heft auf. „Carsten und ich hatten Hunderte! Meine Mutter hatte solche Angst, dass wir ihrer geliebten Alba im Maul rumreißen, dass sie uns fast ein Jahr lang nur longiert hat. Deshalb habe ich ja jetzt so einen guten Sitz und eine so lausige Zügelführung."

Frau Kuhlmann pflegte Claras Reitstil *passiv* zu nennen. Sie sah auf dem Pferd bildschön aus, aber sie tat nicht allzu viel, sondern erwartete, dass das Pferd sie von selbst durch die Aufgaben trug.

„Aber du musstest dafür nicht jedes Mal achtzehn Euro bezahlen", sagte Jessica neidisch.

Clara schüttelte den Kopf und grinste. „Natürlich nicht. Alba nimmt ihr Schmerzensgeld in Möhrenform." Wir lachten alle, aber ich verspürte auch wieder mal Neid. Nicht auf Clara, dazu mochte ich sie zu gern, aber auf Moira. Zwanzig Longenstunden in einem Monat! Zwei Garnituren Reitzeug, edle Lederstiefel ... Was mochte als Nächstes kommen?

Moira war zurzeit der angesagte Gesprächsstoff im Reitstall, aber wenn die Mädchen nicht gerade über sie herzogen, ging es um Carsten. Clara bekam davon natürlich nichts mit, aber wenn sie nicht da war, löcherte mich der halbe Stall nach meiner Bekanntschaft mit den Geschwistern Mohn. Dabei begannen die Mädchen meist mit einer freundlichen Bemerkung über Clara, um dann wie zufällig zum Thema Carsten überzuwechseln. Wenn ich dazu nichts sagen konnte – schließlich war ich ja nicht mit dem Typen verheiratet, sondern hatte nur zwei Schulstunden mit ihm gemeinsam! –, fingen sie kurz darauf selbst an zu reden. Wie wahnsinnig süß Carsten wäre, wie cool er auf Otto aussähe und welchem Boygroup-Star er angeblich zum Verwechseln ähnlich sah. Ich persönlich fand das gar nicht. Meine Begeisterung für Carsten wurde ein wenig getrübt, seit Moira und Ellen ihn vor den SchöSchu-Stunden auf peinlichste Weise mit Beschlag belegten. In der Woche nach Moiras erster Reitstunde hatte er sich zwar noch zu mir gesetzt – klar, da konnte er wieder den *Pferdekauf* schnorren! –, aber dann erschien Moira und ließ sich ungefragt neben ihn fallen. Sie betrachtet die Cafeteria als ihr persönliches Wohnzimmer. Würde ich vielleicht auch machen, wenn mein Vater sie bezahlt hätte …

Jedenfalls fing sie sofort an, Carsten mit Fragen zu löchern. Warum man beim Reiten die Absätze tief halten müsse. Und wieso Frau Kuhlmann sie ständig ohne Bügel reiten lasse. Was „Treiben aus dem Kreuz heraus" bedeute … Ich konnte mir nicht vorstellen, dass Moira sich wirklich für all das interessierte, aber Carsten antwortete geduldig und schien die Reitlehrerrolle sogar zu genießen. Mein Bedarf war endgültig gedeckt, als Ellen zu uns stieß und ständig Bemerkungen wie „Das ist aber interessant …" dazwischenwarf. Seitdem brachte ich mir mein Essen von zu Hause mit und las die *Pferdekauf* in der Pausenhalle.

Allerdings war es mir kaum möglich, Moira und Carsten auf Dauer aus dem Weg zu gehen. Dafür war ich zu oft im Reitstall und meist natürlich zusammen mit Clara. Wenn ich ihr half, Alba zu putzen oder Flechtfrisuren an ihrer Mähne auszuprobieren, traf ich zwangsläufig häufig auf Carsten. Er nahm dann meist keine große Notiz von uns und mich sprach er dabei sowieso nicht an. Seine Bemerkungen richteten sich nur an Clara und beschränkten sich auf „Wo hast du denn bloß wieder die Bandagen?“ oder „Jetzt musst du sie nur noch rosa färben, dann sieht sie total wie ein Barbie-Pferdchen aus“.

Es war mir ein Rätsel, weshalb Lea und Jessica mich um diese Begegnungen dermaßen beneideten. Aber die zwei fuhren völlig auf Carsten ab und wurden jedes Mal knallrot, wenn er ihnen zufällig über den Weg lief. Ihn dabei anzusprechen, hätten sie nie gewagt. Ganz anders Moira. Die strahlte Carsten ungeniert an und drängte sich derart auf, dass mir schon schlecht wurde, wenn ich sie nur sah.

„Ach, Carsten, kannst du mir nicht eben noch mal zeigen, wie man das macht, mit dem einen Schenkel am Gurt und dem anderen hinterm Gurt?“

Dabei schwang sie sich vor seiner Nase auf das Holzpferd der Voltigiergruppe und erwartete, dass er ihre Beine ergriff und an der richtigen Stelle platzierte. Carsten tat das meist auch, allerdings ohne dabei rot zu werden. Er guckte eher geschäftsmäßig, mit dem Ausdruck des geduldigen Reitlehrers. Moira strahlte nichtsdestotrotz. Schließlich kam ihm kein anderes Mädchen in der Reitschule so nahe.

Und dann kam der Tag, der mir den nächsten Schlag versetzte. Frau Kuhlmann ließ Moira endlich von der Longe – und gab ihr Abendfee für die erste Stunde! Das allein hätte schon gereicht, mich in Rage zu bringen. Normalerweise bekommen nur sensible, fortgeschrittene Schüler die empfindliche Vollblutstute. Aber es kam noch etwas dazu: Auch

Moiras weitere Reitstunden waren Privatstunden! Frau Kuhlmann reservierte die Halle ganz allein für sie und kommentierte jede Bewegung, die Moira im Sattel falsch oder richtig machte. Im Stall sorgte das für eine kleine Sensation. Sicher, auch Carsten und Clara hatten Einzelstunden, aber die bereiteten sich schließlich auf die Turniersaison vor. Dazu gab es zwei oder drei Privatreiter, die sich ab und zu eine Privatstunde gönnten. Anfänger im Einzelunterricht hatten wir jedoch noch nie erlebt! Erst recht keine, die sich vier oder fünf Einzelstunden pro Woche leisten konnten. Moira jedoch fuhr mit ihrem täglichen Unterricht fort. Jeden Tag von fünf bis sechs gehörte die Reithalle ihr! Natürlich machte sie in null Komma nichts Fortschritte und löcherte Carsten inzwischen sogar mit Fragen zum Springen.

„Wenn das Wetter jetzt so schön wird, müssen wir mal zusammen ausreiten!“, bemerkte sie eines Tages mit ihrem bekannten, betörenden Augenaufschlag. Carsten sagte nichts dazu, aber Clara schlug die Augen gen Himmel. „Das dauert wohl noch“, tröstete sie mich hinterher. Die Sache mit dem Ausritt hatte mich mal wieder tief getroffen. Ich träumte seit Jahren davon, einmal ins Gelände zu gehen, aber Frau Kuhlmann bietet Ausritte nur zusätzlich zum normalen Unterricht an. Das konnte ich mir bisher nie leisten, obwohl ich immer wieder Ansätze machte, dafür zu sparen.

„So schnell lässt Frau Kuhlmann sie nicht ins Gelände. Ein Jahr müsste sie dafür mindestens reiten. Oder sie bräuchte ein eigenes Pferd …“

Geburtstags-überraschung

Zwei Wochen später, Anfang Mai, war mein Geburtstag. Clara, Jessica und Lea erwarteten mich schon vor Schulanfang in der Pausenhalle. Sie johlten derart falsch *Happy Birthday*, dass ich mich fragte, wie Clara und Jessica wohl in der Musik-AG überlebten, und überreichten mir ein Gemeinschaftsgeschenk. Es war ein Stoffpferdchen mit einem Umschlag um den Hals. Neugierig löste ich die Schleife.

Clara konnte es vor Aufregung kaum abwarten.

„Wir haben zusammengelegt, weil es für eine etwas teuer gewesen wäre. Aber wir wussten doch, wie sehr du es dir wünschst."

Inzwischen hatte ich den Umschlag geöffnet und ein Kärtchen herausgeholt.

„Gutschein für einen zweistündigen Ausritt am Sonntag, dem 20. Juni. Herzlichen Glückwunsch zum Geburtstag, Marion Kuhlmann."

Ich war schon ganz außer mir vor Glück, bevor ich den kleineren Zusatz unten auf der Karte entdeckte.

„PS: Dein Pferd heißt Abendfee."

Nun konnte ich mich überhaupt nicht mehr halten. Ich umarmte meine Freundinnen und tanzte wild auf dem Gang herum.

Moira gratulierte mir erheblich zurückhaltender. Mir graute schon davor, dass sie heute Nachmittag zum Kaffeetrinken kommen würde. Es war immer so: Bei mir gab es Kaffee und Kuchen und abends Kartoffelsalat mit Würstchen und am nächsten Tag feierte Moira eine richtige Party mit Livemusik und Catering-Service. Zum Glück waren immer mindestens fünfzig Leute eingeladen, sodass ich Moira dabei aus dem Weg gehen konnte. Bei meiner Feier war das dagegen nicht so einfach, aber meistens schneiten Moira und ihre Mutter nur kurz herein und gaben ein Geschenk ab. Schließlich gab es ja immer noch „soo viel vorzubereiten für morgen!“.

„Hat sie euch eigentlich auch eingeladen?“, fragte ich Clara später, als wir andere Mädchen über Moiras kommende Fete reden hörten.

Clara nickte grinsend. „Was denkst du denn? Wahrscheinlich hofft sie, dass Carsten sie dabei feierlich um ihre Hand bittet. Das wird bloß nichts. Mein geliebter Bruder kriegt morgen einen Weisheitszahn gezogen. Und hinterher hört er wahrscheinlich lieber still für sich die Englein singen als die Boygroup bei Moiras Party.“

Ich dankte Carstens Zahnarzt im Stillen für seine geniale Terminplanung.

Lea und Jessica erschienen am Nachmittag pünktlich zum Kaffee und schaufelten Berge von Schokoladentorte in sich hinein. Was das angeht, schlägt meine Mami nämlich jeden Catering-Service, ihre Torten sind unübertroffen. Dabei redeten die beiden abwechselnd von Carsten und von Pferden, wobei Lea eine Neuigkeit beisteuern konnte. Angeblich wurde im Reitstall ein neues Einstellpferd erwartet. Mein Herz machte einen Hüpfer. Neues Pferd, neues Glück. Ich war dreizehn, also endlich ein Teenager, und hatte vielleicht bald ein eigenes Pflegepferd!

Ich revanchierte mich mit der Nachricht von Carstens Weisheitszahn, woraufhin Lea und Jessica ihn wortreich bedauerten. Als Jessica gerade von der lebensgefährlichen Zahnoperation ihres Cousins erzählte, kamen Moira und ihre Mutter zur Tür herein. Tante Uschi überreichte mir ein großes Buch über Pferde und verzog sich dann mit meiner Mutter in die Küche, um „ein wenig zu plaudern. Hier redet ihr ja doch nur über Pferde. Moira jedenfalls hat nichts anderes mehr im Kopf, seit sie sich entschlossen hat zu reiten."

Meine Mutter guckte ungefähr so begeistert, als stünde ihr ebenfalls eine Zahnoperation bevor, und auch bei uns hielt sich die Fröhlichkeit in Grenzen. Aus purer Gemeinheit erzählte ich noch mal von Carstens Zahnarzttermin. Jetzt war wenigstens auch Moira die Laune verdorben. Unlustig kaute sie an einer Salzstange. Die Torte hatte sie abgelehnt. „Bloß nicht, ich werde viel zu dick! Schließlich will ich doch meine Reithose nicht sprengen!"

„Och, du kannst gern bei den Kindernachmittagen helfen kommen", witzelte Lea. „Wenn du zweimal in der Woche kleine Nervensägen im Kreis führst, brauchst du dich um dein Gewicht nicht zu sorgen!“ Jessica und ich kicherten und nahmen uns demonstrativ noch ein Stück Torte. Moira lief das Wasser im Munde zusammen.

Dann klingelte es.

„Das ist bestimmt Clara“, meinte ich und stand auf. „Sie sollte schon längst da sein, auch wenn sie noch Albas Box machen musste.“

Tatsächlich stand Clara, noch in Reithosen und Stallpulli, vor der Tür. „Sorry, dass ich so spät bin. Aber ich habe eben das tollste Pferd aller Zeiten gesehen. Echt, das kannst du dir nicht vorstellen, ein Pferd wie aus dem Bilderbuch ...“

Clara stürmte ins Zimmer und überschüttete nun auch Lea und Jessica mit einem Wortschwall. „Eine Rappstute. Nicht so riesig, eher wie Alba, vielleicht ein oder zwei Zentimeter größer. Mit einer süßen, kleinen Schnippe auf der Nase und einem winzigen Wölkchen auf der Stirn. Sie sieht damit ganz goldig aus, ein bisschen verschmitzt. Bewegungen hat sie – das müsst ihr einfach gesehen haben. Frau Kuhlmann hat sie in der Halle geritten, deshalb bin ich so spät, denn ich musste einfach zuschauen! Sie geht nicht, sie tanzt! Butterweich am Zügel, super zu sitzen, meint Frau Kuhlmann, und perfekt A ausgebildet. Sie kommt von Hillmeier, sollte eigentlich auf die Elite-Auktion. Aber der Besitzer wollte sie unbedingt gleich haben und hat wohl einen Wahnsinnspreis geboten ...“

Hillmeier war ein bekannter Pferdezüchter, der schon mehrere Weltmeisterschafts- und Olympiapferde hervorgebracht hatte. Natürlich waren seine Preise entsprechend gesalzen.

„Wem gehört sie denn?“, unterbrach Jessica.

Ich hatte inzwischen genug gehört. Wem dieses Wundertier auch gehörte, er hatte es sicher nicht gekauft, damit ich ein Pflegepferd bekam.

„Keine Ahnung, ich hab nicht gefragt. Aber sie ist genau das Pferd, das ich mir gewünscht hätte! Oh Mann, warum haben wir sie bloß nicht zuerst gesehen?“ Clara raufte ihren grünen Schopf.

„Und dann? Hätte dein Vater sein Haus verkauft oder was?“, höhnte Moira. „Solche Pferde kann sich doch nicht jeder leisten.“

Clara fuhr herum. „Hör mal, Alba ist auch ein Superpferd! Und Otto erst. Der hat Offenbacher gehört, dem Olympiareiter. Der kam bloß nicht mit ihm zurecht!“

Moira grinste. Sie hatte die Gerüchte um Alba und Otto natürlich auch gehört. Mohns waren nicht arm, aber im Geld schwammen sie auch nicht. Sie hatten sich ihre Pferde nur leisten können, weil Frau Mohn Alba als Fohlen gekauft und selbst zugeritten hatte und weil Otto als Problempferd galt. Für Moira mochte das ein Grund sein, auf Clara und Carsten herunterzugucken, aber wir Pferdemädchen wussten es besser. Pferde wie Alba und Otto konnte sich fast jeder leisten, aber kaum jemand konnte sie reiten. Bei der neuen Stute im Reitstall lief es eher auf das Gegenteil hinaus.

„Wie heißt sie denn?“, erkundigte sich Jessica, um die Situation wieder etwas zu entspannen.

„Sie hat auch noch einen echt coolen Namen!“, schwärmte Clara. „Sie heißt *Highlight.*“

Natürlich hätte ich bei Claras Erzählung schon etwas ahnen können. Und eigentlich musste mir auch auffallen, wie komisch meine Mutter guckte, nachdem Tante Uschi und Moira uns wieder verlassen hatten. Überhaupt meine Mama. Sie verhielt sich den ganzen Abend über sehr merkwürdig – und vor dem Schlafengehen nahm sie mich so fest in den Arm, als ob ich noch ein kleines Mädchen wäre und dringend über irgendetwas Schreckliches hinweggetröstet werden müsste. Wenn ich recht bedenke, war es genau wie vor ein paar Jahren, als Moira das sagenhafte Puppenhaus von Barbie, mit Pferdestall und Barbiepferd und was weiß ich nicht alles zum Geburtstag bekommen hatte. Wie gesagt, ich hätte Verdacht schöpfen müssen. Aber am nächsten Tag hat es mich dann trotzdem kalt erwischt …

Es war mal wieder ein Dienstag, also Ponygruppe, und Moiras Party sollte erst um sechs anfangen. Ich sah also keinen Grund, Lotti deshalb ihrem Schicksal zu überlassen, und fuhr brav um zwei zum Reitstall. Natürlich lockte mich auch die neue Stute. Es soll schließlich Wunder geben. Vielleicht suchte der Besitzer ja doch händeringend ein nettes Mädchen, das Highlight für die nächste Olympiade trainierte. Und wenn nicht, dann wollte ich das Wunderpferd wenigstens mal sehen.

Der Anblick allein wäre die Radfahrt wert gewesen! Highlight war hinreißend, Clara hatte nicht übertrieben. Die schwarze Stute hatte einen fast zu feinen Kopf für ein Warmblut und annähernd so schöne Augen und lange Wimpern wie Bonnie. Dazu gab ihr die Schnippe auf der Nase einen etwas schelmischen Ausdruck, während der kleine Stern auf der Stirn – Clara hatte ihn sehr passend als *Wölkchen* beschrieben – sie rührend brav und fohlenhaft wirken ließ. Highlights Mähne war kurz verzogen wie bei Turnierpferden üblich, aber weich und seidig. Dazu schien sie nett zu sein. Als ich an ihren Auslaufzaun kam, blies sie mir sanft ihren nach Hafer duftenden Atem ins Gesicht und zauste dann ganz leicht mit ihren weichen Lippen meine Haare. Ich war ihr vom ersten Moment an verfallen.

Carsten nahm gerade Ottos Halfter vom Haken, als ich die Sattelkammer betrat, um Bonnies Sachen zu holen.

„Schick, die neue Stute, nicht?“, bemerkte er.

Ich nickte. „Das coolste Pferd, das ich je gesehen habe. Weiß man inzwischen, wem sie gehört?“

Carsten zuckte mit den Schultern. „Keine Ahnung, aber der Kerl muss Millionär sein.“

Er machte sich mit dem Halfter in der Hand auf den Weg und mir fiel ein, dass ich ihn gar nicht nach seinem Zahnarzttermin gefragt hatte. Dabei stand in *Teenworld*, man sollte versuchen, einen Jungen zu verstehen und an seinen Sorgen und Ängsten teilzuhaben. Wieder eine Chance verpasst.

Draußen warteten schon Lotti und ihre Mutter. Lotti sah süß aus. Frau Stelz hatte ihre langen roten Haare zu witzigen Pippi-Langstrumpf-Zöpfchen frisiert, die frech unter der Reitkappe vorlugten.

„Na, wollen wir mal Bonnie holen?“, fragte ich aufmunternd. In den letzten Wochen hatten wir durchaus Fortschritte erzielt. Lotti hatte Vertrauen zu Bonnie gefasst und eingesehen, dass die kleine Stute ihr nicht nach dem Leben trachtete. Auch jetzt nickte sie zaghaft. Nicht begeistert, aber schicksalsergeben.

„Ich weiß nicht, Hanna …“, meinte Frau Stelz. „Ich muss natürlich erst noch mit Frau Kuhlmann darüber reden. Aber meinst du nicht, es wäre jetzt mal Zeit für ein größeres Pony …?“

„Nein!“, kreischte Lotti. „Ich will kein anderes Pony haben.“ Das konnte ja heiter werden. Und dann fand die Reitstunde auch noch auf dem Außenplatz statt, wo Lotti sich noch mehr fürchtete als in der Halle …

Immerhin gab es etwas zu gucken.

Während ich eine zermürbende Stunde damit zubrachte, Lotti an den kleinen Rappen Hucky heranzuführen, der exakt zwanzig Zentimeter größer ist als Bonnie, aber um Längen frecher, ritt Carsten seinen Otto auf dem Springplatz. Es war das erste Mal, dass ich ihn ernsthaft über Hindernisse setzen sah. Klar, im Unterricht bei Frau Kuhlmann springen wir am Schluss Cavaletti und manchmal legt sie auch zwei übereinander, aber das fällt alles noch unter Springgymnastik. Jetzt aber machte Carsten sein Pferd ausführlich warm und nahm anschließend ein paar richtige Hürden: Steilsprünge, Oxer, eine Trippelbarre und eine ziemlich gewaltige zweifache Kombination. Frau Kuhlmann linste genauso interessiert zu ihm hinüber wie ich. Reiter und Pferd wirkten gleichermaßen imponierend auf mich. Carsten hatte nicht übertrieben. Otto schien Hindernisse niemals zu reißen, zwischen ihm und dem Sprung blieben immer mindestens zehn Zentimeter Platz. Allerdings wurde er zwischen den Sprüngen zu heftig, sodass Carsten ihn nur mit Mühe dirigieren konnte.

Schließlich brachte Carsten Otto in den Stall und auch wir kamen langsam zum Ende. Etwas früher als sonst, registrierte ich, und Frau Kuhlmann hatte zwischendurch auch immer wieder auf die Uhr gesehen. Als ich Hucky auf die Weide brachte, sah ich sie mit einer riesigen, rosa Seidenschleife aus dem Büro kommen. Sie zog damit Richtung Privatstall und ich konnte meine Neugierde nicht bezähmen. Deshalb ging ich Frau Kuhlmann auf meinem Rückweg einfach nach. Zu meinem Entsetzen war die rosa Schleife inzwischen um Highlights Hals gebunden wie bei einem Postpaket. Dazu trug die Stute rosa Bandagen und Frau Kuhlmann schmückte sie eben mit einem pinkfarbenen Halfter.

„Der arme Gaul sieht aus wie ’ne Sahnetorte!“, bemerkte Carsten. „Hat das irgendeine Bewandtnis oder gehört es zum Scheutraining?“

Ich musste kichern, obwohl eine Art Grummeln in meinem Bauch die Wahrheit ankündigte.

„Sie ist ein Geschenk“, meinte Frau Kuhlmann mit gequältem Gesichtsausdruck. „Und Mädels in dem Alter stehen nun mal auf Pink.“

Das Grummeln wurde zu einem wahren Steinschlag und stieg vom Bauch zum Herzen auf. Ich wusste eigentlich schon, was mich erwartete, aber trotzdem folgte ich Frau Kuhlmann und Highlight wie hypnotisiert zur Reithalle. Auf den Logenplätzen, also da, wo beim Reitturnier die Richter sitzen, standen mein Onkel Sven, Tante Uschi und natürlich Moira. Sie trug neue Reitsachen und schaute erwartungsvoll. Und dann schwebte Highlight in die Halle. Frau Kuhlmann ließ sie traben und sie schien dabei regelrecht abzuheben. Noch nie hatte ich so schöne Gänge bei einem Pferd gesehen.

„Und hier ist dein Geschenk!“, tönte Onkel Sven. „Tätätätä! Highlight – wenn das kein guter Name für ein Turnierpferd ist.“

„Oh, Papi! Für mich?“, quietschte Moira, als hätte hier a) noch jemand anders Geburtstag und b) einen Millionär zum Papa. „Ich weiß gar nicht, was ich sagen soll!“

Ich persönlich wäre wahrscheinlich in Ohnmacht gefallen, aber so überrascht wirkte Moira nun auch nicht. Wahrscheinlich hatte das eigene Pferd ganz oben auf ihrem Wunschzettel gestanden. Als Clara gestern von der neuen Stute erzählte, dürfte sie eins und eins zusammengezählt haben. Jetzt wirkte sie weniger überwältigt als einfach nur zufrieden.

„Los jetzt, du musst sie reiten!“, erklärte Onkel Sven energisch. „Ich will doch sehen, wie du auf ihr aussiehst.“

Er zückte eine Videokamera. „Lassen Sie das Pferd eben satteln, Frau Kuhlmann?“

Frau Kuhlmann schluckte sichtlich. Wer, außer

ihr, sollte Highlight jetzt wohl satteln? Und warum stürzte Moira nicht in die Halle, umarmte das Pferd und sattelte es selbst?

Mich konnte das nicht überraschen. Ich kannte das Schicksal von Moiras Barbiepferdchen. Nach einem begeisterten Nachmittag waren die aus ihrem Luxusstall nie wieder herausgekommen.

Zudem war Highlight ein etwas anderes Kaliber als Beachboy und sogar als Abendfee. Sie tänzelte aufgeregt, als Frau Kuhlmann ihr den Sattel auflegte, und machte auch in der Halle ein paar nervöse Seitenschritte, als Moira auf sie zukam.

„Vielleicht reite ich sie erst mal“, schlug Frau Kuhlmann vor, als Moira nun ihrerseits ängstlich guckte. „Damit du mal siehst, wie schön sie geht.“

Moira nickte erleichtert. Ich versuchte, sie mir wegzudenken, als Frau Kuhlmann sich gleich darauf in den nagelneuen Sattel schwang und Highlight antreten ließ. Unter der Reitlehrerin sah das Pferd einfach wunderschön aus.

„Was für ein Affentheater!“

Ich hatte es gar nicht mitbekommen, aber offensichtlich war Carsten mir gefolgt und lehnte nun neben mir an der Bande.

„Und was für ein Wahnsinn: ein Monat Reiterfahrung und gleich ein eigenes Pferd.“

Ich konnte ihm da nur zustimmen. „Und dann noch ein solches!“, seufzte ich und wiederholte die Prahlereien, die Onkel Sven eben von sich gegeben hatte: „Highlight ist angeblich A-fertig, sowohl im Springen als auch in der Dressur.“

A-fertig bedeutete, dass man ein Pferd gleich nach dem Kauf zur nächsten Turnierprüfung der Klasse A melden konnte, ohne befürchten zu müssen, unangenehm aufzufallen. Die einfacheren Prüfungen der Klasse E dürfte ein solches Pferd im Schlaf beherrschen. Von Dingen wie Jugendreiterprüfungen mal ganz abgesehen. Wenn Moira noch ein paar Monate übte, würde sie nicht nur ein wunderschönes Pferd haben, sondern auch Schleifen gewinnen können. In Dressur und Springen. Mir wurde schon wieder schlecht.

Inzwischen hatte Frau Kuhlmann ihre Vorstellung beendet und brachte Highlight in die Mitte. Moira musste jetzt aufsteigen, da führte kein Weg daran vorbei. Onkel Sven schwenkte vielsagend die Videokamera.

Highlight machte einen erschrockenen Hüpfer, als Moira in gewohnter Manier in den Sattel plumpste. Elegantes Aufsteigen hatte sie noch nicht gelernt, aber die Schulpferde waren die überfallartigen Gipfelstürme der Reitschüler so gewöhnt, dass sie gar nicht mehr darauf reagierten. Nicht so Highlight. Die schnaubte entsetzt, erst recht, als Moira daraufhin auch noch ruckartig die Zügel anzog. Verwirrt ging sie rückwärts.

„Vorsichtig die Zügelführung, Moira. Das ist ein junges, sehr sensibles Pferd, du musst mit viel Gefühl reiten. Ja, so ist es besser …"

Moira hatte die Zügel inzwischen weggeworfen. Highlight sah immer noch verwirrt aus, ging jetzt aber immerhin vorwärts.

„So, sehr schön, und nun auf den Zirkel …"

Von *sehr schön* war Moiras Vorstellung für mich noch sehr weit entfernt. Moira war sichtlich verspannt, zog die Schultern zusammen und die Hacken hoch, um sich im Zweifelsfall festklammern zu können. Auf den Schulpferden tat sie das nicht mehr, da hatte Frau Kuhlmann ihr längst den perfekten Sitz eingebläut. Als Highlight vor einem Schatten am Ausgang leicht scheute, klammerte Moira dann tatsächlich, woraufhin Highlight schwungvoll angaloppierte. Moira zog am Zügel.

„Nein, bleib im Trab!", rief Frau Kuhlmann. „Trab leicht, wie du es gelernt hast! So ein Unterschied zu Abendfee ist das gar nicht, du musst dich nur entspannen!"

Moira versuchte es, sah dabei aber alles andere als gut aus. Zum Glück hatten ihre Eltern jetzt schon genug von ihrer Reitvorstellung. Tante Uschi hatte eben auf die Uhr gesehen und stieß ihren Mann an. Es wurde Zeit für die Party.

Zu Carsten und mir hatte sich inzwischen Frau Mohn gesellt, die offensichtlich ihren Sohn abholen wollte.

„Was für ein Trauerspiel", seufzte sie jetzt. „Zu schade um das schöne Pferd! Aber jetzt komm, Carsten, der Zahnarzt wartet."

Carsten verzog gequält das Gesicht. „Na ja, mehr wehtun als das hier kann es jedenfalls nicht."

Cinderella-Komplex

Ich wollte nicht zu Moiras Party, aber da kannte meine Mutter kein Pardon.

„Du musst!“, erklärte sie. „Gib dir keine Blöße! Moira weiß genau, wie sehr du sie beneidest, also mach gute Miene zum bösen Spiel und gratulier ihr zu dem tollen Pferd. Lächeln, Hanna! Cool sein!“

Also lächelte ich – zwischendurch sogar ein bisschen ehrlich, da schadenfroh. Moiras Papa ließ es sich nämlich nicht nehmen, das Video mit Moiras traurigen Reitversuchen mehrmals vorzuführen, wodurch Clara, Lea und Jessica auch in den Genuss der Blamage kamen. Moira schien dagegen gar nicht zu merken, wie sehr sich ihre Vorstellung vom Siegerritt der letzten Weltmeisterschaft unterschied.

„Ja, sicher werde ich Turniere reiten. Highlight ist schließlich wie dafür gemacht! – Nein, ich weiß noch nicht, ob Dressur oder Springen. Highlight kann natürlich beides. Wir werden sehen, was mehr Spaß macht … – Doch, natürlich gleich in dieser Saison! Warum denn nicht? Für nächsten Monat hat mein Papa schon eins genannt …“

„Das macht ja mehr Zahnschmerzen als der Weisheitszahn!“, murmelte Clara, als wir uns mit einem großen Teller voll Partyhäppchen und einem Vorrat Cola in eine ruhige Ecke zurückgezogen hatten. Nachdem mir vorhin absolut jeder Appetit vergangen war, hatte ich jetzt aus lauter Frust zu schlingen begonnen. „Meint sie das ernst mit dem Turnierreiten?“

Ich zuckte mit den Schultern. „Onkel Sven meint es ernst. Was Frau Kuhlmann dazu sagt …“

„Die wird nicht viel zu sagen haben“, mutmaßte Lea. „Moira und Highlight sind eine Goldgrube. Frau Kuhlmann wird die Klappe halten und tun, was sie kann, damit Moira-Schatz schnell in den Olympiakader kommt.“

Clara lachte. „Aber da hat Highlight ja wohl auch noch ein Wort mitzusprechen oder meint ihr nicht?“

Frau Kuhlmann verhielt sich tatsächlich bemerkenswert still, aber was Highlight anging, sollte Clara recht behalten. Das junge Pferd machte sehr deutlich, was es von Moiras Reitversuchen hielt. Nach wie vor erschien Moira täglich um fünf zur Privatstunde, aber ihre Fortschritte waren nicht mehr so atemberaubend. Highlight war schließlich kein Schulpferd. Sie bemühte sich nicht zu verstehen, was Moira mit ihrer noch ungeschickten Hilfengebung ausdrücken wollte, sondern reagierte auf jede Bewegung ihrer Reiterin sofort – und meist natürlich falsch. Moira schaffte es nicht, sie zu versammeln, konnte ihren Trab nicht sitzen und geriet geradezu in Panik, wenn das Pferd versehentlich angaloppierte. In den ersten Tagen vollzog sich all das vor Publikum, alle Mädchen wollten das neue Pferd unter dem Reiter sehen. Dann ließ das Interesse jedoch nach. Wir hatten Besseres zu tun, als uns Moiras klägliche Reitversuche anzugucken. Insofern waren die Ränge weitgehend leer, als Carsten nach knapp einer Woche wieder in den Reitstall kam. Die Sache mit dem Weisheitszahn hatte ihm ganz schön zugesetzt. Clara erzählte, dass er Fieber habe, und am Mittwoch fehlte er auch in der AG. Dafür stürzte sich Moira am Freitag gleich auf ihn.

„Oh, Carsten, wie gut, dass du wieder da bist! Du musst dir meine Reitstunde ansehen! Irgendwas mache ich falsch mit Highlight, aber die Mädchen sagen mir ja nichts! Die sind so was von missgünstig! Niemand hier spricht mit mir. Bestimmt ist es nur eine Kleinigkeit, aber ..."

Carstens Wange war noch leicht geschwollen und die Begeisterung sprach ihm nicht gerade aus den Augen. Trotzdem verfehlte Moiras Auftritt nicht ganz seine Wirkung.

„Ach, komm, Moira, das bildest du dir ein! Die Mädchen sind gar nicht so. Und Frau Kuhlmann sagt dir schon, was du falsch machst. Sicher bist du besser, als du denkst."

„Aber du kommst gucken, ja?" Moira zwirbelte in scheinbarer Verzweiflung eine Locke zwischen ihren Fingern, die sich aus ihrer praktischen Zopffrisur gelöst hatte. Carsten schien tatsächlich auf diese Masche reinzufallen.

„Natürlich schaue ich es mir an. Aber erst muss ich selbst reiten …“ Carsten floh in Richtung Stall zu Otto, aber Moira ließ sich nicht abwimmeln.

„Warte, ich komme mit! Weißt du, das mit dem Satteln habe ich nämlich auch noch nicht so richtig drauf … Wenn du mir gerade mal zeigst …“

Ich konnte mir das Getue keine Sekunde länger antun, aber ich hatte heute immerhin auch Reitstunde und konnte Moira insofern ausstechen. Ich durfte ein neues Schulpferd reiten, einen Wallach namens Mondstaub. Er ging wunderbar weich und ich reihte ihn gleich neben Abendfee unter meine Favoriten ein. Frau Kuhlmann setzte mich sogar an die Tete und meine Genugtuung war vollkommen, als ich in der zweiten Hälfte der Stunde Onkel Sven auf der Tribüne sitzen sah. Lächelnd winkte ich ihm zu, während Mondstaub locker an ihm vorbeigaloppierte und leichtfüßig über den Gehorsamssprung am Ende der Stunde setzte.

Onkel Sven nahm das allerdings weniger als Grund, an Moiras Reitkünsten zu zweifeln, sondern schnappte sich gleich hinterher auf der Stallgasse Frau Kuhlmann. Ich hörte zufällig mit, da ich Clara versprochen hatte, Albas Box für sie zu misten. Sie hatte schließlich Musik-AG und Carsten war angeblich noch geschwächt von seiner Operation.

Flirten konnte er allerdings schon wieder bestens. Als ich mit dem Mistbesteck zum Privatstall ging, hockte Moira mal wieder auf dem Holzpferd und er fummelte an ihren Schultern herum. Haltungskorrektur! Dass ich nicht lache!

Onkel Sven konzentrierte sich inzwischen auf Frau Kuhlmann. „Ich frage mich, warum Hanna in der Abteilung mitreiten darf und Moira nicht!“

Frau Kuhlmann zuckte die Achseln. „Es war die Vieruhrstunde für Fortgeschrittene. Hannas wöchentliche Reitstunde. Die meisten Mädchen kommen einmal die Woche an einem festen Tag.“

„Aber warum darf sie springen? Und in der Gruppe reiten? So wie im Turnier? Ich habe mich erkundigt, Frau Kuhlmann, im Turnier muss Moira auch in der Gruppe reiten!“ Onkel Sven funkelte Frau Kuhlmann an, als habe er soeben ein streng gehütetes Geheimnis gelüftet.

„Herr Thiemann, Moira kann gern in der Abteilungsstunde mitreiten, aber dann muss sie um drei kommen, denn da arbeite ich mit den Anfängern. Ich würde davon aber abraten, in den Einzelstunden lernt sie mehr. Und Highlight ist ein junges Pferd …“

„Umso mehr muss sie sich an die Gruppenstunden gewöhnen. Kann Moira nicht beides machen? Einzelstunden und Abteilung? Und Springen?“

Frau Kuhlmann sah aus, als habe sie eine Zitrone verschluckt. „Wenn Moira das möchte … aber bislang zeigt sie nicht soo viel Begeisterung für den Sport. Und sie hat auch noch nicht die Kondition für zwei oder drei Trainingsstunden am Tag …“

„Dann sehen Sie mal zu, dass sie die kriegt!“, schnaubte Onkel Sven. „Nächsten Monat will ich Moira hier in dieser Stunde mitmachen sehen. Das geht doch nicht an, dass die kleine Hanna ihr davonreitet! Wo kommen wir denn da hin?“

Ich schluckte. Also hatte er doch gemerkt, dass ich viel besser ritt als Moira. Und natürlich plante er gleich, mich auszustechen. So war es schon immer gewesen, Moira musste stets etwas besser sein als ich. Als meine Mutter mich zum Babyschwimmen anmeldete, baute Onkel Sven einen Pool. Als ich zur Gymnastik ging, bekam Moira Ballettstunden. Und nun sollte ich auf ewig in der Fortgeschrittenenabteilung von Frau Kuhlmann bleiben, während Moira für die Olympiade trainierte …

„Was ist los, Aschenbrödel, ergibst du dich schon wieder dem Selbstmitleid? Los, wir holen jetzt Clara und Jessica vom Chor ab und gehen Eis essen!" Das war Lea. Sie fand mich grübelnd in Albas leerer Box, als Onkel Sven und Frau Kuhlmann schon längst verschwunden waren. „Wieso nennst du mich Aschenputtel?", fragte ich unwillig.

Lea lachte und zog mich aus der Box.

„Weil du einen Cinderella-Komplex hast! Haben Clara und Jessica gestern haarklein analysiert. Du versinkst im Boden, sobald du diese Moira siehst. Und dabei ist an der Tussi nun wirklich nichts dran!" Entschlossen räumte Lea das Mistbesteck weg, fuhr die Karre zum Misthaufen und schleifte mich zu den Fahrrädern.

„Los, lass uns von hier abhauen! Wer als Letzte an der Schule ist, muss Moira die Stiefel putzen!"

Widerwillig musste ich lachen. Vorgestern hatte sich Tante Uschi bei meiner Mutter beschwert, dass ihre Haushälterin sich weigere, Moiras Reitstiefel vom Pferdemist zu befreien.

Wir holten Clara und Jessica ab und landeten anschließend bei McDonald's. Für die Eisdiele war es doch noch zu kalt.

„Im Ernst, Hanna, so kann das nicht weitergehen!“, meinte auch Clara, nachdem ich von Onkel Sven und Frau Kuhlmann erzählt hatte. „Du machst ein viel zu großes Theater um diese Sache. Moira wird dich nie übertrumpfen, du bist ihr drei Jahre voraus!“

„Drei Jahre auf Schulpferden mit einer Reitstunde die Woche“, sagte ich bitter.

Clara zuckte mit den Schultern. „Na und? Dafür hast du im kleinen Finger mehr Gefühl für Pferde als Moira im ganzen Hintern.“

Die anderen lachten.

„Moiras Hintern ist allerdings mit ein paar Millionen gepolstert“, gab Jessica zu bedenken. „Und das heißt: jeden Tag Privatstunden und immer die tollsten Pferde. Klar reitet die uns in ein paar Monaten weg! Ich frage mich nur, warum dich das so aufregt, Hanna. Wenn Moira nicht deine Cousine wäre, würdest du ein bisschen drüber lästern und es dann mit Fassung tragen. Aber so wirst du langsam grün vor Neid. Und das steht dir nicht!“

Lea und Clara kicherten und Clara fuhr gewohnheitsmäßig über ihre Haare. Sie waren wieder stoppelkurz, aber nicht mehr grün. Frau Mohn hatte ein Machtwort gesprochen: keine Turniersaison mit grünem Haar. Clara hatte ihre Fusseln daraufhin hennarot gefärbt. Es sah toll aus, besonders zu ihren grünen Augen.

Ich biss mir auf die Lippen. „Dann falle ich vielleicht wenigstens mal auf! *Mädchen verfärbt sich giftgrün – Ärzte stehen vor einem Rätsel!* Das wäre doch eine Schlagzeile. Aber so: Moira hat blonde Locken, ich hab Spaghettihaare. Moira ist braun gebrannt, ich habe Pickel. Und jetzt hat sie auch noch ein Pferd. Ich …“ Eigentlich sollte das alles komisch klingen, aber jetzt kämpfte ich doch mit den Tränen.

„Also das mit dem Pferd kann man ja nun nicht ändern“, meinte Clara. „Aber die Haare und die Pickel … Los, Hanna, wir fahren jetzt zu uns nach Hause und dann stylen wir dich mal richtig auf. Oder nein, morgen ist mehr Zeit. Gleich mittags, bevor wir in den Stall fahren. Dann ist auch Carsten nicht im Weg, der hat um zwei Uhr Springstunde.“

Ein bisschen getröstet radelte ich nach Hause. Wenn Clara meinte, aus meinen Haaren und meinem Gesicht was machen zu können … An sich konnte es nur besser werden. Und was Moiras Reiterei anging, hatte mir Clara auch Hoffnungen gemacht: Ich konnte auf Dauer nicht gegen sie anreiten, damit musste ich mich abfinden. Aber Clara konnte das sehr wohl! Alba war zwar kein so tolles Pferd wie Highlight, aber zuverlässig und gut ausgebildet. So schnell würde Moira die beiden nicht schlagen – von Carsten und Otto mal ganz abgesehen. Ich grinste in mich hinein und sah Moiras erstem Turnier im nächsten Monat nicht mehr mit Neid, sondern voller Schadenfreude entgegen. Sie konnte nicht gewinnen!

Clara und Lea hatten sich für goldblond entschieden, während Jessica und ich für hennarot plädierten. Wennschon – dennschon, erklärte ich. Clara widersprach hier allerdings energisch.

„Glaub mir, Hanna, in meiner früheren Schule hat es auch ein hellblondes Mädchen mit Rot versucht. Das Ergebnis war zum Weglaufen! Sie sah aus wie Pumuckl! Goldblond dagegen ..."

„Sag nicht, das passt zu meinem Teint", bemerkte ich mit einem frustrierten Blick in den Spiegel.

„Ja, mit deinem Gesicht müssen wir auch noch etwas tun. Hier, das ist eine Höhensonne. Da setzt du dich jetzt vor, während wir die Tönung anrühren!", bestimmte Clara.

Die Höhensonne war eine Art Tischgerät mit seltsamen Röhren. Als wir sie anschalteten, roch sie auch noch komisch. Sie stammte offensichtlich aus der Zeit vor der Entdeckung des Sonnenstudios.

„Ist das nicht Krebs erregend?", fragte ich misstrauisch.

„Also willst du jetzt schön sein oder was?", meinte Clara. „Wenn Moira sich in den Sommerferien vier Wochen in die Karibiksonne legt, fragt da auch keiner nach. Jetzt pack dich schon davor!"

Immerhin ging es schnell. Schon nach drei Minuten erklärte Clara den ersten Bräunungsgang für beendet. Dafür konzentrierten sich jetzt alle auf mein Haar.

„Sollen wir es zuerst schneiden oder tönen?", fragte Lea.

„Erst färben. Hinterher überlegen wir uns dann

eine Frisur." Clara hatte eindeutig das Heft in die Hand genommen. Im wahrsten Sinne des Wortes, denn sie blätterte in der *Teenworld: Zwanzig Frisuren, die Traumboys schwach machen.* Dafür studierte Jessica die Anleitung auf der Packung.

„Bei dünnem Haar soll man es kürzer einwirken lassen," erklärte sie nach zwanzig Minuten.

Ich ahnte Schreckliches. „Wie viel kürzer?", fragte ich.

Jessica biss sich auf die Lippen. „Höchstens zehn…"

„Clara!" Ich schrie los und raste zum Waschbecken. „Wasch mir sofort das Zeug aus den Haaren! Wir sind zehn Minuten über die Zeit!" Hektisch hielt ich den Kopf unter den Wasserstrahl. Clara kam in Gemütsruhe nach, spülte die Farbe heraus und wand ein Handtuch um die frisch gefärbte Pracht.

„Reg dich nicht auf. Beim Grün hatte ich mich auch mit der Zeit vertan. Das macht nichts!"

Ein paar Minuten später sagte sie das nicht mehr. Stattdessen hörte ich sie fassungslos nach Luft schnappen.

„Einen Spiegel! Ich will einen Spiegel!"

„Ich denke, über die Frisur sind wir uns einig …", murmelte Clara, während ich schreiend vor dem Badezimmerspiegel stand. „Wir … äh … schneiden es möglichst kurz."

Farblos konnte man mich jetzt zumindest nicht mehr nennen. Mein Haar war zitronengelb und nach der Höhensonne rötete sich meine Gesichtshaut zusehends.

„Das … äh … wäscht sich ganz schnell raus“, behauptete Lea.

Ich seufzte. „Okay, dann gehe ich jetzt mal duschen.“

Nach einer halben Stunde wusste ich, wie der Rekord im Dauerduschen entstanden sein musste: pure Verzweiflung. Nach dreimal Haare waschen und einer halben Stunde unter der heißen Brause war ich nun auch noch aufgequollen.

„Die Haare schneiden wir jetzt erst mal streichholzkurz“, erklärte Jessica. „Oder soll ich einen Stufenschnitt versuchen?“

Als sie fertig war, wünschte ich mir fast, die Haare wären gleich ausgefallen. Der Stoppelschnitt, der an Clara witzig wirkte, sah bei mir allenfalls aus wie eine abgefressene Weide im Hochsommer.

Ich sah auf die Uhr. „Wollten wir nicht noch zum Stall?“, fragte ich resigniert. „Moira hat gleich die erste Abteilungsstunde und ich brauch meine tägliche Dosis Cinderella-Komplex.“

Clara sah mich mitleidig an.

„Es wäre langsam Zeit für die Fee“, seufzte sie.

Hechtsprung ins Turniergeschehen

„Und wenn du dich mal etwas schminkst?“, fragte Lea. So ganz hatte sie die Aktion „Unsere Hanna soll schöner werden“ doch noch nicht aufgegeben. Ich dagegen war jetzt vorsichtig. Das Zitronengelb in meinem Haar hatte sich auch zwei Wochen nach der Färbeaktion noch nicht verflüchtigt. Immerhin sagte Carsten kein Wort darüber – wahrscheinlich hatte Clara ihm mit Mord gedroht – und auch Moira hatte andere Sorgen, als sich über mich lustig zu machen. Mit Highlights Kauf hatte ihr Vater plötzlich das Interesse am Reitsport entdeckt. Betonung auf *Sport*, Moira sollte Schleifen gewinnen. Wozu hatte er ihr sonst dieses Wunderpferd gekauft? Für Moira bedeutete das zusätzliche Reitstunden: Sie hatte nach wie vor täglich Einzelunterricht, außerdem ritt sie zweimal in der Woche in der Anfängerabteilung mit. Und morgen stand nun tatsächlich ihr erstes Turnier an, die besagte Prüfung, die Onkel Sven schon bei Highlights Kauf genannt hatte. Natürlich hatte Frau Kuhlmann hier noch einiges verändert: So startete Moira jetzt in der Jugendreiterprüfung und nicht gleich in der E-Dressur und im E-Springen. Frau Kuhlmann hätte Moiras Debüt auch am liebsten noch zwei Monate verschoben, aber da kannte Onkel Sven kein Pardon.

Natürlich konnte ich mir das Ereignis nicht entgehen lassen und auch Lea und Jessica wollten mit. Der Verein, in dem die Wettbewerbe stattfanden, lag zum Glück nicht weit weg. Fünf Kilometer konnte man leicht radeln. Ich würde allerdings mit Clara und Carsten fahren, Clara hatte mich gebeten, ihr ein bisschen den Turniertrottel zu geben. So nennt man im Pferdesport freiwillige Helfer, die brav die Pferde satteln, während der Reiter wichtige Aufgaben wie das Abschreiten des Parcours oder das Aufmischen der Meldestelle übernimmt. Nicht schmeichelhaft, aber auch nicht zu ändern.

Lea und Jessica bereiteten sich dagegen auf die Radtour vor und da sie nichts direkt mit Pferden zu tun haben würden, konzentrierten sie sich auf ihr Outfit. Besonders Lea hatte die Hoffnung, Carsten irgendwie für sich zu interessieren, noch nicht aufgegeben.

Eben probierte sie ein waghalsiges Make-up mit Glitzereffekten.

„Dies zum Beispiel …“ Auffordernd hielt sie mir das Töpfchen hin. „Das solltest du unbedingt probieren.“

Ich schnaubte verächtlich.

Auch Jessica fand, das mit dem Glitzerzeug war keine gute Idee. „Wenn du dich damit an den Parcours stellst, geht Otto durch“, prophezeite sie Lea.

„Und für Hanna ist das sowieso nichts. Die braucht einen helleren Farbton …“ Mir wurde diese Unterhaltung im wahrsten Sinne des Wortes zu bunt. Ich ergriff die Flucht, um ein wenig durch die Einkaufsstraßen zu schlendern. Ich würde morgen einfach eine Jeans anziehen. Ohne irgendwelche modischen Highlights … Wenn ich nur an Highlight dachte, wurde mir das Herz schon schwer. Könnte ich sie doch nur reiten! Dann würden wir morgen glänzen und nicht nur irgendwie durchkommen. Ich würde ihre schwarze Mähne einflechten und ein bisschen Glanzspray darübersprühen. Ach ja, und die Mähnengummis mussten himmelblau sein. Wie der Lidschatten da im Schaufenster …

Unversehens war ich vor einer Drogerie gelandet. In der Auslage stand ein großes Bild von einem Mädchen mit kurzem, strohgelbem Haar. Seine Augen leuchteten, vorsichtig betont von himmelblauem Lidschatten und einem dunkleren Lidstrich. Der Lippenstift war rostbraun.

Vielleicht hatte Lea doch recht. Ich überschlug kurz meine Finanzen. Das komplette Make-up war zu teuer. Aber der Lidschatten war drin. Und vielleicht auch der Kajalstift für den dunklen Lidstrich … Entschlossen betrat ich den Laden.

Morgen würde Carsten mich zumindest nicht übersehen.

Am nächsten Tag wäre ich beinahe zu spät in den Stall gekommen. Einen Lidstrich zu ziehen war erheblich schwerer, als ich gedacht hatte, und letztlich war der dunkle Balken über und unter meinen Augen auch dicker als auf dem Bild im Laden. Aber ein weiterer Versuch lag nicht drin. Und immerhin sahen meine Augen damit geheimnisvoll und verführerisch aus. Wie die der Agentin in dieser Science-Fiction-Serie … oder doch eher wie die des Aliens? Darüber dachte ich jetzt besser nicht nach. Ich griff rasch nach einem sauberen Sweatshirt und sauste los. Es war Viertel vor sechs, Turniertrottel stehen früh auf.

Turnierreiter auch. Im Reitstall herrschte bereits reges Treiben und ich kam gerade rechtzeitig, um eine Auseinandersetzung zwischen Carsten und Moira mitzuerleben!

„Kannst du mir wohl eben mal helfen? Ich kriege das irgendwie nicht hin mit den Zöpfchen …“ Moira versuchte wieder einmal, Carstens Aufmerksamkeit auf sich zu lenken.

Carsten warf Highlight einen kurzen und dann Moira einen vernichtenden Blick zu. „Hast du sie noch alle? Du glaubst doch nicht, dass ich dir jetzt den Gaul einflechte! Warum wartest du bis zur letzten Minute, wenn du es noch nie gemacht hast? Du hättest es gestern schon tun können!“

Da sieh einer an. In der Rolle „Carsten, der große Reitlehrer“ fühlte er sich geschmeichelt. „Carsten, der Turniertrottel“ lag ihm dagegen weniger.

Moira schniefte. „Ich wusste doch nicht, dass es so schwer ist!“

„Deinen eigenen Zopf hast du aber ganz gut hingekriegt“, bemerkte Clara.

Moira hatte ihr Haar in der letzten Zeit wachsen lassen und nun trug sie eine kunstvolle Flechtfrisur, der auch stundenlanges Tragen der Reitkappe nicht schaden würde.

Bevor Moira noch etwas erwidern konnte, kam Frau Kuhlmann. Sie wirkte hektisch, der Sonntag war immer ein Stresstag für sie. Dann hatte ihr Stallhelfer nämlich frei und sie musste alle Boxen der Schulpferde und der Privatpferde mit Vollpension selbst misten. Außerdem hatte sie heute besonders früh gefüttert und gleich würde sie mit ihren Schülern zum Turnier fahren. Wie immer würde sie allen bis zum letzten Moment Tipps zum Umgang mit ihren Pferden geben. Vor allem natürlich Moira.

„Was soll das, Moira, warum ist Highlight noch nicht eingeflochten? Ihr müsst in einer halben Stunde fahren. Und das Sattelzeug hast du auch noch nicht eingeladen. Wie willst du das schaffen?“ Unwillig sah Frau Kuhlmann auf Highlights gesammelte Turnierausrüstung, die Moira zwar zum Einladen herausgestellt, aber noch nicht zum Hänger getragen hatte. Dabei hätte sie dafür reichlich Zeit gehabt. Thiemanns hatten noch keinen eigenen Hänger, sie würden sich heute den von Frau Kuhlmann leihen.

„Können Sie nicht eben …?“ Nervös spielte Moira mit den Mähnengummis. Im Gegensatz zu den anderen Reitern, die noch in alten Stallklamotten putzten und werkelten, trug Moira bereits ihren Turnierdress: eine schneeweiße Hose und ein dunkelblaues, perfekt geschnittenes Jackett. Dazu natürlich die passende Samtkappe. Clara und Carsten warfen nur ihre ganz normalen Reitkappen auf den Haufen Turnierzeug.

„Nein, Moira, das kann nicht dein Ernst sein! Ich muss noch zwei Boxen misten und mich dann umziehen … Das schaffe ich einfach nicht, wenn ich jetzt noch ein Pferd einflechte …“

Frau Kuhlmann sah sich verzweifelt suchend um. Schließlich fiel ihr Blick auf mich. Sie zögerte. Aber dann siegte Zeitdruck über Feingefühl.

„Hanna, würdest du …?“

Ich nickte und wusste dabei nicht, ob ich Moira, Frau Kuhlmann oder mich selbst am meisten hasste. Wieso flocht ich Moiras Pferd ein? Was machte ich überhaupt hier? Ich sollte im Bett liegen und ausschlafen oder frisch gestylt mit Lea und Jessica zum Turnier radeln. Stattdessen war mein Sweatshirt schon wieder dreckig und das Make-up garantiert verschmiert, als mir Highlight jetzt liebevoll Haferreste ins Gesicht sabberte. Sie schien das Frisieren zu genießen.

„Hast du Himmelblau?“, fragte ich Clara und wühlte in deren Sammelsurium von Mähnengummis. Eine halbe Stunde später war Highlight fertig zum Aufbruch. Und ich …

„Du hast gerade noch Zeit, dir das Gesicht zu waschen“, grinste Carsten. „Oder ist das Blau echt? Hast du dich geprügelt?“

Ich raste ins Bad. Tatsächlich: Highlights Zärtlichkeiten hatten das Make-up aufgeweicht und den Lidstrich zerfließen lassen. Mein rechtes Auge sah aus, als spielte ich in einer Punk-Band, das linke ließ auf Boxkampf schließen … Leider war das Abwaschen ohne richtige Seife gar nicht so einfach.

Schließlich war ich wieder knallrot im Gesicht – diesmal vom Rubbeln – aber rund um die Augen zeigte meine Haut immer noch einen leichten Blaustich. Trotzdem gab ich es jetzt auf. Wenn wir rechtzeitig bei der Jugendreiterprüfung sein wollten, mussten wir fahren. Clara und Carsten starteten zwar erst später, aber die beiden brannten ebenso wie ich darauf, Moira zu sehen. Ihre Mutter im Übrigen auch. Reiter sind allgemein klatschsüchtig.

Für mich war dies das erste Turnier auswärts, bislang hatte ich nur bei Frau Kuhlmanns Hausturnier zusehen und sogar mitreiten dürfen. Deshalb schaute ich mich auch neugierig um, als wir den Turnierplatz in Altdorf erreichten und unseren Hänger geparkt hatten. Große Unterschiede zu unserem Hausturnier konnte ich nicht erkennen. Ein Abreiteplatz, der in spätestens einer Stunde hoffnungslos überfüllt sein würde, ein Dressurviereck, auf dem die Hauptprüfungen stattfanden, und ein bunter Springparcours mit frisch gestrichenen Hindernissen. Alles natürlich geschmückt mit Fähnchen und Blumentöpfen, ein Wohnwagen als Meldestelle und etwas abgelegen von den Reitplätzen der Bierstand und eine Bratwurstbude. Das Publikum war noch dünn gesät. Die Jugendreiterprüfung war der erste Wettbewerb für heute und die Einzigen, die es jetzt schon aus dem Bett getrieben hatte, waren Eltern, Reitlehrer und vereinzelt Freundinnen der Teilnehmer. Oder eher Feindinnen ... Lea und Jessica standen schon am Reitplatzrand und winkten.

Clara und ich gesellten uns zu ihnen, Carsten und

Frau Mohn zog es zunächst zum Springparcours. Auf dem Abreiteplatz erkannten wir Moira und Frau Kuhlmann, natürlich auch Onkel Sven mit der unvermeidlichen Videokamera.

„Wetten, dass man die Aufnahmen später am Computer bearbeiten kann?“, witzelte Jessica. „Wenn das Video fertig ist, wird Moira aussehen wie ein Star.“

„Christine Stückelberger hat ein ganz ähnliches Pferd“, bemerkte Lea. „Da müsste er eigentlich nur die Aufnahme vom letzten World Cup nehmen und Moiras Kopf draufmontieren.“

Wir lachten alle, denn so cool meine Cousine in ihrem Turnierdress auch aussah, auf dem Abreiteplatz erkannte man die Anfängerin auf den ersten Blick. Highlight war hypernervös und ihre Herumtänzelei machte Moira Angst, woraufhin sie sofort wieder mit Hochziehen von Schultern und Absätzen reagierte und sich anklammerte wie ein kleines Äffchen. Highlight sollte das inzwischen gewöhnt sein, aber durch die Turniersituation schien sie ziemlich aufgeregt zu sein. Sie hätte jetzt einen ruhigen, verständnisvollen Reiter gebraucht, doch da war nur Moira, die das Gesicht jetzt gefährlich Richtung Tränen verzog. Und dann ging es auch schon los. Die Teilnehmer der Jugendreiterprüfung wurden in die Bahn gerufen. Die Gruppe war nicht sehr groß, nur etwa fünfzehn Mädchen bewarben sich um die Schleifen.

„Die anderen starten alle in E“, seufzte Clara. „Frau Kuhlmann hat mich gewarnt, das hier ist ein ganz hochkarätiger Dressurstall. Riesenkonkurrenz.

Ich müsste viel Glück haben, wenn ich mich hier platziere."

Tatsächlich saßen Moiras Konkurrentinnen alle vorbildlich zu Pferd oder besser zu Pony. Die meisten waren jünger als Moira und ritten Kleinpferde. Nur ein Pferd, ein grobknochiger Schimmel, war größer als Highlight, hatte aber selbstverständlich nicht ihre Klasse.

„Anfang hier!" Ein zierliches Mädchen auf einem Schimmelpony ergriff sofort die Initiative. Die anderen murrten ein bisschen, reihten sich dann aber doch hinter ihr ein. Highlight landete an dritter Stelle. Sehr gut gefiel es ihr da nicht, in Frau Kuhlmanns Unterricht ging sie meistens vorn. Beim Grüßen mochte sie nicht stillstehen und auf Moiras Versuche, sie zu beruhigen, reagierte sie mit einem halbherzigen Steigen. Moira wurde blass und vergaß, die Richter anzulächeln. Dabei hatte sie das ausführlich geübt – eigentlich die einzige Lektion, die sie im Schlaf beherrschte …

Die Richter ließen die Reiter im Schritt auf die rechte Hand gehen und dann gleich durch die ganze Bahn wechseln. So weit machte Highlight noch mit, aber als Mitte der nächsten langen Seite angetrabt wurde, entlud sich ihre Spannung in einem kleinen Bocksprung. Moiras Sitz verrutschte dabei völlig, sie zog am Zügel, woraufhin Highlight zwar wieder in verspannten Trab wechselte, aber böse die Ohren anlegte. Das Mädchen an der Tete ritt hervorragend. Für die Ponys war das Tempo ideal, aber für Highlight, deren weite Gänge auch in einer Großpferdegruppe aufgefallen wären, ging es schlicht zu langsam. Natürlich hätte man das Pferd entsprechend versammeln können, aber Moira war damit überfordert. Sie riss verzweifelt am Zügel, doch Highlight lief dem Pony vor ihr trotzdem auf. Der kleine Braune blieb dabei zunächst engelhaft brav, aber dann schlug er doch zurück. Highlight wich erschrocken in die Reitbahnmitte aus. Die Richter forderten inzwischen Zirkel und Handwechsel, aber Moira dachte längst nicht mehr daran, lehrbuchgerecht zu reiten. Sie hoffte offensichtlich nur noch, die Prüfung irgendwie zu überstehen. Schließlich wurde zum Schritt durchpariert und Galopp als Einzelaufgabe gefordert. Dabei entschieden sich die Richter für die schwierigste Variante: Der letzte Reiter der Abteilung musste auf den zweiten Hufschlag wechseln, im Galopp an der Abteilung vorbeigehen, einmal um die Bahn galoppieren und sich dann hinten wieder anschließen. Für Highlight hieß das, zwölfmal ruhig zu bleiben, während sie überholt wurde, bis sie endlich mit dem Galoppieren an der Reihe war. Dreimal stand sie es durch. Dann reichte es ihr. Energisch schlug sie mit dem Kopf, riss der überraschten Moira damit die Zügel aus der Hand und galoppierte dem fremden Pferd hinterher. Glücklich über ihre Freiheit baute sie auf der langen Seite auch noch einen Buckler ein. Moira konnte sich nicht länger im Sattel halten. Highlight schloss derweil vergnügt zu dem Schimmel am Anfang auf und versuchte, mit ihm Freundschaft zu schließen. Es war so peinlich, dass ich nicht mal Schadenfreude spürte. Frau Kuhlmann auf der anderen Seite der Bahn lief puterrot an. Für sie musste es schrecklich sein. Schließlich hatte vorhin jeder gesehen, dass sie Moira trainierte!

Moira machte Anstalten, die Reitbahn zu verlassen, aber als sie Frau Kuhlmanns Gesicht sah, überlegte sie es sich anders. Inzwischen hatte auch schon eine der Richterinnen Highlight wieder eingefangen. Bei Jugendreiterprüfungen saßen die Juroren nicht am Richtertisch, sondern standen in der Reitbahnmitte wie sonst der Reitlehrer. Mit ein paar für uns nicht verständlichen Worten gab die Richterin Moira ihr Pferd zurück. Bis sie wieder aufgestiegen war, wurde die Prüfung unterbrochen. Moira klammerte sich jetzt nur noch hilflos an Zügeln und Mähne fest. Sie schüttelte den Kopf, als sie mit dem Galoppieren an der Reihe gewesen wäre, und die Richter gingen gleich zum nächsten Mädchen über. Kurz danach war die Prüfung zu Ende und Moira stand das letzte Grüßen gerade noch durch. Dann ritt sie hinaus, warf Frau Kuhlmann unwirsch Highlights Zügel hin und fiel ihrem Papa schluchzend um den Hals.

Ich konnte nicht anders: Auch wenn ich mich jetzt zum Narren machte, ich musste wissen, was da geredet wurde! Ich flitzte Richtung Ausgang und nahm Frau Kuhlmann das Pferd ab. Sie nickte dankbar.

„Sie … sie … sie … hat gesagt, ich hätte mich in die Prüfung wohl verlaufen, und … und … ein schicker Turnierdress reichte wohl nicht zum Reiten …“, schluchzte Moira. Offensichtlich wiederholte sie gerade die Worte der Richterin.

Frau Kuhlmann zuckte mit den Schultern. „Tja, das war Marita Höhner. Die nimmt kein Blatt vor den Mund! Aber sonst eine erstklassige Richterin."

„Eine erstklassige Richterin? Wenn sie *so* mit den Kindern spricht?" Onkel Sven war auf hundertachtzig. „Moira hat so viel trainiert. Wie konnte das passieren?" Streng sah er Frau Kuhlmann an. Ich kannte die Masche. Onkel Sven suchte immer einen Schuldigen.

Frau Kuhlmann blieb jedoch gelassen. „Die Teilnehmer haben alle viel trainiert. Die meisten sicher ein Jahr oder länger. Ich hatte es Ihnen gesagt: Reiten lernt man nicht im Schnellverfahren. Aber jetzt sollte Moira erst mal das Pferd absatteln und sich umziehen. Wir können später noch mal darüber reden. Es war übrigens sehr mutig von dir, Moira, wieder aufzusteigen. Das hat Frau Höhner bestimmt auch registriert. Sie wird sich daran erinnern, wenn sie dich wieder richten muss. Dann hast du einen Pluspunkt gut!"

Moira nahm das Lob gar nicht zur Kenntnis. Sie wirkte wie hypnotisiert. Ihr Vater polterte dagegen weiter.

„Sie soll sich dieser Person noch mal zum Richten stellen? Das wäre ja noch schöner! Ich werde …"

Frau Kuhlmann ging nicht auf ihn ein. „Ich muss mich jetzt um Clara kümmern. Wenn Sie mich bitte entschuldigen wollen …"

Frau Kuhlmann verschwand, ebenso Moira und ihr Vater. Onkel Sven führte sie so besorgt zum Verpflegungswagen, als habe sie gerade mindestens einen Flugzeugabsturz überlebt. Und ich stand da mit Highlight … Eigentlich sollte ich sie zum Hänger bringen. Aber sie guckte noch sehr unternehmungslustig. Ob ich …? Bestimmt würde niemand etwas merken, wenn ich aufstieg und sie bis zum Hänger ritt! Highlight würde das garantiert nicht schaden. Ich sah mich kurz um, aber hier kannte mich niemand. Die anderen Mädchen und Clara waren längst bei den Hängern oder auf dem Abreiteplatz, denn Claras E-Dressur war die übernächste Prüfung. Auf dem Viereck lief nur noch ein Springreiter-Wettbewerb, zum größten Teil mit denselben Teilnehmern wie eben bei der Jugendreiterprüfung. Ich setzte den Fuß in den Steigbügel.

Eine Fee namens Kuhlmann

In Jeans und Turnschuhen zu reiten war etwas ungewohnt, aber all das vergaß ich schnell, als ich endlich tief durchatmete und auf Highlights Rücken saß. Wie schön sie ging! Man brauchte die Zügel nur ganz leicht anzunehmen, schon machte sie den Hals rund. Ihr Schritt war lang und federnd. Wenn der Trab auch so gut zu sitzen war, wusste ich wirklich nicht, warum Moira immer wie ein Flummi auf ihr herumhoppelte. Ob ich es versuchte? Aber wo? Auf dem Abreiteplatz waren zu viele Leute. Obendrein Clara und Frau Kuhlmann. Aber hier, der Springparcours … die Prüfungen begannen erst in einer Stunde, bis jetzt war noch niemand da.

Ich lenkte Highlight entschlossen durch das geöffnete Tor und trabte zwischen den Hindernissen an. Es war fantastisch. Highlight reagierte auf leichteste Hilfen und lief mit zufrieden aufgestellten Ohren. Nach ein paar Minuten galoppierte ich an. Der Himmel! Highlight schwebte nur so unter mir. Ihre Galoppsprünge waren hoch und weit, aber sie ließ sich auch mühelos versammeln und bewegte sich dann fast wie in Zeitlupe. Ich versuchte einen einfachen Wechsel – mit Abendfee war mir der noch nie gelungen. Aber Highlight wechselte leicht vom Galopp in den Schritt, ließ sich umstellen und galoppierte wieder an. Ich war einfach nur glücklich.

„Und jetzt spring mal! Den Oxer hier! Los, hab keine Angst, die macht das mit links!"

Ich fuhr erschrocken aus meinen Träumen. Am Rand des Springplatzes stand Carsten. Er lachte mir zu und seine Augen blitzten erwartungsvoll. Anscheinend war er genauso begeistert von Highlight wie ich. „Galoppier sie ruhig an. Im Arbeitsgalopp um die Ecke und dann lässt du sie etwas mehr ausgreifen. Drei Sprünge, das müsste passen."

Ich zählte die Galoppsprünge nicht ernsthaft, aber Highlight kam trotzdem perfekt vor den Sprung und nahm ihn so leicht, als hätten wir Flügel.

„Und die Trippelbarre!", rief Carsten.

Das Hindernis ragte riesig vor mir auf, aber bevor ich überlegen konnte, hatte ich die Schenkel schon angelegt und Highlight flog hinüber. Atemlos hielt ich sie an und streichelte sie.

„Das war … das war …"

„Das war einfach genial", kommentierte Carsten trocken. „Ich kann mich nur freuen, dass du gleich nicht im Springen gegen mich antrittst. Otto hätte nicht den Hauch einer Chance, so erstklassig, wie die geht. Aber jetzt hau bloß mit ihr ab! Bevor jemand sie vermisst."

Ich grinste. „Du wirst mich doch nicht verraten?", fragte ich.

Carsten schüttelte den Kopf. „Spinnst du? Aber mach das ja nicht mit Otto, der ist zwei Nummern zu groß für dich.“

Ich stieg sicherheitshalber ab, als ich den Springplatz mit Highlight verlassen hatte. Schließlich konnte ich Frau Kuhlmann auf dem Weg zum Hänger begegnen. Dabei dachte ich über Carstens letzte Bemerkung nach. Was sollte das? Einerseits wäre ich ganz toll geritten, aber andererseits noch längst nicht gut genug für seinen Super-Otto? Wenn Highlight nur mir gehörte! Dem würde ich einheizen!

Zu meiner Verwunderung gesellte sich Frau Kuhlmann auf dem Weg zum Hängerparkplatz zu mir und begann eine belanglose Unterhaltung über das Wetter. Erschrocken registrierte ich, dass sie offensichtlich nicht bei Clara, sondern in der Meldestelle gewesen war, während ich Highlight entführt hatte. Mir lief es eiskalt den Rücken herunter. Wie leicht hätte sie mich erwischen können!

Frau Kuhlmann begleitete mich bis zu ihrem Hänger und ließ mich dann allein, um sich endlich um Clara zu kümmern. Zum Abschied klopfte sie Highlights glatten Hals.

„Jetzt reib sie aber gut ab und deck sie ein“, sagte sie und lächelte mir fast verschwörerisch zu. „Und ein bisschen Kraftfutter hat sie auch verdient, so schön, wie sie gegangen ist!“

Ich traute meinen Ohren nicht. In der Prüfung war Highlight doch eine Katastrophe gewesen.

„Sie kann schließlich nichts dafür, dass sie der falschen Cousine gehört.“

Frau Kuhlmann ließ mich stehen und ging zum Abreiteplatz. Oh, Mann! Wie viele Zuschauer mochte ich wohl noch gehabt haben? Ich sah mich misstrauisch nach Onkel Sven und Moira um, aber die gehörten glücklicherweise nicht dazu. Sie tauchten erst wieder auf, als Carsten mit der ersten Springprüfung an der Reihe war.

Moira winkte ihm vom Rand des Abreiteplatzes.

„Komm her, ich muss dir doch Glück wünschen!", säuselte sie. „Bei mir hat es ja nicht geklappt, aber du wirst bestimmt gewinnen!"

Carsten saß bereits auf dem Pferd und sah in seinem schwarzen Jackett und der engen weißen Hose absolut cool aus. Eben hatte er sich mit ein paar anderen Teilnehmerinnen des Springens unterhalten. Die beobachteten Moira und ihn jetzt ganz genau. Ich konnte mir vorstellen, was sie dachten: Endlich ein neuer Junge auf dem Turnierplatz. Aber hatte er womöglich schon eine Freundin?

Carsten ließ sich davon nicht beeindrucken und machte erst mal Otto warm. Er würde im A-Springen starten, anschließend übernahm Clara den Wallach für das E-Springen. Die E-Dressur war noch im Gange, als die Springprüfungen begannen, aber Clara hatte zu den ersten Startern gehört. Sie war sehr schön geritten und lag bislang mit einer 7,6 an vierter Stelle. Allerdings standen noch fünfzehn weitere Starter zwischen ihr und einer Platzierung. Allzu große Hoffnungen machte sie sich nicht.

Otto und Carsten absolvierten den Springparcours souverän und in atemberaubender Geschwindigkeit. Allerdings verlor Carsten wieder viel Zeit zwischen den Sprüngen. Zum Schluss gab es sechs Null-Fehler-Ritte und Carsten war nur der Viertschnellste. „Immerhin eine Schleife!“, freute sich Clara, als sie Otto übernahm. „Nun guck nicht so geknickt, Carsten! Was soll ich denn sagen?“

Clara hatte die Dressur-Platzierung tatsächlich knapp verpasst. Zwei der letzten Starter hatten höher gepunktet und sie landete auf dem undankbaren sechsten Platz. Frau Kuhlmann blieb noch mit ihr auf dem Abreiteplatz und gab letzte Ratschläge. Moira dagegen hängte sich an Carsten und damit natürlich auch an Lea, Jessica und mich. Ich hätte mir ja gern einen anderen Platz auf den Tribünen gesucht, aber Lea brannte darauf, ein paar Minuten neben ihrem Schwarm zu sitzen. Carsten landete zwischen ihr und Moira, aber zum Glück hatte Lea keine Zeit, sich mit platten Bemerkungen zu blamieren. Das besorgte Moira für zwei. Insofern wurde es erst wieder interessant, als Frau Kuhlmann endlich auch heraufkam. Sie machte einen etwas geschafften Eindruck und setzte sich eine Reihe über uns neben Onkel Sven. Der ging sofort zum Angriff über.

„Jetzt aber mal Klartext, Frau Kuhlmann! Warum hat Moira nicht gewonnen?“

Frau Kuhlmann seufzte. „Weil sie noch nicht lange und gut genug reitet. Weil das Pferd noch jung und nicht richtig vorbereitet ist. Weil die Konkurrenz riesig war. Wie viele Gründe wollen Sie noch hören?“

„Ich will keine Ausreden, ich will Schleifen!“, tönte Onkel Sven.

Frau Kuhlmann strich sich ihre Kringellöckchen aus dem Gesicht. Das tat sie immer, wenn sie genervt war. „Die kriegen Sie preiswert im Reitsportgeschäft“, konterte sie. „Mit einer Aufschrift Ihrer Wahl, pro Stück etwa ein Euro. Wenn Moira die Dinger allerdings gewinnen soll, müssen Sie etwas mehr Geduld haben. Und dabei vielleicht auch ein bisschen auf mich hören! Das mit den Ponys in der Jugendreiterprüfung und dem daraus resultierenden geringen Durchschnittstempo hätte ich Ihnen zum Beispiel vorher sagen können. Das hier ist ein Dressurstall, hier haben schon die Anfänger hervorragende Turnierponys und in Moiras Alter reiten sie längst A- oder L-Dressur und keine Reiterprüfungen mehr. Wenn Sie mich gefragt hätten, wäre Moira deshalb auch nicht hier gestartet, sondern bei einem weniger professionellen Turnier. Nur hätte das in diesem Fall nichts genützt, Highlight wäre überall ausgeflippt. Aber insgesamt dürfte Moira besser vorwärtskommen, wenn Sie sich weniger einmischten!“ Frau Kuhlmann konzentrierte sich jetzt auf das Geschehen im Parcours. Eben war das erste Mädchen ohne Fehler durchgekommen. Allerdings nicht sehr schnell.

„Und was würden Sie uns nun so Geniales raten?“, höhnte Onkel Sven. „Soll ich ein anderes Pferd kaufen?“

Frau Kuhlmann schüttelte den Kopf. „Nein. Aber vielleicht über einen Beritt nachdenken. Besser noch über eine Reitbeteiligung durch ein anderes junges Mädchen. Highlight muss gezielt an die Turnieratmosphäre herangeführt werden, öfter in der Abteilung und im Gelände gehen. Jemand muss ihr Sicherheit vermitteln, damit sie nicht mehr bei jeder Gelegenheit Angst bekommt und um sich schlägt. Moira kann das noch nicht. Und wenn ich das Pferd reite, ist der Unterschied zu groß. Highlight würde bei mir überragend gehen und unter Moira gar nicht mehr. Das Beste wäre also eine Mitreiterin aus der Fortgeschrittenenabteilung. Und ansonsten lassen Sie Moira noch mindestens zwei Monate üben. Es war zu früh, sie an den Start zu schicken, egal, in welchem Turnier und mit welchem Pferd."

Onkel Sven sagte zunächst gar nichts mehr. Aber ich kam schon wieder ins Grübeln. Eine zweite Reiterin für Highlight? Wen würde Frau Kuhlmann da vorschlagen? Lea stand so ziemlich auf Platz eins der Warteliste für ein Pflegepferd, aber es gab mindestens zwei Mädchen in der Dienstags- und Samstagsabteilung, die deutlich länger und besser ritten als wir. Aber wahrscheinlich machte Moira da sowieso nicht mit. Wer wollte sein Pferd schon teilen?

Inzwischen war Clara im Springparcours. Sie sah winzig aus, als sie mit dem riesigen Otto einritt, aber sie hatte ihn gut unter Kontrolle. Vielleicht zischte er nicht gar so schnell über die Sprünge wie eben unter Carsten, aber dafür nahm sie die Ecken knapper.

Am Ende ertönte tosender Beifall. Clara war ohne Fehler geblieben und das deutlich schneller als das andere Mädchen!

Wir klatschten natürlich alle wie verrückt, sogar Onkel Sven rang sich eine knappe Handbewegung ab. Überhaupt verfolgte er das Geschehen im Springparcours mit auffälligem Interesse.

Die nächsten drei Starterinnen machten alle Fehler, danach kamen zwei Null-Fehler-Ritte, aber Clara hielt die beste Zeit.

Tatsächlich erwies sich nur noch die allerletzte Reiterin als Konkurrenz für Clara. Wir hielten den Atem an, während ihr Pferd über die Hürden flitzte, und warteten dann aufgeregt auf die Zeit.

„57,6 Sekunden!“, verkündete der Sprecher.

Wir johlten auf. Clara hatte nur 57,3 gebraucht!

Während unten die Vorbereitungen für die Siegerehrung getroffen wurden, wandte Onkel Sven sich nachdenklich an Frau Kuhlmann.

„Diese … äh … Springprüfungen … Sehe ich das richtig, dass es hier nur darum geht, wie viele Hindernisse man reißt? Ich meine, die Richter haben hier nichts zu sagen?“

Frau Kuhlmann runzelte die Stirn. „Die Richter kontrollieren, ob alles den Wettkampfregeln gemäß abläuft …“

„Klar, sicher …“ Onkel Sven machte eine ungeduldige Handbewegung. „Aber die Entscheidung ist nicht so Ermessenssache wie in Dressurprüfungen, oder? Wer am besten springt, gewinnt!“

„Wer die wenigsten Fehlerpunkte hat, gewinnt“, schränkte Frau Kuhlmann ein. „Das sind nicht immer die besten Reiter …“

„Nun drehen Sie mir mal nicht das Wort im Munde um“, polterte Onkel Sven. „Was ich sagen will, ist das: Wenn Moira nun springen würde, statt mit diesem Dressurquatsch weiterzumachen, und Highlight käme über alle Hindernisse, ohne sie zu reißen – dann hätte sie doch gewonnen?"

Frau Kuhlmann holte tief Luft. „Wenn sie zusätzlich auch noch die Schnellste wäre ... Und das geht nur, wenn das Pferd auch dressurmäßig ordentlich gymnastiziert wird."

„Na, das Tempo sollte doch wohl mit Highlight kein Problem sein! Ihr Vater war ein Englisches Vollblut, die hat Rennpferdeblut!", ereiferte sich Onkel Sven. „Passen Sie auf, wir machen das so: Moira spezialisiert sich von jetzt an aufs Springen. Und Sie finden ein anderes Mädchen, das Highlight dressurmäßig gyn... gym... na, Sie wissen schon. Wird das übrigens teuer, mit dem Mädel? Was müsste man da zahlen?"

Ich hielt den Atem an. Onkel Sven wollte jemand anderen auf Highlight reiten lassen und das Mädchen sollte dafür auch noch Geld bekommen?

Frau Kuhlmann schien nur einen Sekundenbruchteil lang zu überlegen. Dann wanderte ihr Blick abwechselnd zu mir und Onkel Sven.

„Warum lassen Sie nicht Hanna mitreiten?", fragte sie und man merkte ihr an, wie sorgfältig sie ihre Worte wählte. „Die macht das sicher gern und so bliebe es doch praktisch in der Familie. Hanna würde sich auf die Dressur konzentrieren und Moira könnte eine Karriere als Springreiterin beginnen ..." Ich wusste nicht, was ich sagen sollte. Ich sollte Highlight reiten! Ich sollte mit ihr arbeiten, sie im Unterricht reiten ...

„Du sollst vor allem die Arbeit für Moira machen!“, meldete sich ein kleines, giftiges Stimmchen in mir. „Du bereitest das Pferd vor und Moira gewinnt eine Schleife nach der anderen. Willst du das wirklich?“ Ich überlegte nicht lang. Doch, ich wollte. Ich wollte Highlight, egal, was weiter abging.

Onkel Sven kratzte sich am Kopf. „Sie meinen, Hanna kann das?“

Frau Kuhlmann warf mir einen beschwörenden und zugleich entschuldigenden Blick zu. „Na ja“, sagte sie dann. „Hanna hat vielleicht nicht so den Mut zum Springen. Aber Dressurreiten liegt ihr.“

„Was meinst du, Moira?“, fragte Onkel Sven.

Moira hatte nur Augen für Carsten. „Ach, Carsten, dann reiten wir demnächst gegeneinander!“, flötete sie. „Wirst du mir böse sein, wenn ich dich schlage?“

Carsten verdrehte die Augen, aber dann schenkte er Moira doch ein schiefes Lächeln. „Gegen dich verliere ich doch gern!“, sagte er großzügig.

Ich wurde nicht ohnmächtig. Aber ich brachte es auch nicht fertig, mich zu bedanken. Eigentlich bekam ich überhaupt kein Wort mehr heraus. Ich ging nur ganz allein zum Hänger, während Frau Mohn Kaffee und Kuchen auf Claras Sieg ausgab. Highlight wartete auf mich. Sie brummelte sanft, als ich sie umarmte.

„Meine Highlight. Meine süße Highlight …“

Romantischer Ausritt?

„Es ist der helle Wahnsinn!“, ereiferte sich Jessica. Sie striegelte eben ihr Pflegepferd und neben ihr putzte Clara Alba. Die beiden hatten sich zu einem Ausritt verabredet. „Moira fällt doch schon beim Dressurreiten runter. Wie soll sie da springen?“

„Na ja, eigentlich ist das gar nicht so abwegig“, wandte Clara ein. „Überleg mal: Im Parcours ist Highlight allein, die Irritation durch die anderen Pferde fällt weg. Die Gangart steht auch fest, mit komplizierter Hilfengebung braucht sich Moira-Maus also nicht zu belasten. Und E-Hindernisse springt das Pferd absolut sicher. Eigentlich muss Moira nur halbwegs lenken, alles andere macht Highlight.“

„Aber nur, solange ihr Moira nicht zu oft im Maul reißt! Wenn sie erst mal raushat, dass Springen wehtut, wird sie es lassen. Und bis jetzt hält sich Moira noch ganz schön an den Zügeln fest.“ Jessica bürstete den üppigen Schweif ihrer Haflingerstute Nele.

Clara zuckte mit den Schultern. „Sie darf zwischen den Turnieren einfach nicht allzu oft drauf.

Was meinst du, warum Frau Kuhlmann sie auf Fluffy unterrichtet und nicht auf Highlight?“

Fluffy war das beste Springpferd unter Frau Kuhlmanns Schulpferden. Bei Reitabzeichenprüfungen bekamen ihn die Wackelkandidaten und beim Hausturnier war er heiß begehrt. Auf jeden Fall trug der große Wallach unsichere, am Zügel ziehende Reiter mit Fassung. Er war brav, aber etwas unsensibel. Als Dressurpferd eine Katastrophe. Springen schien er allerdings zu mögen. Er war nicht schnell, setzte aber sicher wie ein Gummiball über die Hindernisse. Wobei es ihm ziemlich gleich zu sein schien, ob er ein Mädchen trug oder einen Sandsack.

Ich hatte beschlossen, mich aus dieser Diskussion herauszuhalten. Um mich richtig aufzuregen, war ich ohnehin viel zu glücklich. Highlight rieb eben ihren Kopf an meiner Schulter. Sie liebte es, wenn ich sie bürstete und verwöhnte, bevor ich sie zum Reiten hinausführte. Die Reitstunden mit ihr waren einfach nur traumhaft und anschließend durfte ich sie auch noch auf die Weide bringen. Moira hatte das nie gemacht, es war ihr zu viel Arbeit, das Pferd herein- und herauszuführen und ihm dann auch noch den Schlamm abzuputzen. Frau Kuhlmann hatte aber ausdrücklich zu verstehen gegeben, dass Highlight der Auslauf zusammen mit den anderen Pferden guttun würde. Insofern teilte Highlight jetzt jeden Nachmittag die Weide mit Alba, Nele und Otto. Letzteres motivierte auch Moira. Wenn Carsten zur gleichen Zeit mit ihr Unterricht hatte, holte sie das Pferd gern selbst herein. Ansonsten musste ich das machen. Deshalb fuhr ich jetzt meist zweimal am Tag zum Reitstall und putzte Highlight auch noch eben über, bevor Moira kam. Doch bevor sie erschien, versuchte ich zu verschwinden. Das klappte wie abgesprochen: Ich sah bei Moiras Reitstunden nicht zu und sie blieb bei mir weg. Ich ritt am frühen Nachmittag, Moira kam um fünf zu ihrer Springstunde mit Fluffy. Das passte ihr prima, denn auch Carsten bewegte Otto eher gegen Abend. Alles in allem war das neue Arrangement ideal für Moira: viel weniger Reitstunden, praktisch keine Arbeit mehr mit Highlight, dafür mehr Zeit mit Carsten. Die anderen Mädchen tuschelten darüber, aber mir war alles egal. Hauptsache, ich hatte Highlight für mich! Unter Moira sah ich sie nur noch zweimal in der Woche, dienstags und donnerstags. Da half ich weiterhin in der Ponygruppe und war mit Lotti und den anderen Kindern beschäftigt, während Moira in der Anfängerabteilung mitritt. In der ersten Zeit konnte ich das noch gut ab. Aber schon nach zwei Wochen wurde mir regelrecht schlecht, wenn ich Moira auf meinem Pferd herumgurken sah. Highlight war so sensibel, so brav. Und Moira riss nur in ihrem Maul herum, stieß ihr die Hacken in den Bauch und tat alles, um sie nervös und unwillig zu machen. Ich konnte Highlight hinterher kaum in die Augen sehen. Was mochte sie von mir denken? Warum beschützte ich sie nicht vor diesem Quälgeist?

Bislang hatte ich Highlight nur in der Halle geritten, aber auf die Dauer sollte ich sie auch geländetauglich machen. Da traf es sich gut, dass jetzt endlich der 20. Juni kam und damit mein erster Ausritt mit Abendfee! Wenn ich mich dabei geschickt anstellte, so hoffte ich, würde Frau Kuhlmann mir auch Ausritte auf Highlight erlauben.

Zwei Tage vorher kam Carsten zu mir, als ich Möhren in Highlights Krippe füllte.

„Wo steckst du so in der letzten Zeit?", fragte er. „Ich habe dich bestimmt vier oder fünf Tage nicht gesehen. Nicht mal Montag vor der SchöSchu."

„Ich fahre mittags schnell zum Stall und lasse Highlight auf die Weide", erklärte ich meine Abwesenheit von der AG. „Und sonst – reicht dir Moira nicht als Gesellschaft? Du bist doch dauernd mit ihr zusammen."

„Sie ist eher mit mir zusammen", bemerkte Carsten, als ob das einen Unterschied machte. „Clara sagt, du machst Samstag beim Ausritt mit? Auf Highlight?"

Ich schüttelte den Kopf. „Auf Abendfee. Ein ganz normaler Schulpferdeausritt."

Carsten runzelte die Stirn. „Heißt das jetzt, du willst mich nicht dabeihaben?"

Seltsame Frage. „Wenn du gern im Schritt durch den Wald juckelst …" Vor gerade erst einer Woche hatte Carsten sich darüber beschwert, dass Frau Kuhlmanns geführte Ausritte so langsam abliefen. Er ritt trotzdem manchmal mit, weil er das Gelände besser kennenlernen wollte. „Ich hindere dich jedenfalls nicht. Der Wald ist für alle da."

„Du bist ja echt großzügig", meinte Carsten säuerlich. „Gut, dann sehen wir uns also Samstag …"

Ich wusste nicht recht, was ich davon halten sollte, aber am Samstag beim Satteln kam ein wenig Licht ins Dunkel. Da führte nämlich nicht nur Carsten seinen Otto aus dem Privatstall, sondern auch Moira meine Highlight! Sicher war das schon länger geplant gewesen. Aber damit es nicht auffiel, dass Moira und Carsten einen kleinen Romantikritt planten, flirtete er vorher noch ein bisschen mit mir. Ich versuchte, an den beiden vorbeizugucken, was nicht einfach war. Moira trug wieder das absolute Hingucker-Outfit: eine Reithose mit lindgrün-dunkelgrünen Karos und ein knallrotes enges T-Shirt.

Highlight schaute aufgeregt auf all die fremden Pferde und mir wurde das Herz schwer. Oh Mann, ich hätte ihr die Welt zeigen sollen! Es war so gemein, dass Moira nun ihren ersten Ausritt miterlebte.

Frau Kuhlmann sah auch nicht allzu glücklich aus. Sie ermahnte Moira ausdrücklich, ruhig am Schluss der Gruppe zu reiten. Dann ließ sie uns in Zweierreihen antreten und abreiten. Carsten gesellte sich zu Moira. Wie hätte es auch anders sein können.

Ich beschloss, mich nicht irritieren zu lassen und den Ausritt trotz allem zu genießen. Abendfee schritt freudig und lang unter mir aus, die Sonne schien und auch all die anderen Mädchen hatten gute Laune. Nach den ersten hundert Metern war eine Straße zu überqueren und bis dahin achtete Frau Kuhlmann streng auf Disziplin in der Gruppe. Dann lockerte sich die Zusammenstellung aber etwas auf und ich ritt mal neben Jessica, mal neben anderen Mädchen. Hinten plauderte Moira angeregt mit Carsten.

Ich hätte zu gern gewusst, worum es da ging! Unauffällig ließ ich mich in der Gruppe zurückfallen.

„Und beim Hausturnier reite ich das erste Springen“, verriet Moira gerade. „Das Hausturnier ist ideal, meint Frau Kuhlmann. Denn Highlight kennt den Parcours und es sind auch viele Schulpferdereiterinnen dabei, also keine Konkurrenz!“

Ich kochte vor Wut. Die meisten dieser Schulpferdereiterinnen ritten dreimal so gut wie Moira. Voraussetzung für die Teilnahme am Springen war das Große Hufeisen. Davon konnte Moira bislang nur träumen, so traurig, wie sie auch heute wieder auf dem Pferd hing. Highlight wollte offensichtlich schneller vorwärts als ihre Reiterin und Moira zerrte an den Zügeln, wobei sie Dauerzug und ruckartiges Ziehen abwechselte.

„Clara wird auch mitreiten“, bemerkte Carsten. Dies zum Thema Konkurrenz.

Moira lächelte. „Na, dann werde ich mich eben anstrengen müssen ... Du, Carsten, das mit der Absprungbestimmung, das habe ich noch nicht ganz verstanden ... Man kann dem Pferd wirklich verständlich machen, wie es taxieren muss?“

Das musste ich mir nicht länger anhören. Ich erinnerte mich an meinen Schwur, diesen Ritt einfach nur schön zu finden, und gab Abendfee etwas mehr Zügel, woraufhin sie sofort zu Nele aufschloss. Wir ritten inzwischen durch Felder und Wiesen und kamen schließlich auf lange, schattige Waldwege. Es war genau so, wie ich es mir erträumt hatte! Nur, dass zu meinen Fantasien auch lange Trabs und Galopps gehört hatten. Anscheinend war ich nicht die Einzige, die da etwas vermisste. Nach einer halben Stunde wurde Jessica ungeduldig.

„Warum traben wir denn heute nicht, Frau Kuhlmann?“, fragte sie die Reitlehrerin. „Ich meine … hier traben wir doch sonst immer.“

Frau Kuhlmann warf einen unschlüssigen Blick auf ihre Abteilung. Zehn Mädchen, die zum Teil für diesen Ausritt gespart hatten und die nun natürlich auch alle Gangarten reiten wollten. Carsten, der sich bestimmt schon zu Tode langweilte – und Moira.

Deren Zügelzieherei machte inzwischen immer weniger Eindruck auf Highlight. Die Stute lief dem vor ihr gehenden Pferd pausenlos auf. Keine idealen Voraussetzungen für Trab oder gar Galopp in der Gruppe. Trotzdem gab Frau Kuhlmann schließlich nach. „Also gut“, meinte sie resignierend. „Dann traben wir jetzt. Aber ruhig und gelassen, niemand überholt. Verstanden?“

Für uns Schulpferdereiter war das kein großes Problem. Klar, Abendfee wäre lieber etwas schneller getrabt und Fluffy ignorierte auch gern mal die verhaltenden Hilfen seiner Reiterin und lief Nele ein bisschen auf. Aber ernste Probleme hatte nur Moira. Schon nach wenigen Minuten sah ich Highlight an mir vorbeiziehen. Moira zerrte zwar wie verrückt am Zügel, aber das Pferd überholte auch Frau Kuhlmann. Die ließ daraufhin durchparieren.

„Was soll denn das, Moira, bleib auf deinem Platz! Es geht nicht, dass Highlight macht, was sie will.“

„Aber ich hab schon Blasen an den Fingern!“, beschwerte sich Moira und streckte Frau Kuhlmann wie anklagend die Hände entgegen.

Frau Kuhlmann zuckte mit den Schultern. „Dann musst du beim nächsten Mal Handschuhe anziehen. Und vermehrt mit dem Kreuz reiten. Nur Zügelziehen nützt nichts, das sage ich dir schließlich jeden Tag. Jetzt geh wieder nach hinten."

Moira ließ sich jedoch nicht allzu schnell abwimmeln. „Vielleicht würde Highlight vorn besser gehen?", wandte sie ein.

Frau Kuhlmann überlegte kurz. Wahrscheinlich dachte sie daran, dass sie Moira dann besser im Auge behalten konnte.

„Also gut, Moira, dann bleib an zweiter Stelle. Jessica mit Nele kommt neben dich. Aber reite meinem Jolly nicht auf. Du weißt, das mag er nicht!"

Jolly war ein Berittpferd, das zwei Monate zur Ausbildung bei Frau Kuhlmann zubrachte. Er war noch jung und neigte zum Auskeilen.

Wir trabten also wieder an, Moira diesmal vor mir. Aber natürlich gelang es ihr auch jetzt nicht, Highlight zu kontrollieren. Die Stute kam Jolly umgehend zu nahe, der daraufhin ein paar unwillige Galoppsprünge riskierte. Selbstverständlich hatte Frau Kuhlmann ihn gleich wieder in der Hand, aber Highlight hatte ihn galoppieren sehen, und schon hatte Moira nichts mehr zu melden. Highlight galoppierte an und schoss an Jolly vorbei. Wir sahen sie noch einmal vergnügt bocken, bevor sie um die nächste Wegbiegung rannte und sich damit unseren Blicken entzog.

Frau Kuhlmann ließ die Gruppe sofort halten.

„Was machen wir denn jetzt?“, fragte Jessica. „Hinterher?“

„Bloß nicht! Das würde Highlight nur noch mehr anspornen. Am besten warten wir hier. Moira sollte sie ja gleich wieder in die Hand bekommen und wird dann wenden. Sobald sie allein ist, wird Highlight langsamer. Das klappt fast immer.“ Frau Kuhlmann versuchte, zuversichtlich dreinzuschauen, aber je länger wir warteten, desto unsicherer wurde sie.

„Vielleicht hat sich Moira ja verritten?“, fragte Jessica schließlich. „Bestimmt hat sie nicht auf den Weg geachtet, als Highlight durchging, und jetzt findet sie uns nicht mehr.“

Frau Kuhlmann sah sie fast dankbar an. Die Idee gefiel ihr offensichtlich besser als die Horrorszenarien, die ihr selbst durch den Kopf gingen. Und mir natürlich auch. Wobei mir Moiras Gesundheit relativ gleichgültig war. Ich sorgte mich um Highlight.

„Also schön, Kinder. Tut mir leid, dass der Ritt so chaotisch verläuft, wir holen ihn nächste Woche nach. Jetzt müssen wir erst mal sehen, dass wir Moira und Highlight wiederfinden. Wo haben wir halbwegs ortskundige Reiter, möglichst mit Handy?“

Carsten meldete sich. „Ich kenne mich schon ziemlich gut aus. Komm mit, Hanna, wir reiten da runter!“

Mein Herz machte einen Hüpfer. Ob Frau Kuhlmann wirklich erlauben würde, dass ich mit auf die Suche ging? Die war aber schon dabei, die nächste Gruppe einzuteilen.

Jessica hatte ebenfalls ein Telefon. Frau Kuhlmann schickte sie mit Maria, einem Mädchen aus der Montagsabteilung, auf den Weg. Wie viele sich noch auf die Suche machten, bekam ich nicht mit. Carsten und Jessica trabten bereits an und wir entfernten uns schnell von den anderen. An der nächsten Wegbiegung trennten wir uns. Carsten und ich ritten nach links, Jessica und Maria nach rechts. Wir trabten flott und ohne die Angst um Highlight hätte ich den Ritt genossen. Frei und locker dahinzutraben war so viel schöner, als immer an die Gruppe gebunden und von der Reitlehrerin kontrolliert zu werden.

An der übernächsten Ecke fanden wir Moira.

Ihr Reitdress war dreckig, da ihr Ritt anscheinend ausgerechnet in einem Schlammloch ein Ende gefunden hatte. Aber sonst war sie unverletzt.

„Highlight ist so gerannt!“, beklagte sie sich. „Und da … Ich dachte, es ist besser, wenn ich abspringe …“

„Du bist abgesprungen?“, schrie ich sie an. „Und hast Highlight allein weiterrennen lassen? Warum hast du sie nicht angehalten? Wer weiß, wo sie jetzt ist?“

„Wenn sie hier weitergerannt ist, kommt sie über kurz oder lang nach Hause“, meinte Carsten. „Das ist ein Rundweg, wir nehmen ihn immer als Ein-Stunden-Runde. Verloren gehen kann sie da nicht. Aber sie muss am Schluss über die Straße!“

Die Straße war nicht übertrieben verkehrsreich, aber auch nicht gerade verlassen. Wenn Highlight

Pech hatte … Ich war drauf und dran, Galopphilfen zu geben und ihr nachzujagen.

Carsten schien meine Gedanken zu lesen. „Hinterherreiten bringt nichts. Wenn überhaupt, dann können wir ihr nur den Weg abschneiden. Wir reiten hier querbeet durch den Wald, so schnell wir können. Und wenn wir an die Straße kommen, halten wir den Verkehr an. Die Autofahrer müssen dann warten, bis wir wissen, ob alles in Ordnung ist."

Ich orientierte mich kurz und bog in einen Pattweg ein.

„Wollt ihr mich nicht mitnehmen?", fragte Moira. Ihr schien überhaupt nicht klar zu sein, worum es ging. „Ich könnte hinter dir auf Otto …"

„Du wartest hier!", entschied Carsten. „Oder geh einfach den Weg zurück, da solltest du Frau Kuhlmann treffen. Los jetzt, Hanna, sonst haben wir gar keine Chance mehr!"

Es war der aufregendste Ritt meines Lebens. Carsten führte uns über enge, verschlungene Pfade, manchmal war auch gar kein Weg erkennbar. Wir mussten uns unter tief hängenden Zweigen bücken und die Pferde über Wurzeln und durch Matschlöcher dirigieren. Aber dann kam überraschend schnell die Straße in Sicht.

„Wie weit sind wir denn hier vom Stall weg?", fragte ich atemlos.

Carsten überlegte. „Vielleicht einen Kilometer?", schätzte er. „Kann auch mehr sein. Wir reiten jetzt jedenfalls Schritt. Mitten auf der Straße. Und jedes Auto, das kommt, halten wir auf."

Die Fahrer der Autos fanden das gar nicht lustig. Die ersten versuchten, uns zu überholen, aber wir hielten sie alle an und erzählten von der Gefahr durch das frei laufende Pferd. Sie blieben dann hinter uns und schalteten die Warnblinkanlagen ein. Kurze Zeit später zogen wir eine ganze Schlange Autos hinter uns her und die letzten Fahrer regten sich auf und hupten. Trotzdem: Von links konnte Highlight jetzt keiner mehr überfahren, wenn sie auf die Straße rannte. Aus der anderen Richtung kamen uns aber noch genug Autos entgegen.

„Solange sie uns noch entgegenkommen, ist nichts passiert“, stellte Carsten fest. „Wenn da vorne ein totes Pferd läge, wäre die Straße dicht.“

Jungen können so ungemein tröstlich sein!

Nach für mich fast unendlich langer Zeit erreichten wir die Wegmündung, aus der Highlight kommen musste – und trafen dort bereits auf eine Straßensperre.

Sechs Mädchen mit Schulpferden ließen die Autos nur in Schrittgeschwindigkeit passieren.

„Frau Kuhlmann sagte uns, wir sollten hier aufpassen“, meinte eine von ihnen. „Aber so richtig bringt es nichts. Wenn Highlight den direkten Weg genommen hätte, müsste sie längst durch sein. Sie ist immer noch irgendwo im Wald.“

Ich überlegte, wann es dunkel werden würde. Und ob Highlight sich fürchten würde, so ganz allein. In dem Moment kam Frau Kuhlmanns Auto aus dem Zufahrtsweg zum Reitstall. Die Reitlehrerin und Clara winkten uns zu.

„Wir haben sie! Ein Bauer hat angerufen, sie steht in seinem Kornfeld, aber sie lässt sich nicht fangen. Wir fahren jetzt rüber und versuchen unser Glück. Clara kann sie dann zurückreiten."

Clara sah mein halb erleichtertes, halb immer noch verängstigtes Gesicht.

„Reitet doch hin! Es ist der Bauer mit dem Brachland, Carsten, der sich neulich so aufgeregt hat, als wir drübergaloppiert sind!"

Carsten nickte und trabte sofort an. Ich folgte ihm, bevor Frau Kuhlmann es verbieten konnte. Die gab aber schon Gas und sprach dabei auf Clara ein. Ich konnte mir gut vorstellen, was da ablief. Frau Kuhlmann hasste es, wenn Reiter aus ihrem Stall Landwirte verärgerten.

„Kann ich galoppieren?", fragte Carsten, sobald wir auf einen Sandweg kamen. Anscheinend erinnerte er sich jetzt erst wieder daran, dass dies mein erster Geländeritt war.

Ich verdrehte die Augen. „Klar. Ich bin Hanna, nicht Moira!", entgegnete ich.

Wir gaben Galopphilfen, und als der Weg weich und gerade blieb, wurden wir immer schneller. Ich war noch nie im Leben so rasant geritten, aber Abendfee blieb leicht in der Hand und schien mit Begeisterung dabei zu sein. Carsten hatte mit Otto mehr Schwierigkeiten, als wir schließlich wieder durchparierten. Der Weg aus dem Wald heraus war asphaltiert, aber jetzt konnten wir Frau Kuhlmanns Wagen und Highlight schon sehen. Die schwarze Stute stand auf einem Weizenfeld und knabberte an den Halmen. Der Bauer redete verärgert auf Frau Kuhlmann ein und Clara versuchte, Highlight einzufangen. Die schien sich jedoch einen Spaß aus der ganzen Sache zu machen und ging jedes Mal, wenn Clara sich ihr näherte, ein paar Schritte weg. Bis Clara in die Tasche griff und eine Möhre hervorholte. Highlight schien abzuwägen, ob das Korn oder die Möhre besser schmeckte. Ich hoffte im Stillen darauf, dass sie nicht zu Clara kam. Sekundenlang ergab ich mich dem Tagtraum, dass Highlight hier nur auf mich gewartet hatte. Wenn ich gleich abstieg, würde sie auf mich zutraben und ihren Kopf an mir reiben.

Tatsächlich fiel Highlights Entscheidung inzwischen auf die Möhre. Mit freundlich aufgestellten Ohren trottete mein Pferd in Claras Richtung. Ich seufzte.

„Na, ihr seid aber gut geheizt!", begrüßte uns Frau Kuhlmann etwas missbilligend. Sie verhandelte eben mit dem Bauern über eine Entschädigung. Er würde sich die drei Ähren, die Highlight gefressen hatte, garantiert teuer von Onkel Sven bezahlen lassen.

„Jetzt reitet langsam nach Hause, Clara nimmt Highlight. Und seht zu, dass nicht noch mal was passiert!"

Clara lachte mir zu, während sie sich in Highlights etwas lädierten Sattel schwang. Die Stute musste die Wege bald verlassen haben, nachdem sie sich von Moira getrennt hatte. Ihr zerrissener Zügel und der zerkratzte Sattel verrieten einen Galopp durchs Unterholz.

„Frau Kuhlmann war ganz schön fertig mit der Welt“, verriet uns Clara, als wir nebeneinander nach Hause ritten. „Am liebsten hätte sie Highlight selbst zurückgeritten, aber es war kein anderer Autofahrer im Stall. Da hat sie mich gefragt. Sie war total besorgt: all die Mädchen allein im Wald. Und dann Highlight ... Was meint ihr, wie Herr Thiemann ihr die Hölle heiß gemacht hätte, wenn da was passiert wäre.“

„Wenn Moira was passiert wäre, hätte er ihr noch viel mehr die Hölle heiß gemacht“, bemerkte ich.

Clara kicherte. „Oh, Moira war als Allererste zu Hause. Die hat ganz schnell die Straße gefunden, das nächste Auto angehalten – passenderweise eins, das nicht in Richtung Reitstall fuhr. Und da das arme Kind ja so mitgenommen aussah, hat der Fahrer sie gleich nach Hause gebracht. Sie wartet jetzt wahrscheinlich schon mit Papa im Reitstall. Er hat vorhin angerufen.“

Als wir im Stall ankamen, war Onkel Sven tatsächlich schon in eine ärgerliche Diskussion mit Frau Kuhlmann verwickelt. Die Reitlehrerin verteidigte sich energisch. Nein, sie hätte Moira nicht erlaubt, am Ausritt teilzunehmen. Moira habe allerdings auch nicht gefragt, sondern sich einfach angeschlossen.

„Der Wald ist für alle da, Herr Thiemann, und Highlight ist Ihr Pferd, nicht meins. Sie müssen Moira die Extratouren verbieten, ich kann allenfalls Warnungen aussprechen. Und das habe ich gemacht, das dürfen Sie mir glauben!“

Viel mehr bekam ich nicht mit, schließlich mussten wir unsere Pferde jetzt in den Stall führen. Moira kümmerte sich dabei kein bisschen um Highlight, sondern überließ es Clara und mir, sie abzusatteln. Stattdessen schilderte sie Carsten wortreich ihre Erlebnisse.

Auf dem Weg zum Fahrradständer hörte ich dann allerdings die Unterhaltung zwischen Moira und ihrem Vater.

Sie klagte gerade mal wieder ihr Leid mit der störrischen Stute, aber Onkel Sven war ziemlich grantig.

„Wie ich das so sehe, kann absolut jeder diesen Gaul reiten, nur du nicht! Das muss besser werden, Moira! Oder wir brauchen ein anderes Pferd, wenn dir dieses nun mal nicht liegt."

Ich fühlte Angst in mir aufsteigen. Er wollte Highlight verkaufen! Wenn Moira nicht umgehend lernte, mit ihr fertig zu werden, und wenn sie dieses blöde Springen beim Hausturnier nicht gewann, würde er mir Highlight wegnehmen!

Ich beschloss, mit Clara zu reden. Vielleicht konnte sie Moira ja gewinnen lassen …

Traumprinz mit Pferd gesucht

„Aber sonst geht's dir gut?", fragte Clara, als ich ihr Montag meine verzweifelte Idee unterbreitete. „Ich lass die dumme Kuh doch nicht gewinnen! Mal ganz abgesehen davon, dass ich gar nicht weiß, ob ich überhaupt eine Chance gegen sie hätte. Ich wollte es dir ja nicht sagen, aber letzte Woche hat Frau Kuhlmann Moira auf Highlight springen lassen. Es war natürlich schaurig, sie sitzt fürchterlich und reißt dem Pferd bei jedem Sprung im Maul. Aber sie hat auch keine Hemmungen, es rücksichtslos um die Kurven zu zerren. Und Highlight springt trotzdem! Sie ist einfach mega-gut ausgebildet."

„Du meinst, für Moira sieht es gar nicht so schlecht aus?" Ich wusste nicht, ob ich deshalb erleichtert oder ärgerlich sein sollte.

Clara nickte. „Und deshalb wird dein Onkel das Pferd auch nicht verkaufen. An deiner Stelle hätte ich viel mehr Angst davor, dass Moira Highlight die Beine bricht. Wenn es regnet, wird der Platz schlüpfrig. Und falls sie dann so hemmungslos um die Ecken schießt wie neulich …"

Freundinnen können auch sehr tröstlich sein.

Am Mittwoch hatte Clara um zwei Uhr eine Reitstunde und bot mir an, Highlight vorher für mich auf die Weide zu bringen. „Dann brauchst du zwischen Schule und AG nicht zum Stall zu fahren. Ist doch sowieso ein Wahnsinn, wie du dich abschuftest für Moiras Pferd!"

Aha, Carsten hatte also geplaudert. Wieso hatte ich ihm bloß erzählt, dass ich zwischen den Schulstunden zum Stall fuhr? Mir war schließlich klar, was die anderen dazu sagen würden. Es war absolutes Stallgespräch, wie ich mich von Moira ausnutzen ließ. Aber ich tat das alles ja nicht für Moira, ich tat es für Highlight. Die wusste schließlich nicht, dass sie nicht mir gehörte. Die vertraute mir. Ich wünschte nur, ich könnte mehr tun!

Als ich die Cafeteria betrat, fiel mein Blick gleich auf Carsten, der am selben Tisch mit Moira und Ellen saß. Ich wollte mich in eine Ecke verkrümeln, aber er rief nach mir.

„Komm doch zu uns, Hanna. Deine Meinung ist auch gefragt!"

Widerwillig trug ich mein Tablett zu den anderen und verlor gleich den Appetit, als ich die *Teenworld* auf dem Tisch liegen sah. *Der große Test – Wer ist dein Traumboy/Traumgirl?*

„Und?", fragte ich spöttisch. „Habt ihr's schon herausgefunden?"

Carsten grinste. „Also Ellens Traumboy ist dunkelhaarig, spielt Gitarre und hat ein Haus in Malibu", fasste er zusammen. „Und Moira ..."

„Ich mag es blond …“, flötete sie und zwinkerte verführerisch.

„Und du?“, fragte mich Carsten.

Ich zuckte mit den Schultern. „Hab ich noch nicht drüber nachgedacht. Ein Prinz auf einem Schimmel jedenfalls. Wie der Schimmel aussehen soll, weiß ich schon.“

Die anderen Mädchen kicherten. Carsten guckte jedoch fast etwas geknickt.

„Ein Brauner dürfte es so gar nicht sein?“, fragte er mit gerunzelter Stirn.

Also gut, dumme Sprüche machen konnte ich auch. „Ach, ein gutes Pferd hat keine Farbe!“, zitierte ich Frau Kuhlmann.

Carsten lachte.

„Und du?“, erkundigte sich Moira augenzwinkernd. „Los, Carsten, wer ist dein Traumgirl?“

Carsten kaute auf seiner Oberlippe. „Also erst mal … erst mal müsste sie sehr gut reiten können. Nicht unbedingt auf einem Schimmel …“ Er warf mir einen Blick zu und seine Augen blitzten mutwillig. „Ich würde auch eine mit einem Rappen nehmen. Aber sie müsste schon gut damit klarkommen. Schließlich wollen wir gemeinsam ausreiten. Das stell ich mir ziemlich romantisch vor.“

„Oh ja!“, freute sich Moira. „Wie im Film. Und dann greift sie nach seiner Hand …“

Ich hätte mich am liebsten verzogen. Das musste ich mir nun wirklich nicht anhören. Dabei war der erste Ritt dieser Turteltäubchen doch gar nicht so romantisch gewesen. Wenn man es recht bedachte, war Carsten sogar länger mit mir unterwegs gewesen als mit Moira. Aber anscheinend dachten ja beide an eine Wiederholung. Ein Mädchen mit einem Rappen. Noch deutlicher ging es wohl nicht. Ich biss widerwillig in mein Sandwich. Bei Highlight wäre es netter gewesen. Nächste Woche würde ich über Mittag wieder in den Reitstall radeln.

Am Dienstag wurde ich dann selbst Zeugin einer Springstunde für Moira. Ich war mit Lotti und Hucky fertig – wobei ich mich wieder mal gewundert hatte, welche Fortschritte die Kleine neuerdings machte. Vor Hucky schien sie sich nicht halb so sehr zu fürchten wie vor Bonnie, eine völlig unverständliche Reaktion. Aber jedenfalls verliefen die Pony-Nachmittage neuerdings ohne Schreikrämpfe und Nervenzusammenbrüche. Die hätte ich dafür beinahe bekommen, als ich Moira auf Highlight springen sah. Normalerweise wäre ich längst weg gewesen, aber ich hatte Clara versprochen, Albas Box für sie zu misten, weil sie zu einer außerordentlichen Chorprobe mit ihrer AG musste. Dabei sah ich, dass Moira Highlight auf den Außenplatz führte, und natürlich konnte ich mich nicht zurückhalten. Ich folgte meiner Cousine und Frau Kuhlmann, die auch Fluffy hinausbrachte. Das Ganze lief dann so ab, dass Moira erst Fluffy ritt, während Frau Kuhlmann Highlight aufwärmte und die ersten Hindernisse mit ihr nahm. Dann erklärte sie Moira den Parcours – wahrscheinlich rein zufällig der gleiche, der auf dem Turnier gesprungen werden würde – und ließ sie das Ganze mit Fluffy durchspringen. Zuletzt durfte Moira einmal mit Highlight über die Strecke. Und sofort sah ich, was Clara gemeint hatte: Im Grunde zog Moira nicht anders in Highlights Maul herum als vorher bei Fluffy, aber im Gegensatz zum alten Wallach ließ die sensible Stute die Reißerei nicht einfach so über sich ergehen. Während Fluffy seine Runde unbeeindruckt weiterging, versuchte Highlight, Moiras Hilfen zu folgen, und schoss dabei ziemlich halsbrecherisch um die Kurven. Nach ein paar Sekunden konnte ich nicht mehr zuschauen, doch dann war es auch schon vorbei. Frau Kuhlmann schimpfte ein bisschen wegen Moiras unsensibler Reiterei auf Highlight, aber sie sollte mit Fluffy weiterüben. Highlight durfte sich erst etwas erholen und machte dann noch zwei Sprünge mit Frau Kuhlmann. Leckerli. Schluss. Wahrscheinlich dachte Highlight jetzt, sie hätte die Runde mit Moira nur geträumt. All das war unerträglich für mich und Frau Kuhlmann sah dabei auch alles andere als glücklich aus. Aber es war Erfolg versprechend. Wenn Highlight nicht so unglücklich vor einen Sprung kam, dass sie ihn riss, würde sie schneller sein als Otto.

Inzwischen liefen überall im Reitstall die Turniervorbereitungen. Frau Kuhlmann übte in den Reitstunden für Jugend- und Springreiterprüfung und natürlich auch fürs Geschicklichkeitsreiten sowie für die anderen Reiterspiele. Am Schwarzen Brett hing eine Liste aus, in der sich Interessenten für die verschiedenen Wettbewerbe eintragen konnten. Die Schulpferde wurden jeweils verlost. Natürlich setzte ich meinen Namen auch auf die Listen, aber zu meiner Verwunderung fand ich ihn am nächsten Tag ausgestrichen. Frau Kuhlmann kam zu mir, während ich den Aushang studierte.

„Du brauchst kein Schulpferd, Hanna“, erklärte sie mir mit einem breiten Märchenfee-Lächeln. „Du wirst Highlight in der E-Dressur reiten.“

„Ich werde was?“ Mir blieb der Mund offen stehen. „Aber … aber das wird Moira doch nicht erlauben! Und Onkel Sven!“ Ich konnte es nicht fassen!

„Moira konzentriert sich ganz auf das Springen. Und sie sieht ein, dass Highlight gelassener sein wird, wenn sie vorher schon eine Prüfung mitgeht und sich dabei an die Turnieratmosphäre gewöhnt. Mit ihrem Vater habe ich auch gesprochen, keine Angst!“ Die Reitlehrerin strahlte immer noch.

Ich wäre ihr am liebsten sofort um den Hals gefallen und sogar Moira gegenüber hegte ich kurzfristig freundliche Gefühle.

„Aber … aber gleich die E-Dressur? Wäre nicht die Reiterprüfung …?“

„Nun stell dein Licht mal nicht unter den Scheffel!“, meinte Frau Kuhlmann. „In der Reiterprüfung würde Highlight auffallen wie ein Papagei unter Spatzen. Sie ist im Grunde auch in einer E-Dressur fehl am Platz. Normalerweise hätte irgendein Dressurreiter so ein Pferd gekauft, es im Stillen weiter ausgebildet und wäre dann gleich in L oder M damit gestartet. Aber so: Du musst nur gut reiten, Hanna, dann kannst du sogar gewinnen!“

„Das würde ich dir ja nicht raten“, bemerkte Clara trocken, als ich in den Privatstall tanzte und ihr von meinen Turnierchancen erzählte. „Wenn du mit Highlight die E-Dressur gewinnst und Moira aber nur Mist im Parcours macht, ohne irgendwelche Erfolge zu erzielen, werden sie dich hassen!"

Das hatte ich in meiner ersten Begeisterung noch gar nicht bedacht. Und so gesehen war es auch ganz seltsam, dass Moira mich überhaupt reiten ließ. Ob sie so selbstsicher war, dass sie das Risiko einging?

„Ach was, die hat doch nur Angst!", meinte Clara. „Irgendwer muss ihr das Pferd vor dem Start abreiten und Frau Kuhlmann macht es nicht. Weder hat sie Zeit – schließlich muss sie sich um die ganze Turnierorganisation kümmern – noch hat sie Lust. Überleg dir mal, wie das aussähe: Die Veranstalterin des Turniers reitet einer reichen Göre vor dem Springen das Siegerpferd ab! Nee, Hanna, dafür brauchen sie dich. Und als Sündenbock natürlich: Wenn Moira aus irgendwelchen Gründen nicht gewinnt, bist du schuld, darauf kannst du dich verlassen. Wenn du klug bist, Hanna, wirst du übernächsten Sonntag krank!"

Ich wusste, dass Clara recht hatte. Aber ich konnte nicht. Ich konnte einfach nicht. Ich hatte mir nie etwas so sehr gewünscht wie ein Turnier auf Highlight. Ich würde reiten! Und ich würde mein Bestes tun. Egal, was passierte.

In der nächsten Zeit passierte nicht sehr viel. Alle übten wie verrückt für das Turnier. Die Schulpferdereiter redeten nur davon, wie sie vielleicht das Losglück beeinflussen konnten, und Highlight ging immer besser und besser. Ganz ungetrübt daran freuen konnte ich mich allerdings nicht, denn meine Reitstunden fanden jetzt zu häufig unter Moiras missbilligenden Blicken statt. Während ich sie früher fast nie getroffen hatte, lungerte sie jetzt vermehrt im Stall herum, wenn ich Highlight putzte und sattelte. Nun lag das sicher auch daran, dass Carsten seine Teilnahme am Unterricht intensiviert hatte. Er ritt jetzt zweimal pro Woche in der Fortgeschrittenenabteilung mit und dabei trafen wir uns natürlich. Wir wechselten allerdings so gut wie nie ein Wort miteinander – sobald wir ein Gespräch begannen, mischte Moira sich sofort ein. Sogar beim Abreiten in der Halle vor der Stunde hielt sie uns erfolgreich voneinander fern. Entweder sollte ich ihr gerade irgendeine Bahnfigur vorreiten oder sie löcherte Carsten mit unzähligen Fragen. Ich wusste nicht recht, was das sollte, und ein bisschen ärgerte ich mich darüber.

Am Montagnachmittag vor dem Turnier landeten Carsten und ich dann aber wieder mal in einer Zweier-Arbeitsgruppe der SchöSchu-AG. Der AG-Leiter pflegte die Schüler bunt zu mischen, sodass nicht immer die Gleichen miteinander arbeiteten. Diesmal ging es um die Planung einer Spiellandschaft für die jüngsten Schüler. Vorgabe wie immer: möglichst kreativ, möglichst billig.

Carsten grinste mich an, als wir uns an einen Zweiertisch zurückzogen. „Ich dachte schon, ich müsste dich entführen, damit ich endlich mal wieder mit dir reden kann. Hast du irgendwas gegen mich?“

Ich schüttelte den Kopf. „Warum sollte ich? Aber

für lauschige Runden zu dritt bin ich nicht zu haben. Wenn du mit Moira so hochkomplizierte Dinge zu besprechen hast, wie die Hilfen zur Vorhandwendung, dann musst du das schon allein machen."

Carsten zuckte die Achseln. „Sie hat mich nun mal zu ihrem privaten Reitlehrer ausersehen. Was soll ich machen? Sei froh, dass sie dir nicht hinterherläuft." Hatte ich gerade richtig gehört? Carsten äußerte sich tatsächlich nur mit mäßiger Begeisterung über Moira? Vielleicht hatte ich ihn die ganze Zeit über falsch eingeschätzt. „Na los", sagte ich. „Gehen wir diesen Abenteuerspielplatz an!"

Carsten griff unlustig nach seinem Block. „Wozu die Mühe? Es wird doch darauf hinauslaufen, dass Moiras Papa ein paar Spielgeräte sponsert. Diese ganze AG ist zu nichts nutze, ich überlege ernsthaft, ob ich wechsele. Nicht, dass ich allzu sehr auf Heuschrecken stehe, aber wenn man die züchtet, kommt wenigstens was dabei herum."

Ich kicherte. „Ja, viele kleine Heuschrecken! Und Moira und Ellen würden dir auf Schritt und Tritt folgen. Ich höre sie schon: ‚Oh, Frau Meier, können wir nicht lieber süße Kätzchen züchten?'"

„Klar. Und gleich danach sponsert Papa Thiemann ein schickes Paar Königstiger und der Unterricht wird endlich spannend", witzelte Carsten.

„Ach, Carsten!", flötete ich mit Augenzwinkern à la Moira. „Kannst du mir nicht noch mal erklären, wie das funktioniert?"

Wir platzten beide los, was leider die Aufmerksamkeit des Kursleiters auf uns lenkte.

„Hanna, Carsten, lasst ihr uns mal teilhaben an euren lustigen Einfällen?“

„Ach, wir sprachen gerade von einem Abenteuerspielplatz“, versuchte Carsten sich herauszureden. „So … äh … mit Dschungelatmosphäre …“

Ich musste schon wieder kichern, aber Moiras eisiger Gesichtsausdruck brachte mich zurück auf den Boden der Tatsachen. Es war besser, sie nicht zu reizen. So lustig Carsten sein konnte, er war es nicht wert, Moira in Rage zu bringen. Den Rest der Stunde versuchte ich, ernst zu bleiben. Und den Rest des Tages verbrachte ich damit, mir seine blitzenden Augen und sein süßes Lächeln aus dem Kopf zu schlagen.

Zerplatzte Träume

In den nächsten Tagen behandelte mich Moira, als hätte ich ihr den Freund ausgespannt. Dabei traf ich nicht mal mit Carsten zusammen. Es war kurz vor den Zeugnissen und wir alle schrieben eine Klassenarbeit nach der anderen. Carsten kam in dieser Woche vor lauter Lernen überhaupt nicht zum Reiten. Jedenfalls nicht vor fünf. Wenn Moira ihre Stunden hatte, war er da. Was mich anging, so übte ich die E-Dressur wie besessen, obwohl ich sie natürlich längst auswendig konnte.

„Pass bloß auf, dass Highlight sie sich nicht auch noch merkt!“, warnte mich Clara. „Wenn sie Lektionen vorwegnimmt, kriegst du Punktabzüge.“

Frau Kuhlmann wusste das natürlich und ließ jetzt, so kurz vor dem Turnier, gar nicht mehr allzu viele Dressuraufgaben reiten. Stattdessen trainierte sie uns alle für die Reiterspiele. Die reichten von reinen Kindereien wie der *Reise nach Jerusalem* zu Pferd bis zu anspruchsvollen Geschicklichkeitsaufgaben. Dabei musste man sein Pferd zum Beispiel seitwärts über eine Stange gehen lassen und der

Clou war eine Wippe, die das Pferd, ohne zu erschrecken, übersteigen musste.

Am Donnerstag führte ich Lotti durch eine Übung für die *Reise nach Jerusalem* und die Kleine quietschte ausnahmsweise nicht vor Angst, sondern vor Begeisterung. Die Kinder mussten möglichst schnell zu einem Strohballen reiten und sich daraufsetzen, wenn die Musik aufhörte. Lotti stürzte sich dabei blindlings von Huckys Rücken.

„Es ist erstaunlich, wie sehr sie sich geändert hat!“, meinte auch Frau Kuhlmann, als Lotti ihr Siegerpferd schließlich strahlend auf die Weide führte. „Wieso hat sie sich am Anfang bloß so gefürchtet?“

Frau Stelz strahlte. „Nicht wahr, sie wird richtig mutig! Und das mit der Angst … Na ja, ich hätte Ihnen das vielleicht sagen sollen … Letztes Jahr hat ein Pony wie Bonnie Lotti bös gebissen …“

„Was?“, rief Frau Kuhlmann. „Sie ist von einem Rotschimmel gebissen worden und dann bestehen Sie darauf, dass wir sie immer auf ein Pony setzen, das genau gleich aussieht?“

Frau Stelz nickte schuldbewusst. „Na ja, ich dachte … Bonnie ist doch so lieb. Da würde sie die schlechte Erfahrung schnell vergessen.“

„Mit einem Sprung ins kalte Wasser? Frau Stelz, Frau Stelz! Warum haben Sie mir das bloß nicht früher erzählt! Wir wären ganz anders an die Sache herangegangen.“ Frau Kuhlmann schüttelte missbilligend den Kopf.

„Im Nachhinein sehe ich das auch so … aber … Was soll’s, es ist ja alles gut gegangen! Kann Lotti wohl am Sonntag das Turnier mitreiten? Ich meine ... das wäre doch zusätzlich motivierend ..."

Frau Stelz schaute Frau Kuhlmann bittend an.

Die zuckte jedoch nur die Achseln. „Sie können Lotti eintragen. Aber wer mitreitet, bestimmt das Los. Da gibt es keine Ausnahmen. Auslosung Samstag um zehn."

Freitag fand meine letzte Reitstunde vor dem Turnier statt und ich hätte zu gern noch einmal die Dressuraufgabe geübt. Frau Kuhlmann blieb ihrem Konzept jedoch treu. Wir trainierten für die Reiterspiele. Heute war das *Bänderrennen* an der Reihe. Dabei bildeten zwei Reiter ein Team und erhielten ein Kreppbändchen, das sie zwischen sich halten mussten. Als Paar waren dann verschiedene Aufgaben zu erledigen: Bahnfiguren im Trab, Rückwärtsrichten, am Schluss sogar ein kleiner Sprung. Wer das Bändchen nicht verlor und am schnellsten durchkam, hatte gewonnen. Carsten und Clara hatten sich als Team für diesen Wettbewerb eingetragen und trabten schon seit zwei Wochen nur noch nebeneinander durch die Gegend. Sie waren fest entschlossen zu gewinnen. Heute hatte Clara aber Chorprobe und Frau Kuhlmann bestimmte deshalb, dass Carsten und ich zusammen reiten sollten. Ich dachte mir dabei nichts Böses und hatte Moira noch nicht mal hereinkommen sehen. Carsten lachte mir zu und ich griff vergnügt nach dem Krepp.

„Rot wie die Liebe!", kommentierte er die Farbe unseres Bändchens.

„Rot wie ein Stoppschild!", konterte ich.

„Rot wie das Tuch beim Stierkampf!“, meinte Carsten und trabte an.

„Rot wie die Karte beim Fußball!“ Highlight fiel in Gleichschritt mit Otto. „Rotwein!“ – „Rotenburg!“ – „Schrotkugel!“ – „Brotschneidemesser!“

Ich wäre vor Lachen fast vom Pferd gefallen, aber Otto und Highlight schienen verstanden zu haben und blieben trotz unserer Albernheiten perfekt nebeneinander. Sie hielten sogar korrekt nebeneinander an …

„Grotartig!“

… und gingen im Gleichschritt rückwärts.

„Grote Klasse!“

„Und nun Achtung, fertig, lot, äh, rot!“, kommandierte Carsten und wir gingen den Sprung an. Highlight und Otto sprangen im exakt selben Moment ab. Ottos Galoppsprung war nur ein bisschen länger. Ich glich das aus, indem ich mich zu Carsten hinüberbeugte, was er allerdings auch gerade machen wollte, und so stießen wir zuletzt noch ein wenig zusammen. Aber wir kamen doch mit unversehrtem Bändchen durchs Ziel.

„Gut gemacht!“, lachte Frau Kuhlmann. „Und jetzt Jessica und Pauline …“

Carsten und ich alberten weiter herum, während die anderen Paare ritten. Zwischendurch sahen wir Moira auf der Tribüne und Carsten winkte ihr nichts ahnend zu. Ich dagegen konnte selbst auf die Entfernung erkennen, dass sie wütend war. Am besten würde ich so schnell wie möglich von hier verschwinden. Die Chance bekam ich jedoch nicht.

Als die Reitstunde zu Ende war, führte ich Highlight in den Stall, während Carsten noch auf den Springplatz ging. Gleich vor Highlights Box stellte mich Moira zur Rede.

„Was soll das? Was hast du mit Carsten?"

„Was soll ich denn mit Carsten haben? Wir sind zusammen geritten, sonst nichts." Ich nahm Highlight das Kopfstück ab und legte ihr das Halfter um.

„Alles klar, ihr seid zusammen geritten! Neulich ja auch, als Highlight mich abgeworfen hatte. Da seid ihr auch wunderschön zusammen geritten. Angeblich, um mein Pferd zu suchen. Dass ich nicht lache! Wie lange geht das schon mit euch?" Moira war so rot wie das besagte Tuch beim Stierkampf.

Ich versuchte, ruhig zu bleiben. „Du spinnst, Moira, mit uns geht überhaupt nichts. Ich sehe Carsten ja kaum. Er ist doch dauernd mit dir zusammen."

„Mit mir zusammen! Ha! Und sobald er *dich* sieht, kriegt er leuchtende Augen. Aber das lasse ich mir nicht gefallen, Hanna! Du wirst nicht weiter mit ihm flirten!" Moira blitzte mich an und ich hätte wissen müssen, dass ich mich auf gefährliches Terrain begab. Aber so langsam wurde ich wütend.

„Also wenn hier eine mit ihm flirtet, dann bist das doch wohl du! Voll peinlich, wenn du mich fragst, der ganze Stall redet schon davon: ‚Ach, Carsten, kannst du mir das noch mal zeigen? Ach, Carsten, hilfst du mir? Und das Theater mit dem Traumgirl in der Schule …"

„Da musstest du dich auch an ihn ranschmeißen! *Ein Prinz auf einem Schimmel* – Du weißt echt, wie man das macht!" Moira fuchtelte mit den Armen und Highlight scheute. Moira versuchte, sie loszuknoten. „Das mit dem Pferd hast du ja auch sauber hingekriegt. Ich hätte nie erlauben sollen, dass du es reitest! *Ein Mädchen mit einem Rappen!*"

Und dann explodierte ich. Es war total unklug, aber es brach einfach aus mir heraus.

„Oh, nein, Moira, das hat er nicht gesagt!", schrie ich sie an. „Er sagte nicht *Ein Mädchen mit einem Rappen*, er sagte *Ein Mädchen, das gut reiten kann.* Egal welches Pferd. Und damit wärst du ja wohl aus dem Rennen, so jämmerlich wie du auf Highlight rumhängst! Sie ist viel zu schade für dich!"

Moira gab es auf, den Sicherheitsknoten zu öffnen. Stattdessen klickte sie jetzt den Strick aus Highlights Halfter und zerrte die Stute Richtung Box.

„So, sie ist also zu schade für mich! Darüber tuschelt ihr die ganze Zeit! Ihr seid neidisch, weil ich schneller reiten gelernt habe als ihr und weil ich ein gutes Pferd habe. Und für Carsten bin ich auch nicht gut genug. Aber das Pferd gehört mir, Hanna! Und Carsten kriege ich auch noch! Ich werde dieses Springen gewinnen. Und das nächste und das übernächste auch. Dann steht mein Name in der Zeitung und kein Mensch wird mehr sagen, ich könnte nicht reiten!" Moira schob Highlight in die Box und schien gar nicht zu sehen, dass sie noch ihren Sattel trug. Ohne Pferd an der Hand fühlte Moira sich deutlich sicherer und holte rasch zum letzten Schlag aus.

„Und du, Hanna, du wirst hier noch die Blagen im Kreis führen, wenn ich schon längst auf Meisterschaften bin. Soll dein Carsten doch sehen, mit wem er reitet! Mit meinem Pferd gibst du jedenfalls nicht mehr an! Du reitest Highlight nie wieder!“

„Moira, das Turnier …“, flüsterte ich und hasste mich selbst dafür.

„Trag dich doch in die Liste ein und reite ein Schulpferd! Vielleicht schlägst du mich ja mit Beachboy oder Abendfee!“ Moira schien hinausrauschen zu wollen, überlegte es sich dann jedoch anders. Dies war ihr Stall, ihr Pferd. Ich war es, die gehen musste. Ich schaffte es halbwegs aufrecht bis in die Sattelkammer. Da hockte ich mich in die Ecke hinter den Sattelschränken und brach in Tränen aus. Ich schluchzte um Highlight und mein Turnier und irgendwie auch um Carsten.

Ich weiß nicht, wie lange ich in meiner Ecke saß, aber als ich Carsten kommen hörte, versuchte ich, wenigstens leise zu sein. Er war mit Tina zusammen, die ein Pflegepferd in unserem Stall hatte. Sie würde auch beim Springen starten, wahrscheinlich hatten sich die zwei gerade auf dem Platz getroffen und sprachen jetzt über Hindernisse und Turnierrichter. Bis vorhin hätte ich mitreden können.

Ich schniefte. „Hör mal, da heult einer“, meinte Tina und hatte mich auch schon entdeckt. Ich versuchte, eine Pferdedecke über mich zu ziehen. „Oh, Mann, sicher wieder ein Mädchen, das beim Verlosen leer ausgegangen ist …“, mutmaßte Tina. Carsten zog die Decke weg.

„Hanna! Ist was passiert? Ist was mit Highlight?“

Ich sah aus dem Augenwinkel, wie Tina flüchtete. Carsten ging vor mir in die Hocke.

„Komm, erzähl mal! Oder warte, du brauchst erst ein Taschentuch.“ Carsten zog eine Packung Tempos aus der Tasche und ich schniefte hinein. Ich durfte gar nicht daran denken, wie ich wohl aussah, mit meinem verheulten Gesicht und den Stoppelhaaren, in denen jetzt wahrscheinlich auch noch Spinnweben und Staub von der alten Decke hingen.

Aber dann begann ich zu erzählen. Von Moira und Highlight. Von Moira und den Kindergeburtstagen, von der Hüpfburg, den Feten – und den Barbiepferdchen. Ich dachte, dass Carsten darüber lachen würde, aber er hörte ganz geduldig zu und gab mir immer wieder mal ein neues Taschentuch.

„Und ich werde nie ein eigenes Pferd haben“, schluchzte ich schließlich. „Nie, nie. Und Highlight wird denken, ich hab sie nicht mehr lieb.“

Carsten seufzte. „Moira ist echt ein Miststück“, schimpfte er. „Aber sonst … Mensch, Hanna, du bist doch ein kluges Mädchen! Du hast dreimal mehr im Kopf als Moira und Ellen zusammen. In ein paar Jahren machst du Abi und dann studierst du und wirst Ärztin oder Rechtsanwältin oder Architektin oder was auch immer. Und dann kaufst du dir ein Pferd. Oder zwei. Hat meine Mutter auch so gemacht. So was wie Moira ist doch eher die Ausnahme. Clara und ich hätten auch keine eigenen Pferde, wenn unsere Mutter nicht so verrückt danach wäre. Und was meinst du, weshalb wir nicht so einen Service haben wie Moira, sondern unsere Ställe selber misten? Alles, was meine Mutter verdient, geht in Reitstunden und Pferde. Passt meinem Vater gar nicht, aber was soll er machen? Eines Tages hast du auch eigenes Geld und kriegst dein Pferd."

„Aber das dauert noch ewig", schluchzte ich. „Bis dahin bin ich uralt."

„Quatsch." Carsten nahm jetzt selbst ein Taschentuch und wischte mir energisch übers Gesicht. „Bis dahin lernst du noch besser reiten! Du sitzt doch jetzt schon total super auf dem Pferd. Moira dagegen – die wird immer jemanden brauchen, der ihr irgendwo hilft. Einen zum Satteln, einen zum Abreiten, einen, der ihr die Pferde trainiert. Findest du das toll? Willst du echt mit ihr tauschen?" Ich schüttelte den Kopf, weil er das von mir erwartete.

Carsten lächelte befreit. „Na siehst du! Und jetzt gehen wir zum Schwarzen Brett und du trägst dich für alles ein: Dressur, Springen, Reiterspiele. Wäre doch gelacht, wenn du nicht irgendwo ein Pferd kriegst. Und denk immer dran, Cinderella, du kannst reiten. Sie nicht. Wenn du willst, schlägst du sie auch auf Hucky!" Ich folgte ihm brav in die Stallgasse und setzte meinen Namen wieder auf die Listen. Dann ging ich zu den Rädern.

„Ist alles okay, Cinderella? Kannst du fahren?" Carsten schaute ein bisschen besorgt.

Ich nickte wieder. Und dachte beim Heimfahren über seine Frage nach. Würde ich mit Moira tauschen wollen? Ja, sicher! Ich wollte Highlight, dafür hätte ich alles getan. Aber andererseits: Moira war von Carsten noch nie so angeblickt worden.

Ein bisschen Magie

Am nächsten Morgen war ich um zehn Uhr, pünktlich zur Auslosung der Turnierpferde, wieder im Stall. Natürlich zusammen mit einer Traube aufgeregter Mädchen, die mich mehr oder weniger mitleidig oder schadenfroh musterten. Ich versuchte, niemanden anzusehen, aber so einfach war das nicht. Zumal ich wusste, dass auch Moira im Stall nebenan lauerte. Offiziell flocht sie an Highlight herum, aber in Wirklichkeit wollte sie natürlich wissen, ob sie mit weiterer Konkurrenz rechnen musste. Im Grunde konnte Highlight zwar keines der Schulpferde wirklich gefährlich werden, aber Moira wusste, wie wütend ich war. Wahrscheinlich hätte sie mir zugetraut, Fluffy persönlich über die Sprünge zu tragen. Leider bekam ich keine Chance. Ich zog meine erste Niete beim Springen, dann bei der E-Dressur, letztlich auch noch bei der Jugendreiterprüfung. Frustriert wollte ich mich aus dem Staub machen.

„Die Reiterspiele, Hanna!“, erinnerte mich Frau Kuhlmann. „Du stehst auch für die Reiterspiele auf der Liste.“

Einladend hielt sie mir den Plastikeimer entgegen, der massenweise Lose enthielt. Klar, es gab drei oder vier Reiterspiele und entsprechend viele Gewinnchancen. Lustlos griff ich in den Eimer und entfaltete einen blauen Zettel: *Reise nach Jerusalem, Hucky*. Na, Glückwunsch! Wenn es wenigstens noch das Bänderrennen gewesen wäre. Oder der Geschicklichkeitsparcours mit Abendfee. Aber nein, ich musste das albernste Spiel erwischen und das kleinste Pferd!

Seufzend reichte ich Frau Kuhlmann das Los, die mich daraufhin in eine Liste eintrug: „Hanna Thiemann, Hucky."

„Oh, das ist gemein! Ich wollte doch Hucky reiten!" Lotti hatte die Ansage gehört und war jetzt den Tränen nahe. Sie selbst hatte gerade eine Niete gezogen.

„Das ist eben Glück, Lotti", versuchte Frau Stelz ihr zu erklären. „Du kennst das doch von der Kirmes: Beim Loseziehen kann man gewinnen oder verlieren."

„Können wir dann noch ein Los kaufen?", fragte Lotti hoffnungsvoll.

Ich überlegte. Ich konnte morgen Hucky reiten und im besten Fall eine bunte Schleife bei einem Kinderspiel gewinnen. Auf einem Pony, bei dem meine Beine fast schon auf dem Boden schleiften. Moira würde dabei kichernd zugucken und sich über das ulkige Bild lustig machen. Carsten womöglich auch. Im schlechtesten Fall wäre ich sogar gleich aus dem Rennen und Moira könnte zudem noch herumerzählen, ich sei selbst für die *Reise nach Jerusalem* zu dämlich. Oder ich konnte verzichten und Lotti glücklich machen. Eigentlich keine Frage …

„Brauchst du nicht, Lotti. Ich schenk dir den Gewinn!“, sagte ich großzügig.

Lotti sah mich an, als wäre ich der Weihnachtsmann. „Ich darf auf Hucky reiten?“

„Wenn du dich traust … Vor ein paar Monaten hättest du noch Angst gehabt“, erinnerte ich sie.

„Ach, da war ich doch noch klein!“, antwortete Lotti selbstbewusst. „Und dann führst du mich ja auch. Oder, Hanna, du führst mich?“

Na großartig. Jetzt hatte ich doch noch eine Rolle in dem Spiel. Und dabei hatte ich gerade darüber nachgedacht, morgen einfach lange im Bett zu bleiben und dann vor der Glotze abzuhängen …

Lotti hüpfte vor Freude auf und ab, als ich nickte. Frau Kuhlmann lächelte mir dankbar zu, als wir die Eintragung ändern ließen.

„Es tut mir wirklich leid, Hanna“, sagte sie dann.

Ich zuckte mit den Schultern. „Ich hab noch nie Glück beim Losen gehabt.“ Dabei wusste ich natürlich, dass sie Highlight meinte.

Frau Stelz folgte Lotti und mir, als wir Hucky zum Flechten hereinholten. Wenn wir ihn schon vorführten, dann sollte er auch richtig gut aussehen. Die kleinen Ponys starteten nur in den Reiterspielen. Die Teilnehmer konnten sie turnierfein machen, mussten es aber nicht. Lottis Mutter schlich die ganze Zeit um uns herum und schien irgendetwas auf dem

Herzen zu haben. Aber sie sprach mich erst an, als Lotti schon fleißig an Hucky herumputzte und ich mit der Flechtfrisur begonnen hatte.

„Das war wahnsinnig nett von dir mit der Verlosung", meinte Frau Stelz.

Ich murmelte etwas Unverständliches, das wie „Hab ich doch gern gemacht" klingen sollte.

„Und das mit der Pferdemähne, das kannst du wirklich gut. Aber … mit deinen eigenen Haaren … also … es geht mich ja nichts an. Aber findest du es wirklich schön, wie du … äh … frisiert bist?" Ich sah Frau Stelz an, als käme sie vom anderen Stern.

„Ich dachte nur … also wenn du möchtest, kannst du gern mal bei mir im Salon vorbeischauen und ich probiere, was sich machen lässt."

Ich seufzte. Frau Stelz ist eine Spitzenfriseurin. Ihr gehört der beste Salon in der Stadt und sie nimmt entsprechend hohe Preise. Für mich absolut illusorisch.

Frau Stelz schien meine Gedanken zu lesen. „Für dich wäre es natürlich kostenlos", sagte sie. „Ein kleines Dankeschön für alles, was du für Lotti getan hast. Wie sieht's aus, hast du Lust? Gleich heute Nachmittag, damit du morgen gut ausschaust?"

Ich glaubte es nicht. „Aber ich … ich kann doch nicht …"

„Ach komm, Hanna, klar kannst du! Los, du brauchst eine kleine Aufmunterung. Und wenn ich mit dir fertig bin, wird dieser gut aussehende Knabe dahinten aus dem Privatstall – dieser Moira keinen Blick mehr schenken. Das verspreche ich dir!"

Frau Stelz sah mich verschwörerisch an.

Ich versuchte ein Lächeln. An mir sollte es nicht scheitern. Aber als sie Carsten erwähnte, fiel mir wieder Clara ein. Mit der hatte ich noch ein Hühnchen zu rupfen. Ich bedankte mich schüchtern.

„Fein, dann sehen wir uns um vier im Salon. Und jetzt zeig mir noch mal, wie die Zöpfchen genau gemacht werden, dann flechte ich mit und es geht schneller."

Eine halbe Stunde später trug Hucky eine schlichtweg geniale Flechtfrisur. Frau Stelz hatte es allen Ernstes geschafft, ihm einen Scheitel zu ziehen und damit die dicke Ponymähne zu teilen. Anschließend flochten wir jede Seite zu einem eleganten Gittermuster.

Lotti und Frau Stelz mussten dann nach Hause und ich ging in den Privatstall, um Clara zu treffen. Moira war inzwischen schon wieder verschwunden und Carsten hatte sich noch gar nicht blicken lassen. Ideale Voraussetzungen für eine Aussprache.

Clara stand auf einem Strohballen und verlas Albas Mähne.

Ich legte auch gleich los.

„Was hast du Carsten über mich erzählt? Ihr habt über mich gesprochen, oder? Er hat mich gestern Cinderella genannt! Das muss er von dir haben!"

„Er nennt dich immer Cinderella. Du kennst ihn doch, er gibt allen Leuten Spitznamen", sagte Clara gelassen. „Mich ruft er neuerdings Ampel, weil ich neulich ein gelbes T-Shirt und eine grüne Hose zu den roten Haaren anhatte."

„Aber du musst ihm vorher was erzählt haben!“, beharrte ich. „Diese idiotische Sache mit dem Cinderella-Komplex.“

„Also ich hab keine Geheimnisse ausgeplaudert“, versicherte Clara. „Aber du gehörst bei uns auch nicht gerade zu den Tabuthemen. Wenn du's genau wissen willst: Carsten redet ständig von dir. Und das mit dem Cinderella-Komplex war seine Idee. Ohne dass ich irgendwas dazu tun musste. Mensch, Hanna, Carsten ist doch nicht doof! Der beobachtet seit drei Monaten, was zwischen dir und Moira läuft. Und er ist auf deiner Seite.“

Clara sprang vom Strohballen. „Du bist vermutlich die Einzige, der es noch nicht aufgefallen ist, aber ich schwöre dir hiermit, es ist die Wahrheit: Carsten mag dich.“

Einigermaßen aufgewühlt fing ich an, Albas Bandagen aufzuwickeln. Ich musste jetzt einfach irgendetwas tun.

„Aber ... aber ... ich hab gar nichts gemacht ...“, sagte ich schließlich lahm. „Wieso sollte er mich mögen?“

Clara zuckte die Achseln. „Weil er ein Junge ist und du ein Mädchen, so einfach ist das.“

Dann prustete sie los. „Hanna, wach auf! Carsten steht nicht auf Wimpernklimpern, der hat sich in Cinderella verliebt, nicht in die böse Stiefcousine. Aber ich sag dir gleich, ein Königreich ist bei uns nicht zu holen. Und jetzt geh mir aus dem Weg, ich brauche meine Mähnengummis.“

Clara schob mich sanft zur Seite und kramte in

ihrem Putzkasten. Ich verstand überhaupt nichts mehr. Verliebt? In mich? Das musste ich jetzt erst mal verdauen. Ich behauptete, nach Hucky sehen zu müssen, und ging nach draußen. Ich brannte auf meinen Friseurtermin am Nachmittag. Vielleicht war doch nicht Frau Kuhlmann die Fee in dieser Geschichte, sondern eher Frau Stelz?

Frau Stelz verpasste meinem Haar erst mal eine Färbung.

„Damit du nicht mehr gescheckt herumläufst wie ein Pony. Wer ist bloß auf die Idee mit diesem grausamen Zitronengelb gekommen?"

„Auf der Packung stand, es wäscht sich wieder raus", erklärte ich kleinlaut.

„Unsinn!", erklärte Frau Stelz. „Wenn du dein Haar heller färbst als den Naturton, musst du es zwangsläufig bleichen, du zerstörst also die natürlichen Farbpigmente. Die regenerieren sich nicht, man muss warten, bis das Haar nachgewachsen ist. Die Packungsaufschrift verrät das leider nie, ich habe ungefähr jede Woche ein Mädchen hier, dem das Gleiche passiert ist. Was nehmen wir denn jetzt? Also ich wäre für Aschblond mit Strähnchen."

Frau Stelz übergab mich vorerst an eine andere Friseurin, die eine geschlagene Stunde pinselte, Strähnchen abteilte, in Aluminiumfolie verpackte, wieder pinselte – zwischendurch sah ich aus wie ein Weihnachtsbaum. Schließlich wurde das Haar noch gewaschen und ich wartete auf die Hände der Künstlerin.

„Also für eine Flechtfrisur reicht es nicht", grinste Frau Stelz, „aber ein netter Stufenschnitt steht dir bestimmt. Dann kriegen wir auch mehr Fülle ins Haar und es hängt nicht mehr so herum."

Lottis Mutter schnippelte in rasanter Geschwindigkeit. Danach griff sie zum Föhn. Und zehn Minuten später schaute ich atemlos in den Spiegel: Aus Bart Simpsons Schwester war ein richtig cooles Mädchen geworden! Meine Haare fielen nicht mehr spaghettiartig, sondern fast bauschig, und der Pony und die Seiten waren frech hochgeföhnt.

„Wahnsinn!", rief ich begeistert.

Frau Stelz lachte, war aber noch nicht ganz zufrieden.

„Ohrringe!", meinte sie schließlich. „Das ist es, was fehlt. Was hältst du von denen hier? Hat meine Auszubildende mal in einem Anfall von Wahnsinn bestellt, aber meine Kundinnen sind aus dem Alter nun wirklich raus."

Sie holte bunte Creolen aus einer Schublade. In einem Ring saß ein Plastikpapagei, am anderen übte ein Äffchen Klimmzüge.

„Cool!", murmelte ich. „Was kosten die?"

Frau Stelz wehrte ab. „Vergiss es, für dich sind sie umsonst. So, und nun zum Make-up. Also: Erst mal die Grundierung. Du neigst noch ein bisschen zu unreiner Haut ..."

Beschönigender Ausdruck für „Pickel". Genau genommen sah ich aus wie ein Streuselkuchen. Aber nicht mehr lange. Verblüfft sah ich zu, wie die Pickel unter einer Art Mischung zwischen Creme und Puder verschwanden.

„So, und nun die Augen. Wir nehmen ein zartes Blau – aber kein Babyblau und auf keinen Fall Lila oder gar Türkis. Aquamarin. Ganz dezent.“

Frau Stelz griff zu einem Töpfchen und trug einen winzigen Klecks Lidschatten auf, verrieb ihn kurz – und meine Augen wirkten gleich viel größer und ausdrucksvoller.

„Das ist … das ist Zauberei!“, murmelte ich.

„Das ist gekonntes Schminken. Ihr jungen Dinger macht immer zu viel. Jetzt brauchen wir nur noch einen Lippenstift. Ganz zartes Rosa. Hier. Perfekt!“

Ich konnte mich gar nicht von meinem Spiegelbild losreißen. Frau Stelz überließ mich noch ein paar Minuten meiner Andacht und packte mir so lange das Make-up ein. Auch dafür wollte sie kein Geld.

„Das sind Muster, Hanna, die haben mich auch nichts gekostet. Du brauchst wirklich nicht zwanzigmal Danke zu sagen, mir hat selten etwas so viel Spaß gemacht!“

Ich unterdrückte das Bedürfnis, jetzt noch nacheinander zu Clara, Lea und Jessica zu rennen und ihnen meine wundersame Verwandlung zu zeigen. Meine Freundinnen würden morgen alle auf dem Turnier mitreiten und hatten bestimmt anderes im Kopf. Also verschob ich den großen Auftritt auf morgen.

Und beim Einschlafen dachte ich zum ersten Mal seit Monaten nicht mehr an Highlight. Stattdessen gingen mir Claras Worte im Kopf herum: Carsten mag dich.

Schlagende Argumente

Frau Kuhlmanns Hausturnier war eine kleine Veranstaltung. Es gab nur eine Reiterprüfung, eine E- und A-Dressur und die entsprechenden Springen. Einen Großteil des Tages nahmen die Reiterspiele und die Geschicklichkeitswettbewerbe in Anspruch. Dabei war das keineswegs *Pipifax*, wie Onkel Sven herablassend bemerkte, sondern zog fast mehr Zuschauer an als die üblichen Turnierprüfungen. Natürlich waren die *Reise nach Jerusalem* und die Führzügelklasse für die Ponygruppen nicht gerade der Publikumsmagnet, aber beim Trail-Reiten und beim Bändchen-Rennen kam durchaus Stimmung auf. Frau Kuhlmann bot diese Wettbewerbe auch mit Rücksicht auf ihre erwachsenen Privatpferdeeinsteller an. Viele von ihnen waren Freizeitreiter und ritten lieber im Wald als in der Halle. Zur Gymnastizierung ihrer Pferde bevorzugten sie Geschicklichkeitsaufgaben und Lektionen aus der Westernreitweise. Auf unserem Hausturnier durften sie zeigen, was sie konnten.

Am Sonntagmorgen entsprach das Programm

aber weitgehend dem üblichen Turnierablauf. Morgens um acht startete die Reiterprüfung, danach kamen die Ponywettbewerbe für die Kleinsten.

Carsten und Clara waren noch nicht im Stall, aber ich radelte früh hinaus, um Lea die Daumen zu drücken. Zumindest trug ich dazu bei, ihr Lampenfieber zu mindern. Als sie mein neues Outfit sah, fiel sie vor Überraschung fast vom Pferd.

„Total genial!“, meinte auch Jessica bewundernd. „Was kostet das wohl, wenn man normal bezahlt? Ich meine, wenn ich mein Taschengeld zum Beispiel ein Jahr spare, und anschließend verliebt sich Robbie Williams in mich, dann hätte es sich doch gelohnt!“

„Und wer zahlt das Flugticket, damit er dich auch zu Gesicht kriegt?“, fragte Lea und tippte sich an die Stirn. „Hör auf zu spinnen und leih mir lieber deine Reitkappe. Meine sieht gar nicht mehr richtig schön aus.“

Wir Reitschüler brauchten kein schwarzes Jackett, um beim Hausturnier mitzureiten, aber helle Reithosen waren erwünscht, zumindest bei den älteren Teilnehmern. Lea trug dann auch eine helle Hose und darüber einen schwarzen Pulli. Ihre Reitkappe war dagegen blau und das sah wirklich nicht schön aus! Jessica raste los und suchte ihre schwarze. Ich hatte mich auch turniermäßig in Schale geworfen. Schließlich würde ich Lotti führen und das sollte doch nett aussehen. Lotti hatte eine dunkelblaue Reithose und wir hatten ausgemacht, dass sie dazu eine weiße Bluse tragen sollte. Ich dagegen trug eine helle Hose und dazu einen blauen Pulli. Das ergab ein schönes Paar, auch wenn das Laufen in Reitstiefeln natürlich etwas unbequemer war als in Turnschuhen.

Die Reiterprüfung wurde in zwei Gruppen geritten, da es wieder mal unendlich viele Starter gab. Lea ritt in der ersten und schlug sich ganz gut, aber natürlich gab es auch genügend Privatpferdereiterinnen mit zum Teil sehr schönen Ponys. Trotzdem rutschte Lea gerade noch in die Platzierung. Sie wurde Zehnte, bekam eine grüne Schleife und Jessica und ich klatschten wie verrückt.

Danach kam die Führzügelklasse und dann waren Lotti und ich an der Reihe. Wir übernahmen Hucky von einer aufgeregten Mami mit Kleinkind und Frau Stelz rückte schnell noch ein paar verrutschte Mähnengummis an ihren Platz. Lotti – sie trug heute die gleiche Zöpfchenfrisur wie Hucky, aber die Haarfarbe stimmte natürlich nicht – thronte stolz im Sattel, während ich einen Blick auf die Konkurrenz warf. Achtzehn Teilnehmer, darunter sieben andere Kinder mit Führerinnen, alle anderen ritten allein. Die meisten saßen auf Pferden aus Frau Kuhlmanns Stall: Alle Schulpferde und Ponys gingen mit, außerdem hatten ein paar Privatpferdebesitzer Kinder auf ihre Pferde gesetzt. Lotti fixierte angestrengt die Strohballen, als die Musik erklang, und ich – entdeckte Carsten auf der Tribüne! Vor lauter Überraschung hätte ich beim ersten Stopp beinahe gepatzt, aber wir waren ganz in der Nähe eines Strohballens, und Lotti schrie wie verrückt, damit ich ihn auch ja nicht übersah. Ich riss mich zusammen. Jetzt musste ich mich auf Lotti und die Prüfung konzentrieren, keine Zeit für Jungs! Wenn Carsten das albern fand, konnte ich ihm auch nicht helfen.

Am Anfang war es noch relativ einfach, einen Strohballen zu ergattern. Die Dinger lagen nah nebeneinander und man musste schon ziemlich verschlafen sein, um nicht schnell genug an einen heranzukommen. Wobei Lotti die Sache beschleunigte, indem sie sich vom Pferd aus auf die Ballen stürzte wie ein Kamikaze-Flieger. So schnell schaffte das sonst eigentlich nur noch Tonja, die sich sowieso als starke Konkurrenz entpuppte. Sie ritt Bonnie und lenkte sogar schon alleine, wobei sie keine Gelegenheit ausließ, das Pony antraben oder sogar galoppieren zu lassen. Aber natürlich waren auch die größeren Mädchen auf den Schulpferden nicht zu unterschätzen. Sie überblickten das Geschehen besser und ritten präziser. Doch dann patzte tatsächlich eine nach der anderen, und als nur noch fünf Ballen im Spiel waren, wurde es langsam spannend. Von den Kleinen waren nur noch Lotti und Tonja dabei, Lotti als einziges geführtes Kind. Ich passte natürlich auf wie ein Luchs, aber manchmal kamen die anderen einfach schneller von einem Ballen zum anderen. Inzwischen musste man traben und galoppieren, um ihn rechtzeitig zu erreichen, und manchmal lieferten sich zwei Reiter ein Rennen. Lotti und ich hatten jedoch Glück. Auch als nur noch drei Ballen dalagen, waren wir dabei, doch dann wurde es brenzlig, als ein größeres Mädchen mit Fluffy auf den gleichen Strohballen zusteuerte wie wir. Hucky schien jedoch zu wissen, worum es ging. Er lief mir bereitwillig nach und war wendiger als der eher gleichmütige Fluffy. Außerdem brachte Lotti einen regelrechten Hechtsprung vom Pferd auf den Ballen zustande. Das Publikum lachte darüber und klatschte. Zwei Ballen. Und nur noch Tonja, eine Privatreiterin mit elegantem Reitpony und Lotti im Rennen. Die Musik stoppte, als wir ziemlich weit von beiden Ballen entfernt waren. Aber zum Glück steuerten beide anderen Reiter den linken an. Ich hörte Carsten „Hierher!" schreien und sah ihn auf den leeren Ballen rechts deuten. Ich raste los und dann waren wir auch schon da. Atemlos blickte ich zu Ballen Nummer zwei, während Lotti begeistert jubelte. Tonja war raus. Jetzt also nur noch die Ponyreiterin und wir.

„Die Kreise bitte größer reiten!", befahl die Richterin. Im Eifer des Gefechtes zogen wir immer engere Kurven um den einzigen verbleibenden Ballen.

Und dann stoppte die Musik und wir sausten los. Hucky setzte sich an meiner Hand in Galopp und wir waren wirklich schnell. Aber das andere Mädchen konnte einfach rascher beschleunigen. Es erreichte den Ballen kurz vor uns. Lotti war Zweite.

Sie war allerdings kein bisschen enttäuscht. Stattdessen guckten sowohl Frau Stelz als auch Lotti völlig verwirrt.

„Ich bin galoppiert!", verkündete Lotti.

„Sie ist galoppiert!" Frau Stelz konnte es kaum glauben. „Mensch, Hanna, es ist nicht zu fassen! Sie wird noch mal richtig mutig! Und das ist alles dein Verdienst. Cool siehst du übrigens aus. Das sagt man doch so, oder?“

„Ganz genau!“, bemerkte Carsten grinsend. Er war gerade von der Tribüne gekommen, um zu gratulieren. „Echt super, Hanna. Wer hat dieses Wunder vollbracht? Ich sollte meine Schwester ebenfalls dorthin schicken, damit die mal wieder wie ein Mensch aussieht.“

Mehr Komplimente konnte man von modernen Prinzen wohl nicht erwarten.

Inzwischen hatten die Dressuren begonnen und wir drückten Clara und Jessica die Daumen in der E-Dressur. An sich war es ziemlich langweilig, fünfzig Reiter, die nacheinander die gleiche Aufgabe in Fünfergruppen abritten. Größere Fehler machte keiner, man musste aufpassen wie ein Luchs, um die kleinen Unterschiede zu bemerken.

„Das hättest du locker gewonnen“, meinte Carsten. „Schon allein, weil die Richter bei Highlights Anblick sofort aufgewacht wären. Die müssen hier doch auch zu viel kriegen. Los, lass uns noch Ampel abwarten und dann gehen wir eine Cola trinken.“

Clara und Jessica waren beide in der gleichen Abteilung und machten ihre Sache sehr gut. Warum Clara am Ende eine 8,0 hatte und Jessica nur eine 7,6, war für uns nicht erkennbar.

„Liegt am Pferd“, meinte Carsten achselzuckend. „Alba ist ein schickes Warmblut, das sehen die Richter gern. Dicke Haflinger sind geduldet, aber wenn sie platziert werden wollen, müssen sie dreimal so gut sein wie alle Albas und Highlights zusammen. Das mag ich nicht bei der Dressur. Die Wertung im Springen ist gerechter, da gibt es nichts."

Als hätte sie auf ihr Stichwort „Springen" gewartet, tauchte jetzt Moira neben uns auf.

„Hi, Carsten!", flötete sie. Mich würdigte sie keines Blickes. „Kannst du mir wohl gleich mit meiner Trense helfen? Irgendwas habe ich gestern nach dem Putzen falsch zusammengesetzt."

Carsten seufzte. „Moira, wie willst du Springen reiten, wenn du nicht mal dein Kopfstück zusammenschnallen kannst?" Er warf einen Blick auf die Uhr. „Aber jetzt ist es ja erst halb elf. Das Springen startet um drei. Du hast also noch viereinhalb Stunden, um zu üben. Versuch es einfach noch mal!"

Moira sah ihn ungläubig an und warf mir dann einen vernichtenden Blick zu. „Dann sehen wir uns nachher …"

Meine Cousine machte sich tatsächlich aus dem Staub. Das hätte ich niemals für möglich gehalten!

Carsten und ich verfolgten den Rest der Dressur vom Getränkewagen aus und unterhielten uns dabei zum ersten Mal nicht über Pferde. Stattdessen erfuhr ich, welche Musik er mochte und welches sein Lieblingsfilm war. Über Moira sprachen wir nicht und vermieden auch sonst alle heiklen Themen rund um Cinderella. Nach meinem Tränenausbruch am Freitag waren wir beide ein bisschen gehemmt.

Nach einer Weile kam es endlich zur Platzierung und sowohl Clara als auch Jessica wurden aufgerufen. Jessica hatte den sechsten Platz, Clara bekam die goldene Schleife. Beide freuten sich wie verrückt, für Jessica war es die erste Platzierung überhaupt – Grund genug für sie, ihre Wunder-Nele mit Leckerli zu überschütten. Clara konnte gleich auf ihrem Pferd sitzen bleiben, denn jetzt startete das Geschicklichkeitsreiten. Doch diesmal hatte Clara kein Glück. Frau Kuhlmann war so gemein gewesen und hatte die schwarze Plastikfolie, an der sie mit ihren Schülern trainiert hatte, im Turnier gegen eine blaue vertauscht. Auch die frisch gestrichenen Stangen irritierten die Pferde sowie die Tatsache, dass diesmal vom Pferd aus eine Hupe betätigt und kein Glöckchen geläutet werden musste. Alba brachte das völlig aus dem Konzept. Sie machte ein paar Hupfer, als die Hupe erklang, und mochte die blaue Folie gar nicht betreten. Irgendwo patzten fast alle. Aber dann fiel uns ein Mädchen auf einem Rappen auf, das wirklich sehr schön ritt. Vor allem aber verliebte ich mich sofort in das Pferd. Es war ein stämmiges Pony mit langer, lockiger Mähne, fast wirkte es wie ein kleiner Friese.

„Was ist das für einer? Ein Welsh Cob?“, fragte ich Carsten.

Carsten überlegte. „Ist er dafür nicht zu schwer? Könnte ein Mérens-Pony sein. Aber hübsch ist er. Und total cool. Guck mal, wie der über die Plane steigt. Ihm doch egal, ob der Fußboden blau ist oder in China ein Schmetterling hustet.“

Ich lachte. „So ein Pferd kaufe ich mir mal. Wenn ich nicht doch noch im Lotto gewinne und mir eine Highlight leisten kann.“

„Ach, Highlight wird auch noch billiger", meinte Claras und Carstens Mutter gelassen. Sie war gerade zu uns gestoßen, während Clara Alba vor der A-Dressur noch kurz zum Ausruhen in die Box brachte. „Wenn Moira mit ihr fertig ist, wird sie nur noch die Hälfte wert sein. Dieses ständige Im-Maul-Ziehen und Anbrüllen geht doch an keinem Pferd spurlos vorbei. Vielleicht können wir sie dann kaufen. Sie wäre ein Superpferd für Clara."

„Moira brüllt sie an?", fragte ich entsetzt. Am liebsten wäre ich in den Stall gerannt und hätte meine Cousine von Highlight weggerissen. Aber das hätte ja doch nichts bewirkt. Ich war heute noch gar nicht im Privatstall gewesen. Highlights Begrüßungswiehern hätte ich nicht ertragen.

„Ja, weil sie beim Flechten nicht ruhig steht. Moira ist schon seit einer Stunde dran, aber sie kriegt es nicht hin, und Highlight verliert langsam die Geduld. Wenn das so weitergeht, ist sie nachher beim Springen ein Nervenbündel. Na ja, gut für mich." Clara kam zu uns und nahm ihrer Mutter die Cola-Flasche aus der Hand. „Darf ich mal?" Sie nippte mit Gemütsruhe an der Limo.

Ich kochte innerlich vor Wut, zwang mich aber, mich auf das Geschehen im Viereck zu konzentrieren. Da kam es jetzt zur Siegerehrung und die Freizeitreiter aus Frau Kuhlmanns Stall sahnten richtig ab. Sie stellten die Siegerin und vier der sechs Platzierten. Eine der Ausnahmen war das Mädchen auf dem Mini-Friesen. Es landete auf dem zweiten Platz.

„Und auf ein Neues!", meinte Clara und winkte Carsten, ihrer Mutter und mir zu, bevor sie wieder in den Stall ging. Auf Alba warteten jetzt noch die A-Dressur – und natürlich das Bändchen-Rennen.

„Mach sie ja nicht zu müde!", mahnte Carsten. „Wir wollen doch die Ehre des Deutschen Warmbluts gegen all die Freizeitpferde verteidigen."

Als die A-Dressur halb vorbei war, ging Carsten dann auch satteln. Frau Mohn verfolgte weiterhin das Geschehen im Viereck, als handele es sich um einen Krimi, und ich lungerte ein wenig um den Reitplatz und die Verkaufsstände mit Sattelzeug und Kuchen herum. Ich wäre gern mit Carsten in den Stall gegangen und hätte ihm geholfen, aber ich wollte unter keinen Umständen Moira begegnen – und Highlight ins Gesicht schauen müssen. Ich hätte damit leben können, kein Pferd mehr zum Reiten zu haben. Was viel mehr wehtat, waren die Schuldgefühle. Highlight war es gewöhnt, jeden Tag auf die Weide zu kommen und liebevoll behandelt zu werden. Und jetzt wurde sie von Moira angeschrien. Ich verfluchte nicht nur meine Cousine, sondern auch Onkel Sven. Wieso musste er so viel Geld verdienen? Und warum zum Teufel fiel ihm nichts Klügeres ein, als es auszugeben?

Während ich so darüber nachdachte, fiel mir etwas Seltsames auf. Auf dem Abreiteplatz – auf dem sich im Moment nur ein paar Reiter mit Bändchen zwischen sich tummelten – saß Frau Kuhlmann auf dem Mini-Friesen von eben! Unter ihr sah er noch hübscher aus, er machte den Hals rund und ging wunderschön. Frau Kuhlmann probierte ihn sorgfältig und in allen Gangarten aus und sprach dann mit der Besitzerin. Dabei klopfte sie das Pony und sah zufrieden aus.

Ich hätte sie gern nach dem Rappen gefragt, aber andererseits mochte ich auch nicht stören. Schließlich war es Lea, von der ich mehr erfuhr.

„Das Dales-Pony? Das steht zum Verkauf, an der Meldestelle hängt ein Zettel. Ist ein achtjähriger Wallach, Englandimport und angeblich superlieb. Das scheint ja zu stimmen, das Geschicklichkeitsreiten hätte er fast gewonnen. Vielleicht will ihn Frau Kuhlmann für die Reitschule."

Ich freute mich. Wenn das stimmte, dürfte ich ihn sicher bald reiten. Und jetzt, als Lea mir davon erzählte, war mir auch die Rasse ein Begriff. Dales-Ponys kommen aus dem Norden Englands, wurden früher viel als Grubenponys eingesetzt, dann aber mit Welsh-Cobs veredelt und zum Reitpferdetyp umgezüchtet. Das Ergebnis konnte sich sehen lassen. Ich drückte fest die Daumen, dass Frau Kuhlmann den Wallach kaufte.

Clara wurde in der A-Dressur Vierte und war sehr zufrieden. Zwischen A-Dressur und Siegerehrung gab sie Carsten und Otto auf dem Abreiteplatz noch ein paar Anweisungen.

„Mehr Kreuz! Mehr biegen! Ruhiger im Trab. Wenn du ihn gleich so rennen lässt, kommen Alba und ich nicht mit!"

Clara nahm das Bändchen-Rennen sehr ernst. Und tatsächlich war es für das folgende Springen sicher die beste Vorbereitung, die Otto bekommen konnte. Carsten musste ihn versammeln und ihm etwas zu tun geben. Dazu waren die Wendungen ganz schön eng.

Die Konkurrenz war allerdings hart – die Freizeitreiter hatten geübt wie die Wilden und auch die Schulpferdereiter waren gut. Die Entscheidung fiel dann schließlich knapp aus und endete mit einem Überraschungssieg: Zwei Schülerinnen aus Frau Kuhlmanns Anfängerabteilung sausten mit Beachboy und Abendfee zum Sieg! Zweite wurden Clara und Carsten und danach kamen drei Paare auf sehr gut gerittenen, aber etwas langsameren Kleinpferden.

„Soll ich Otto noch mal in den Stall bringen oder behältst du ihn gleich hier?“, fragte Carsten Clara nach der Siegerehrung. Das E-Springen sollte in einer halben Stunde beginnen.

Clara überlegte. „Eine halbe Stunde Schritt könnte ihm ganz guttun oder meinst du nicht?“

Carsten nickte. „Dann reit ihn mal spazieren. Und Hanna und ich gehen Pommes essen. Ich habe jetzt Hunger wie ein Wolf! Du nicht, Hanna?“

Ich hatte bisher keinen Hunger gespürt. Dafür war der Tag viel zu aufregend. Aber für eine Portion Pommes ist bei mir immer Platz. Und außerdem genoss ich es, mit Carsten herumzulaufen. Auf diesem Turnierplatz befanden sich ansonsten vielleicht drei männliche Wesen in Reithosen. Und ein ausgesprochen gelungenes Exemplar davon ging ausgerechnet neben Hanna Thiemann her und kaufte ihr dann auch noch Pommes frites. Unzählige Mädchen betrachteten mich mit einem Ausdruck zwischen „Was hat sie, das ich nicht habe?“ und blankem Hass.

Letzteres traf vor allem auf Moira zu. Die war jetzt mit ihrem Papa zusammen und beide führten Highlight eben aus dem Stall. Meine wunderschöne Highlight! Mir brach das Herz, als Moira unwirsch an ihrer Trense zog, um sie am aufgeregten Tänzeln zu hindern. Die Stute war total angespannt, das erkannte ich auch auf hundert Meter Entfernung. Aber wie es aussah, hatte sich kein Freiwilliger gefunden, sie vor dem Springen abzureiten. Das würde Moira wohl selbst übernehmen müssen.

„Willst du dir das denn wirklich antun?“, fragte Carsten, als ich wie von einem Magneten angezogen dem Abreiteplatz zusteuerte. „Komm, wir essen noch ein Eis. Dann suchen wir uns Plätze neben dem Parcours und schauen einfach nur zu.“

Ich schluckte. Eis essen? Jetzt? Während Moira hier mit Highlight zugange war? Jungs sind manchmal wirklich unsensibel!

Highlight schlug nervös mit dem Schweif und versuchte, Moira die Zügel aus der Hand zu zerren. Moira hielt jedoch eisern fest, was ein Fehler war. Ein nervöses Pferd lässt man besser erst mal am langen Zügel Schritt gehen, aber das traute Moira sich nicht. Insofern wurde es beim Abreiten auch nicht besser, sondern eher schlimmer. Otto dagegen wirkte ganz entspannt. Er wanderte mit interessiert spielenden Ohren am langen Zügel auf dem Platz herum. Als Moira hereinkam, konnte Clara allerdings nicht widerstehen, nahm die Zügel auf und setzte ihn kurz in Galopp. Sie flog über den Probesprung in der Mitte und nahm Otto dann gelassen wieder auf. Highlight trippelte nervös.

„Lass sie doch auch mal springen!“, meinte Onkel Sven, aber Moira schüttelte heftig den Kopf. Frau Kuhlmann musste sie strengstens angewiesen haben, Probesprünge zu meiden.

Dafür versuchte sie es mit einem Trab, aber Highlight ging nicht locker und lang wie gewohnt, sondern versuchte immer wieder, sich in den Galopp hineinzumogeln. Moiras Sitz verrutschte dabei vollkommen. Sie musste Todesängste ausstehen.

Inzwischen rief der Ansager die ersten Starter auf. Clara, die etwa als Zehnte an der Reihe sein sollte, ritt ebenfalls Richtung Ausgang, um vom Pferd aus die Konkurrenz zu beobachten. Von Moira nahm sie keine Notiz, was ein Fehler war.

Die lenkte jetzt nämlich Highlight neben Otto – schon um einen Grund zu haben, nicht weiter abzureiten. Sie kam Clara dabei viel zu nah, wofür sie selbst unter normalen Umständen Ärger mit Frau Kuhlmann bekommen hätte. Unter normalen Umständen wäre Highlight aber vielleicht nicht gleich ausgeflippt. Jetzt jedoch drehte sie völlig durch, als Otto ihr freundlich den Kopf zuwandte. Sie stand zwischen dem Wallach und dem Zaun und vielleicht fühlte sie sich dadurch bedroht. Auf jeden Fall drehte sie sich blitzschnell um und schlug schwungvoll nach Otto aus. Moira fiel dabei fast vom Pferd, aber schlimmer erwischte es Clara. Sie hatte mit losen

Zügeln abwesend im Sattel gesessen und der Reiterin im Parcours zugesehen. Ottos plötzlicher Seitensprung nach Highlights Angriff erwischte sie völlig unvorbereitet. Sie wurde mit einem Ruck aus dem Sattel geschleudert und eine schreckliche Sekunde lang befand sie sich mitten zwischen Highlights und Ottos wirbelnden Hufen. Ich sah, wie sie die Arme über den Kopf warf, um sich zu schützen, aber dann war es auch schon vorbei. Carsten, Frau Mohn und ich stürzten zu den Pferden. Zuerst sah es aus, als bliebe Clara liegen, aber dann rappelte sie sich doch wieder hoch.

„Ist was passiert?“, fragte Moira dümmlich. Sie zog sich langsam wieder in eine Haltung, die dem Sitz beim Reiten ähnelte.

„Tut dir was weh, Clara?“ Das war Frau Mohn. In ihrer Stimme schwangen Sorge, aber auch Erleichterung mit. Immerhin stand Clara auf den Beinen.

„Mein Arm“, meinte Clara. Sie hielt die Arme vor der Brust und zitterte. „Ich … ich glaube, er ist gebrochen. Ein Huf hat ihn erwischt.“

Inzwischen waren auch die Sanitäter zur Stelle und kümmerten sich um Clara.

„Wir nehmen dich jetzt erst mal mit zu unserem Wagen, aber das sieht nicht gut aus. Es ist besser, jemand fährt dich ins Krankenhaus. Das muss geröntgt werden.“

Clara folgte den Männern auf etwas wackeligen Beinen zum Krankenwagen. Onkel Sven hatte sich inzwischen auch an den Unfallort bemüht und redete auf Claras Mutter ein.

Carsten hatte derweil Otto eingefangen. Ich erzählte ihm von Clara und er zuckte die Achseln.

„Künstlerpech. Ist mir auch schon mal passiert, bei mir war's das Schlüsselbein. Aber so ein Mist, dass das ausgerechnet jetzt sein musste. Moira sollte wirklich langsam einsehen, dass Reiten nichts für sie ist. Abstand halten bringt ihr den Kindern doch schon in der Ponyabteilung bei!", ärgerte sich Carsten.

„Tja, sie schafft es eben immer wieder", seufzte ich. „Komm, wir bringen Otto noch mal weg vor dem A-Springen. Oder willst du den E-Parcours reiten?"

Ich hoffte im Stillen, dass Carsten es tat, aber es war nicht sehr fair, er hatte schon zu oft im E-Springen gewonnen. Eigentlich dürfte er hier nicht mehr starten.

Carsten schüttelte bedauernd den Kopf. Aber dann blitzten seine Augen mutwillig auf. „Ich nicht. Aber was ist mit dir? Du bist doch voll angezogen. Fehlt nur eine Kappe."

„Ich?" Ungläubig sah ich ihn an. „Aber ich habe Otto noch nie geritten. Du hast selbst gesagt, ich kann's nicht. Und jetzt, einfach so …"

„Jetzt, einfach so, und du kannst es! Sonst würde ich ihn dir nicht geben. Los, Cinderella, mach es. Nimm Otto und schlag Moira aus dem Feld. Zeig es ihr, Hanna!" Carsten drückte mir Ottos Zügel in die Hand.

Eben erschien Lea am Rand des Abreiteplatzes, anscheinend, um zu sehen, was los war. An ihrer Hand baumelte die blaue Reitkappe.

Ich sah Carsten an, Otto, Lea – und Moira, die immer noch im Kreis herumritt und sich kein bisschen darum kümmerte, was mit Clara geschehen war. Wahrscheinlich sah sie den Sieg jetzt greifbar vor sich. Aber so nicht. Nicht mit mir!

„Leih mir mal deine Kappe!“, rief ich Lea zu. Wir hatten die gleiche Größe und zu meinem blauen Pulli sah das Ding auch gut aus.

„Alles klar!“, sagte ich in Richtung Carsten, aber der war schon weg, um dem Mädchen am Ansagerturm die Starteränderung zu melden.

Ich setzte einen Fuß in den Steigbügel. Es musste jetzt schnell gehen.

„Zum Start bereithalten dann Clara Mohn … nein, Hanna Thiemann, auf Sarotti!“

Ich registrierte Moiras überraschten Blick aus dem Augenwinkel. Und dann dachte ich nur noch an die Sprünge.

Cinderella auf dem Sprung

Ich hatte die Parcoursbegehung natürlich nicht mitgemacht, sondern nur nebenbei auf den Plan an der Meldestelle gesehen. Dabei war mir aufgefallen, dass die Reihenfolge der Sprünge tatsächlich genau der Route entsprach, die Frau Kuhlmann mit Moira geübt hatte. Eigentlich sollte ich das hinkriegen. Während ich einritt und Otto zum Grüßen aufstellte, schaute ich mich noch einmal um. Acht Sprünge, alle nicht wirklich schwer und eigentlich auch nicht kompliziert aufgestellt. Ich musste Otto nur möglichst knapp um die Kurven kriegen. Der schien leider nicht gewillt, mir das leicht zu machen. Er tänzelte schon jetzt ungeduldig herum und wollte – ja, was wohl? Raus? Oder springen? Auf jeden Fall die Sache hinter sich bringen und was das anging, waren wir uns ja einig. Ich gab die Zügel frei. „Otto! Auf geht's!“

Otto schoss los, was kein Problem war, da die ersten beiden Sprünge, ein Steilsprung und ein Oxer, hintereinander auf einer Gerade standen. Ich machte mir also keine Mühe, zwischendurch mit meinem

Pferd zu streiten, sondern nahm die Zügel erst auf, als wir den zweiten Sprung überwunden hatten. Leider folgte Otto den Hilfen in die Wendung keineswegs so bereitwillig wie Highlight, sondern erwies sich als echter Sturkopf. Wir verloren Zeit, machten das aber wett, indem wir blitzschnell über die zweifache Kombination schossen. Die Kurve danach war wohl die schwierigste: weg vom Ausgang.

Ich gab die Hilfen mit aller Kraft und zog rüde am Zügel, bis ich Otto wenigstens schon mal in der richtigen Richtung hatte. Allerdings ging er den nächsten Sprung, eine ziemlich eklige Trippelbarre, nicht gerade an, sondern ziemlich schräg. Einen kurzen Moment lang befürchtete ich, er könnte noch daran vorbeilaufen. Aber dann waren wir hinüber und landeten auch annehmbar vor der folgenden Mauer. Otto übersprang sie locker.

Und wieder eine Kurve. Doch diesmal überraschte mich Otto. Statt sich zu wehren, warf er sich mit unerwartetem Elan in die Wendung. Klar, es ging Richtung Tor. Ich verlor dabei fast das Gleichgewicht – und kam wieder in einem viel zu schrägen Winkel vor den nächsten Sprung. Eine schreckliche Sekunde lang sah es aus, als würde Otto den Fang springen! Aber dann nahm er das Hindernis doch problemlos von der Seite. Erleichtert versuchte ich, die Zügel wieder aufzunehmen, doch das bemerkte Otto jetzt nicht mehr. Er raste Richtung Ausgang. Hoffentlich übersah er den letzten Sprung dabei nicht! Was das anging, war Carstens Pferd jedoch verlässlich: Wir setzten mit

Elan über das Hindernis und flogen im Renngalopp auf das Tor zu. Dort fing Carsten uns ab und schickte uns zum Grüßen zurück. Der Sprecher verkündete inzwischen schon die Zeit, eine Minute und eine Sekunde.

Mir war das wie Stunden erschienen.

„War ich schnell?", fragte ich Carsten.

Der lachte und klopfte Otto. „Du warst sensationell. Aber nicht gut für meine Nerven. Sag mal, hattest du ihn zwischendurch überhaupt irgendwann unter Kontrolle?"

„In den wesentlichen Punkten", behauptete ich, „waren wir absolut gleicher Meinung."

Moira war erst im letzten Drittel der Starter an der Reihe, aber schon vorher war klar, dass die Zeit dieses Springen entscheiden würde. Der Parcours war nicht schwer, das Wetter gut und der Boden griffig. Flüchtigkeitsfehler kamen deshalb selten vor, ein großer Teil der Reiter blieb ohne Fehler. An meine Zeit kam vorerst allerdings niemand heran, nicht einmal das Glückskind, das Fluffy gezogen hatte. Der kannte den Parcours schließlich in- und auswendig, machte keinen Galoppsprung zu viel und setzte sich in einer Minute zweieinhalb Sekunden an zweite Stelle.

Moira versuchte inzwischen, Highlight etwas intensiver warm zu reiten. Sie wusste, dass es falsch war, das Pferd praktisch von null auf hundert zu beschleunigen, aber andererseits traute sie sich auch nicht, auf dem vollen Abreiteplatz anzutraben oder gar zu galoppieren. So hatte Highlight höchstens drei Runden Trab hinter sich, als Moira schließlich an der Reihe war. Ich stand mit klopfendem Herzen am Reitplatzrand. Einerseits wünschte ich Highlight nur das Beste, andererseits durfte Moira einfach nicht schneller durchkommen als Otto.

Highlight startete blitzschnell, bockte beim Angaloppieren aber gleich zweimal, was Moiras Sitz von Anfang an durcheinanderbrachte. Um oben zu bleiben, klammerte sie sich an die Zügel und zog Highlight noch schlimmer im Maul als beim Üben. Immerhin fing sie sich bis zur Wendung so weit, dass sie die Richtung angeben konnte, und Highlight warf sich praktisch auf der Hinterhand herum. Wieder eine Irritation für Moira, wieder Anklammern und Zügel ziehen. Highlight bockte noch einmal, nahm dann aber brav die nächsten Sprünge und ließ sich erfolgreich um die Ecke zerren.

Der Sprecher erzählte irgendwas von bisheriger Bestzeit. Na super. Moira musste das beflügelt haben. Nach dem zweiten Sprung auf der Diagonalen ließ sie Highlight kaum zu Boden kommen, bevor sie das Pferd wieder herumzog. Aber diesmal übertrieb sie die Sache! Highlight kam noch schräger vor den Sprung als Otto vorhin und sie war zwar ein liebes, aber kein besonders erfahrenes oder übermäßig begabtes Springpferd. Aus diesem Winkel war das Hindernis für sie nicht zu schaffen. Highlight blieb stehen. Moira fiel dabei nach vorn und stieß beim verzweifelten Versuch, sich irgendwo festzuklammern, die Hacken in Highlights Rippen. Die Stute entschloss sich daraufhin, das Unmögliche zu versuchen. Sie sprang aus dem Stand, riss dabei natürlich und brachte vor allem Moira endgültig aus dem Sattel. Erleichtert raste Highlight Richtung Ausgang.

Carsten ließ es sich nicht nehmen, auch Moiras Pferd abzufangen. Mit einem breiten Grinsen führte er Highlight zurück in den Parcours, wo Moira sich bereits wieder aufrappelte.

„Möchtest du zu Ende springen?"

Moira funkelte ihn an. „Ich will den Gaul nie wiedersehen! Da setze ich mich nicht mehr drauf!"

Moira verließ den Parcours zu Fuß, Carsten folgte ihr mit Highlight. Er zwinkerte mir zu.

„Ich glaube nicht, dass sie was dagegen hat, wenn wir das Pferd absatteln."

Nach Moira kamen nur noch zwei weitere Starter, aber die Siegerehrung des E-Springens war erst nach dem A-Springen anberaumt und zwischendurch gab es noch ein Reiterspiel. Wir hatten also reichlich Zeit, Highlight hineinzubringen, abzureiben und mit Möhren zu versorgen.

„Eigentlich hast du das ja nicht verdient!", sagte ich streng. „Wie konntest du nach Otto schlagen? Die arme Clara hat jetzt einen kaputten Arm."

„Ach, sie wird's überleben!", lachte Carsten. „Vor allem in Anbetracht der vielen Klassenarbeiten, die sie jetzt alle nicht mitschreiben kann. Ihr habt drei nächste Woche, oder?"

Als wir aus dem Stall kamen, zupfte mich plötzlich Lotti am Ärmel. „Da bist du ja! Meine Mama und ich suchen dich schon. Du musst unser Pony angucken." Die Kleine strahlte mich fast verschwörerisch an.

„Oh ja, wir müssen Huckys Zöpfchen noch aufmachen", meinte ich schuldbewusst. „Das hatte ich ganz vergessen. Aber ich dachte, er geht gleich noch beim Reiterspiel mit."

„Nicht Hucky. Ro...Ro...Rover. Unser Pony!", beharrte Lotti.

Carsten und ich sahen uns verwundert an. Aber Lotti zerrte uns zielbewusst zu einer der bisher unbelegten Außenboxen. Jetzt war sie allerdings bewohnt. Ein freundlicher Ponykopf mit Lockenmähne blickte uns entgegen. Der Mini-Friese! Neben dem Auslauf stand Frau Stelz und blickte das Pony verliebt an.

„Hanna! Wie findest du ihn? Hat Lotti es dir schon erzählt?"

In meinem Kopf drehte sich alles, aber bei Carsten fiel sofort der Groschen.

„Haben Sie dieses Dales-Pony gekauft?", erkundigte er sich.

Frau Stelz nickte mit einem Ausdruck zwischen Stolz und Schuldbewusstsein. „Es war vielleicht etwas unüberlegt. Aber er ging so schön. Und Frau Kuhlmann predigt mir seit Monaten, ich soll ein Großpony kaufen, kein Mini. Nicht nur für Lotti, sondern, na ja, als Familienpferd. Und das ist er nun: Pendragon Dark Rover, kurz Rover genannt. Mein Mann wird mich umbringen!"

Frau Stelz grinste.

„Aber ... aber nehmen Sie denn Reitstunden?", fragte ich stockend. „Ich meine ... für Lotti ist er doch wirklich etwas groß ..."

„Lotti wächst ja noch. Und Rover ist erst acht, den kann sie noch zehn Jahre reiten. Na ja, und ich … übermorgen fange ich an!“

Frau Stelz war offenbar am Ziel ihrer Träume.

Ich nahm meinen ganzen Mut zusammen.

„Brauchen Sie dann nicht ein Pferdemädchen?“, fragte ich voller Aufregung. „Jemanden, der Rover etwas mitreitet, so lange, bis Sie … und Lotti …?“

Frau Stelz nickte. „Das hat Frau Kuhlmann auch gesagt. Aber wirst du jetzt nicht Highlight wieder reiten? Ich meine – das sieht doch jeder, dass deine Cousine nicht mit ihr zurechtkommt.“

„Ich fürchte, Highlight wird verkauft“, meinte Carsten. „Auf jeden Fall kann ich mir nicht vorstellen, dass Thiemanns sie behalten werden, damit Hanna darauf reitet.“

Das hielt ich auch für höchst unwahrscheinlich. Eher würde Moira sie verschenken.

Frau Stelz lächelte. „Na dann … Könntest du dir denn vorstellen, Rover zu reiten, Hanna?“

Ich streichelte schon verliebt Rovers breite Stirn unter seinem lockigen Schopf, während der kleine Rappe die Taschen meiner Reithose gezielt durchsuchte. Er wusste, worauf es ankam.

„Er ist voll cool!“, hauchte ich.

Ich schwebte wie auf Wolken und schaffte es kaum, ausreichend mitleidig zu gucken, als Clara und ihre Mutter aus dem Krankenhaus zurückkamen. Carsten und ich sattelten Otto gerade für das A-Springen auf. Clara trug den Arm in der Schlinge, war aber trotzdem auffällig gut gelaunt.

„Ist tatsächlich gebrochen“, erklärte sie. „Jetzt haben sie ihn erst mal geschient, Mittwoch kriege ich einen Gips. Und dann trainiere ich Westernreiten. Sechs Wochen einhändige Zügelführung.“

„Untersteh dich!“, schimpfte ihre Mutter. Auch Frau Mohn wirkte nicht sonderlich geknickt. „Das neue Pferd reite ich jetzt erst mal, damit es sich wieder einkriegt nach dem chaotischen Auftritt vorhin.“

„Das neue Pferd?“, fragten Carsten und ich gleichzeitig.

Frau Mohn nickte lachend.

„Oh ja. Aber krieg jetzt bitte keinen hysterischen Anfall, Hanna, ich hatte genug Aufregung für heute.“

Mir schwante etwas. „Sie haben … Du hast …“ Meine Blicke wanderten zwischen Frau Mohn und Clara hin und her. „Highlight???“

„Sollte ich die Ziehung der Lottozahlen verpasst haben?“, erkundigte sich Carsten. „Seit wann sind wir reich?“

Clara streichelte Highlights Nase mit der gesunden Hand. „Sie war gar nicht so teuer“, murmelte sie gedankenverloren.

„Sie war fast geschenkt“, lachte Frau Mohn. „Es fing damit an, dass sie Moira wohl vorhin ziemlich blamiert hat. Das Springen muss ja ein Desaster gewesen sein.“

Ich wollte etwas zu Highlights Ehrenrettung sagen, hielt mich dann aber zurück, weil ich den Rest der Geschichte hören wollte.

„Und dann die Sache mit dem Unfall. Dieser Herr Thiemann, dein Onkel Sven, Hanna, hat sich tausendmal entschuldigt. Wobei mir erst später klar wurde, warum. Ihr werdet es kaum glauben, aber Highlight hat keine Haftpflichtversicherung! Dieser Thiemann hat sie sonst wie versichert, Lebensversicherung, Diebstahlversicherung, alles Mögliche. Aber an die einfache Haftpflicht, die jedes Pferd braucht und die für etwaige Schäden aufkommt, die das Tier verursacht, hat er nicht gedacht! Ich hab dann vorsichtig das Wort ‚Anwalt' erwähnt … und ‚Schmerzensgeld' … na ja, und mit jedem Wort wurde Highlight billiger. Nein, guck jetzt nicht so, Hanna, sie war immer noch teuer genug. Aber für uns eben gerade so erschwinglich. Und Moira will sie ja nicht mehr."

Ich wusste nicht, was ich dazu sagen sollte. Aber dann entschied ich, mich mit Clara zu freuen. Sie war meine Freundin, sie ritt besser als ich und sie würde Highlight lieb haben. Und ich hatte ja jetzt Rover. Clara und ich verpassten beide das A-Springen, während ich ihr von meinem Sieg auf Otto erzählte und ihr meinen Mini-Friesen vorstellte. Nur zu Carstens Auftritt verließen wir kurz den Stall. Er ritt großartig und Otto holte seine zweite goldene Schleife an einem Tag.

„Jetzt aber los, Cinderella! Siegerehrung!", rief Carsten, als Clara und ich ihm gratulierten. „Wo hast du denn deine Kappe?"

Noch einmal bekam ich Otto an die Hand, noch einmal stieg ich auf. Otto hat eigentlich ziemlich harte Bewegungen, aber jetzt kam es mir vor, als würde ich schweben. Als Sieger und Platzierte aufmarschierten, sah ich Frau Mohn und Clara auf der Tribüne – und daneben Onkel Sven und Moira. Onkel Sven plauderte angestrengt mit Claras Mutter. Moira guckte, als müsste sie sich eben durch eine ganze Zitronenplantage durchbeißen.

Ich konnte mich nicht beherrschen. Als ich meine Schleife und einen ziemlich kitschigen Pokal in Empfang genommen hatte, winkte ich ihr zu. Dann galoppierte ich an und begann die Ehrenrunde.

„Wir bitten nun die Sieger und Platzierten des A-Springens in die Bahn …"

Die Ansage holte mich wieder auf den Boden der Tatsachen. Ich musste Otto jetzt ganz schnell mit Carsten tauschen, also brach ich die Ehrenrunde ab und ritt hinaus. Carsten erwartete mich schon und strahlte über das ganze Gesicht.

„Das war cool!", bemerkte er. „Sozusagen Cinderellas Rache! Jetzt fehlt nur noch der Prinz."

Und dann zog er mich plötzlich an sich und drückte mich – so schnell, dass ich gar keine Chance hatte, ihn abzuwehren. Aber das wollte ich eigentlich auch gar nicht. Es fühlte sich gut an, sich so an seine Brust zu schmiegen, an die Reitjacke, die ein bisschen nach Pferd roch, aber auch nach Carsten.

„Gibst du mir einen Kuss, als Glücksbringer?", fragte Carsten grinsend, als wir uns schließlich trennten.

Ich runzelte die Stirn. „Du weißt doch schon, dass du gewonnen hast!"

„Aber es gibt schöne und weniger schöne Pokale…“, wandte er ein. „Manche von diesen Dingern sind fürchterlich hässlich. Otto könnte davor erschrecken und durchgehen und …“

„Jetzt mach, dass du aufs Pferd kommst!“, schimpfte ich lachend und streifte ganz leicht seine Wange mit meinen Lippen.

Er lachte, während er abritt. Ich strahlte ebenfalls. Cinderella hatte den Prinzen geküsst. Was machte es da schon, dass Otto kein Schimmel war?

Stefanie Tano begann schon als Kind mit dem Reiten – auf einem Reiterhof mit Fjordpferden! Seither hat sie nie wieder damit aufgehört. Nach dem Abitur studierte sie in München und Madrid Literaturwissenschaften und arbeitete dann einige Jahre in Spanien, bevor sie mit dem Schreiben begann. Inzwischen ist Stefanie Tano Schriftstellerin von Beruf. Mit ihrer Familie und ihren Pferden lebt sie in Süddeutschland.

ISBN 978-3-7855-6761-6
2. Auflage 2010 als Loewe-Taschenbuch
erschienen (in der Serie *Freche Pferde*) unter den Titeln
Herzgekribbel, Hufgeklapper (© 2005 Loewe Verlag GmbH, Bindlach)
und *Traumpferd mit Hindernissen* (© 2005 Loewe Verlag GmbH, Bindlach)
Umschlagillustration: Dagmar Henze
Umschlaggestaltung: Christine Retz
Printed in Germany (007)

www.loewe-verlag.de